JN117633

Sansei and Sensibility

カレン・テイ・ヤマシタ
Karen Tei Yamashita
牧野理英＝訳

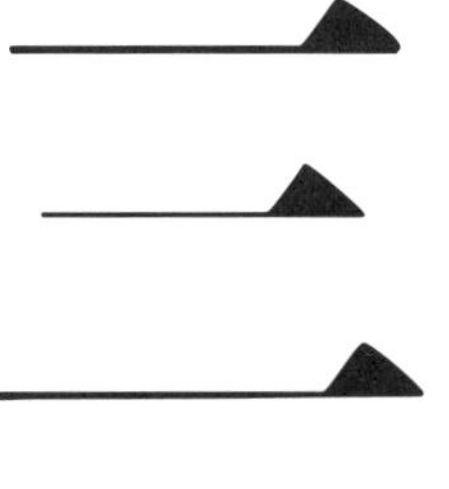

小鳥遊書房

ジェイン・トミへ

目次

I 三世

II 多感（JAストーリーズ）

I 三世

Sansei

風呂

The Bath

I

家では、母親が風呂に対して特別な魅力を感じているとみんなよく話していた。父親などは何年も前からそのことを話していたくらいである。おそらくそれはもっと頻繁に風呂に入ってもらいたいという母親の提案に対しての、父親の唯一の反論だったのかもしれない。思い起してみると、父親は毎週土曜日の夜、週に一度しか風呂に入っておらず、母親と過ごす夜のときのみに入る、週に一度の風呂を自慢していたのだ。そして母親の朝風呂が何年間も習慣となっているのと同じように、父親の、母親と風呂に対する意見も、次第に大げさな表現を伴っていった。また母親の風呂は唐突に朝始まるので、その習慣のいくつかは、自分に対する陰謀ではないかとさえ父親は思っているようだった。

母親はそうした父親の意見を言葉で否定するような人ではない。彼女は口をつぐんで床を見るという困惑した態度で自嘲する。父親の冷やかしは昔から頻繁で、母親はおきまりの返答をせずに対応しなかったことはない。母親は二つの弁明で自分を正当化していた。すなわち、熱い風呂は最も心身を和ませるものであるということ。そしてもう一つの口答えとは、体を清潔にするという必要性へのより弁護的な態度であった。「汗をかくんだから、きれいな体にしておくことはいいことじゃない？　そうすればもっと気分いいでしょ？」「そもそも」母親はとうとうこんなことまで言うようになった。「風呂は私の唯一の贅沢なの」

こういった言い方は母親のお決まりの言いまわしである。そしてその言いまわしには一種の素朴さが込められていたが、だからといってこれは母親が単純であるということではない。いや、決してそうではない。むしろ風呂に入るということは、自分たちが何者なのかという必然性を尊重する感性であり、それは毎日の必要に迫られているなかでも満足感、ときには贅沢さえも発見しうる実用的感覚なのだ。母親には格好をつけたり、何かを欲しがったり、また流行を追って着飾ることなどせず、そうした点において素朴であった。父親が言うように「あいつはありのままなのだ」。母親の素朴さは結局のところ飾り気のないということなのである。それはあたたかい風呂の中で、清潔で裸であるということを意味している。

風呂は子宮への回帰、あるいは胎児への回帰をときに暗示させる。母親はそのことが風呂に浸かる喜びの一部であることを躊躇せず認めている。そして裸であることは母親にとって恥ずかしいことではない。生命の誕生とその生まれたばかりの身体は、とても自然で美しいものなのだ。しかし子どもが生まれること、そして人が裸になったりする経緯や行動、要因に対して言葉による説明を母親から引き出すことは難しいことであった。裸になることは母親にとって極めて理解しがたい神秘なのだ。母親のこれに対するいつもの答えとは「他の人が持っていなくて、自分がもっているものって何かしら？」という問いかけであった。この問いは自然で神秘的なものすべてに対して返答しうる十分なものであった。

＊　＊　＊

風呂に関してまず思い浮かぶのは、一家が家族として初めて生活した古い家の風呂のことである。その風呂場は全部ピンクのエナメルで塗装されているようであった。作り付けの木製の引き出しや、鏡の後ろには、はめ込まれた大きな木製の薬の飾り棚があった。これらもピンクのエナメルで塗られていた。しかしそれよりも驚くこととは、バスタブそのもので、それは古い歪曲した四つの足で、リノリウム

（床の仕上げ剤）が剝がされたところにある、あたかも床の真ん中に立っている大きな白い鉄製の豚のように見えた。

当時は三人――母親と双子――がこのバスタブで一緒に風呂に入った。母親は湯船の前でしゃがみ、湯加減を調節している間、裸になった二人の娘たちは母親の肩ごしにかがみこみ、お湯をバシャバシャかけあったり、ゴムのおもちゃやアイボリー石鹸を湯船に浮かせたりした。母親は体を洗う布と石鹸をとり、自分と二人の子どもの体をこすり、洗い流し、垢や浮カスが風呂に集まる前に子どもたちを外へ出した。母親は、これを「いい加減」と言うやり方で、素早くいつものようにやってみせていた。「いい加減」とは「ただそのように」とか「自己流で」とか「だいたいで」という意味である。「いい加減」とは何かのレシピで、塩やしょうゆをどれほど使うのかといったことに関して彼女の母親である祖母が使っていた表現であった。もし「いい加減」であるなら、それは常識や判断の程度のことを言う。「いい加減」とは母親が書類の整理や、手紙をしたためたり、読書したり、そして子どもたちの体を洗うといった家事に対して持っている一般的なやり方を示している。

でも、もし母親が「いい加減」に洗うとなると、洗髪はときには全く別な物になっていた。それは普段のやり方、すなわち頭皮の四つの面をごしごし洗うことにおいて「いい加減」というのではなくて、時折彼女が風呂に卵を三つもってきたりするという点において「いい加減」ということになる。つまり母親は以下のようなことをするのだ。卵は冷蔵庫から出してきたもので冷えたものである。双子は、母親が子どもたちの濡れた頭の上で優しく冷たい卵の殻を割っている間、古い湯船の白く歪曲したところにもたれてかかっていた。黄身がおちて白身が耳や額、眉毛までだらだらと落ちていき、舌にまで落ちて味がわかるほどまでになっていた。そして「いい加減」に、母親は子どもたちの黒い髪と黄色い卵を混ぜて、その頭皮をマッサージした。そしてこう言うのである。「私が小さい頃は、母さんがいつも卵で髪を洗ってくれたの。こうするときれいにピカピカになるのよ」と。

しばらくすると、双子は母親なしで風呂に入るようになった。そして母親の「いい加減」なやり方ではなく、風呂のときに連続しだんだん複雑になっていく儀式を自分たちで勝手につくりあげるようになっていった。その儀式とは二つの小さな体が、湯気にかすむそのピンクのエナメルの浴槽の両端に立って、突き出たおなかをかすめて通り、ぶつかりあいながら、ヒステリックに笑いあうという遊びで始まる。

「あたしのおなかのほうが大きいよ！　ほら!!」

「ほら、あんたのおへそ！　くすぐったいでしょ！」

「さわんないでよ！」

のちに初等教育で習った成果を活用し、この双子の娘たちが「ホーキー・ポーキー」の一連を「左足を中に入れて」から最後の「全身で」までやるのを母親は見ていたものだった。当時、風呂はどちらかというとこのような遊びのためにぬるくなりがちであった。そして母親が再び風呂に湯を入れると、彼女らの遊びの儀式は、「湯船の二人」と名付けられている、船におきかえるなら船首から船尾のシステムを作り上げるものになっていく。つまり双子の一人が前に座り熱い湯にあたり、水を加え適度な間隔で「漕げ、漕げ、左に」と叫ぶ。その間後ろにいるもう一人はこちらへやってくる熱い湯、あるいは冷たい水をかきまわすのだった。ときどき「漕げ、漕げボート」を、新しい節で向きをかえながら数ラウンドを調整してやることもあった。これらの歌の最後には双子は作り上げた渦巻きの中にいて、湯が湯船の周辺にこぼれ、リノリウムにしみこんでゆがんでしまうほどだった。

泡風呂は風呂の時間の、彼女たちの新しい試みでもあり、それは湯が最も大きくて層の厚い泡でかきまわされるために、泡がこわれないように例外的なほど繊細に漕ぐ技術を要するものだった。双子は白い泡の白い湯船の前と後ろに座って、動かず、息を止める。そうなるとこれは大方、沈黙の風呂ともいえるものになる。双子はあたかも混雑した中にいる人々のようにささやき、泡をつぶしてしまうといったヘマに対して優しく叱ったりするのを互いに耳にしながらゆっくり動いていく。今思いおこしてみると、長い風呂の時間で、実際に体を洗う行為は、夢中になってしまう主要なこと（風呂で遊ぶこと）に対し比較的重要でない部分となってしまっていた。そしてその重要でないところに行きつく前に、二人で泡が静かに過ぎていくのを待っていることがよくあった。

紅潮した、ふやけた小さな体がようやく風呂場からでてくると、双子は自分たちの灰色の「垢」が、大きな浮カスの輪になってたまっているのを目にし、湯が最後には速く回る小さな渦の中に消えていくのを見に行った。古い湯船から長く吸引するゴゴッという音が、暗い錆びた排水口とその中心を越えて響いていく。

双子は母親が一人で風呂に入るのをよく見にいった。いつも母親が湯船に深く横になるのを眺め、湯船の中のなだらかな傾斜の曲線に母親の頭と肩が飛び出しているのが見えた。体を洗う四角い布が彼女の腹や髪のやわらかな塊の上に浮いていた。母親は「こっちへいらっしゃい、そして扉を閉めて、寒いでしょ」とよく言っていた。

双子は湯船の端にもたれかかった。一方がこういった。「かあさん、おなかに傷があるんだね！　そこってあたしが赤ちゃんのとき出てきたところなの？」

「いいえ。これは盲腸をとったときのものよ」

「ほら、あたしがさっきそういったじゃない」

風呂の中の母親を見るのはあまりおもしろいことではなかった。母親は石鹸を沢山使うことなどなく、優しく肌をこすった。それはいつもの「いい加減」な、水平に体を湯につけたやり方だった。

父親の一週間の体からでてきたものが、石鹸とお湯の中でおびただしい量で広がっているのを見るのは（母親の入浴と比べて）全く異なる経験であった。父親は湯船の端に石鹸をもってすわり体全体に厚く白い泡をこすりつけた。父親はとても毛深い人間に見えた。そして片方の足が悪く右の臀部に傷があった、それは傷痕のようで人の小さな手ほどの大きさであった。

「とおさん、戦争で足怪我したの？」

「いいや、いたずらっ子だったから木から落ちたんだよ」

「へえー」

父親の風呂で一番面白い部分とは、その毛深い石鹸の泡だらけの体を、深く白い湯の中に浸して、灰色の泡のすべてが波のように上がり、あごのところまで湯が跳ね上がっている状態を見ることである。そして風呂から上がると、湯が父親の足元で波打ち、湯船が大きな音や、体の立てる音を反響させた。そして平らな足が風呂の床の鉄をたたき、こすり、すさまじくおびただしい量の灰色の垢がでた。当時の双子には思いもよらぬことだったが、父親が石鹸を半分の大きさにまでして体を洗うのは、体を洗う布がどうやら風呂に入っている間中、足の間にゆったりと掛かっていることと何か関係があるらしかった。

風呂の儀式でおそらく極めて重要なセンスをもっているのは祖母であろう。祖母が家にやってくると、双子は祖母が次に何をするのかを見ながらその後を追いかけるのだ。それは風呂だけではなく、その後のすべての物事に通じていった。祖母は誇り高く、ちょっと厳格な女性であった。しかしそんな祖母に双子はブロークン・イングリッシュで話しかけることはできた。実際祖母は「私、とてもブロークン・イングリッシュなの」と話していた。

祖母はふくよかな女性だった。腹部が膨らんでいて、長い灰色の髪を後ろで束にしていた。双子はボタンを開けたり、チャックを下げたりする二人の小さな召使いのように、祖母のところにやってきたが、いつも祖母のずっしりとした脇の下の脂肪やメタルの留め金のある堅く厚手のピンクのコルセットや、真ん中でコルセットを締める十字の金具などにうっとりと魅せられた。双子はそれぞれレースの端をとって、ゆっくりとグイと引っ張ったり、ホックを外したりして、部屋を横切って次第にのびていくコルセットのひもで祖母とつながっていた。

祖母はいつも木綿の長い布切れを持って風呂へいった。それは体を洗うための手ぬぐいで、日本語で書かれた文字やデザインによって装飾されたものだった。湯船では薄い布は、祖母の年老いた体の脂肪の襞にくっつき、透明な熱い湯の中で日本語の文字と織物の端が次第に消えていく。祖母の腹の周りの、窮屈なコルセットで刻まれた、堅い×印や皺が膨らんだり消えたりするのを見ていた。

祖母は顔から洗いはじめ、踵までのすべての体の表面を洗い、「手ぬぐい」という布を様々な方法で使うことで、このような単純な布の優れた多用性を見せた。祖母の背中を、両方の端をもった手ぬぐいがシーソーのやり方で、肌の一インチ一インチを磨いていく。手ぬぐいは滑らかな繊維の表面をもつ柔らかな丸いスポンジにもなった。祖母は、しみのある肌で弛緩している層や垂れた胸の下や周りを、円を描きながらこすっていた。しまいにあっという間に乾かされ絞られた手ぬぐいは、水分を吸収し、体全体を乾かす用途にも使われていた。それから祖母は湯気のたっている湿った体のまま湯船の外に立ち、額の汗を拭うのだった。湯船の中の祖母と手ぬぐいは単純にそれ自体で完璧なものに見えた。

そのあと祖母は顔にクリームを塗り、その長い灰色の髪をとかして編んだ。双子は大きなダブルベッドで、三人でやる運動の集まりのためにパジャマで祖母のところに加わった。それは頭を回して肩を丸くすることから、ベッドで横になりながら逆さで自転車をこぐ動作まであった。三人はこれを一緒にやって、同時に祖母はこれらの運動の即効性について説明した。「これ、足にとてもいい。ほらね。私、年とっているから、もっといい」と言った。

この祖母の手ぬぐいを再び見たのは、日本にきてからそう何年もたたない頃だった。というのも実際に風呂で老いた肉体を再び見るのは何年もあとのことであろうと彼女には思われたからだ。これはこの祖母が入浴しているのを見ることがなくなったという意味ではなく、日本の公衆浴場での湯気や、しゃがんで押し合いへし合いすることから発せられる、よく見られ、親しみあふれる活気ある感覚の中に、日本の風呂を再発見したということなのである。双子の一人にこの公衆浴場——銭湯——をはじめに紹介したのは、母方の大叔母ヤエであった。

II

彼女は京都に二月にやってきた。この時期は京都古来の荒涼とした感覚をもつ寒さがあった。そのとき彼女は二一になったばかりで、秋から東京で日本語を学んでいた。アメリカの家からこんなに離れたことはなかった。

彼女の大叔母ヤエとそのつれあいのチヒロは職を退いてから古い家に住んでいた。それは磨かれた木と破れた障子紙と敷物がある一〇〇年か二〇〇年ぐらいたっている古めかしい小さな家だった。疲弊した暗い時代を経た家で、チヒロが帝国陸軍の将校であったときの戦争を経過し、もう結婚し出て行ってしまった子どもたちの誕生を迎え、戦争の辛辣さやその後の貧しさを経過した家であった。

しかし彼女は、このような過去を少ししか理解しておらず、それはあたかも彼女自身が、昔話の中に入っていくように見えたのである。そしてそれはこんなふうにしてはじまる――「昔々」「大昔に、丘のふもとの小さな家におじいさんとおばあさんが住んでいました……二人は貧しく、たった二人きりで生きていました。子どもはおりませんでした。毎日おじいさんは薪を売るために木を伐りに出ていき、重い束を背に、雪の中をとぼとぼ歩いていきました」これが繰り返し語りつがれる話の単純な始まりであった。それはつつましく、物事の道理を悟りきった生活をする老夫婦の、悲しくも優雅で魅力的な話のように見えた。

彼女の大叔父は耳が遠く、ヤエはその耳に向かって叫び続け、彼が忘れてしまった様々な細かいことを思い起こさせたり、彼女が言ったことを繰り返したりした。一方ヤエはどちらかというと目が悪く、分厚い、金属でできたメガネから目を細めてものを見ていた。ヤエは鼻先から二、三インチはなれたところから新聞や手紙を読んでいた。ときどき彼女はヤエが皿を洗い、顔から数インチ離れたところから椀や湯飲みを点検し、メガネをかけなおし割れ目やシミなどをつついたりするのを見た。

ヤエは、自分と大叔父はお互い離れることができないと言った。そして笑いながら自分たちは漫画のキャラクターのようだとも言っていた。ある日ヤエは屋根に雨の音を聞き、夫に雨が降っていると告げた。チヒロは新聞から目を上げてこういった。「そんなはずないだろう。何も聞こえんぞ。ほら、今日は雨じゃない。お前が間違っているんだ」

ヤエは玄関へ行って戸を横に滑らせた。外をみると何も見えず、結局雨は降っていなかったと確認して戻ってきた。

ヤエは台所へ姿を消したが、年寄りの好奇心からチヒロは戸口の方へ向かっていった。外をみると本当に雨が降っているのが見え、妻を戸口へ呼び寄せ、その手を引っ張り雨の方へ差し出した。二人は戸口で庭とそこに降り注ぐ雨を見て、笑って立っていた。

＊　＊　＊

ヤエは戸口に自分の姪のために古い木の下駄を置いた。下駄は外側の踵の部分があまりに擦り切れていたので、彼女はヤエの内股の早足を真似て、不格好に歩かなくてはならなかった。ヤエは、石鹸とシャンプーと櫛と、一緒に折りたたんだ手ぬぐいを置いた小さなプラスチックの桶を彼女に手渡した。二人は外へ出た。少し雪が降っていて、それが下駄の周りの砂利に消えていった。詮索好きな隣の人々に対し桶ごしに会釈しながら、ヤエは彼女を銭湯へ連れていった。

ヤエはそこで幾重にも着込んだ着物を下にはらりと落とした。彼女はやせて年取った胴体の部分が膨らみ、皺が寄っているのを見た。ヤエは裸のまま、ちょっと前かがみになりながら、分厚い金属のメガネで自分の持ち物を確かめ、すべてをたたんで小さくまとめた。

ヤエと彼女はガラスの戸を横に動かし、渦巻く暖かい湯気の中を泳ぐように進みながら、プラスチックの桶を握って風呂に入っていく。列をつくってしゃがんだ女や子どもが、湯の流れる蛇口の前で体を洗っている。ヤエは列の間と、あふれ出る湯の騒音との間に、彼女を連れて行った。こぼれる湯の音を響かせている女たちは熱気で赤くなり深い浴槽から湯をしたたらせて出てきた。他は、大きな湯船に深くしゃがんで背筋を曲げて肩を優しく通る湯を静かに受けていた。下におろした髪の黒い束が頬や首に張り付いている。二つの空いた場所を見つけたあとヤエは熱い湯船につかるためにそちらへ行った。

様々な年齢と体型の女たちが手ぬぐいで体をこすり、忙しそうに体を洗っており、その動作は活気にあふれ動作は熟練している。女たちは跪いたり、しゃがんだりして、タイルには決して直に座らず、桶を湯で満たし滝のような湯を、周りにかからないように自分の体のみにかける。体を伸ばしていたり、立っていたりした女性はすべて、湯船や蛇口の前でこじんまりしてうずくまった姿勢になった。

風呂の明るい陽ざしの下で、女たちの肌は美しく透き通った白色となり、滑らかで豊満な肉体は、太ももや臀部が張り、胸のところが小さく丸くなっていた。彼女は背をこちらへ向けた女の、曲がった背中から首のうなじまで見て、自身の背中から手ぬぐいをとり、自分の肩を見て、顔を赤らめた。

彼女の隣にいる女は赤ん坊と一緒に跪いている。その女は赤ん坊を優しく洗う。前かがみになって、子どもの頭を手で支えながら、腕を曲げて抱えていた。胸は授乳するために腫れ上がっている。赤ん坊はずんぐりした腕と足をばたつかせ、蹴ったりしている。

ヤエは今度は自分のところでしゃがみ、力強く体をこすっている。ヤエと他の年取った女たちは、疲れることなしに、年齢を示すような脆弱さなどなく、難なく跪きしゃがんでいる。小さな体を折り曲げた年老いた女たちは、自分たちの肌――かつての豊かな光沢は擦り切れた硬さに消えていってしまっており以前は太って張っていたが、今は薄く弛緩してしまった襞のある肌――をこすっている。若い女が湯から上がり、その丸々と太り上気して光った体で、子どもと一緒に前へよたよたと歩いている。

ヤエは姪の後ろにしゃがみ、彼女の背中を洗うことを申し出た。母親が以前に自分に対してやった以外感じたことのないほどの強さでヤエは彼女の体をこすった。しまいにはよく磨いた背中に湿った手ぬぐいを広げ、ヤエは滑らかに流れる湯をかけたが、それは布を通して密着してきた。ヤエは下から肩にかけて手ぬぐいを気をつけてはがすと、彼女の古い角質がはがれていった。

今度は彼女がヤエの背中を洗うためにこっちを向いた。ヤエが自分にしてくれたように洗えないので彼女は躊躇する。ヤエは目を細めて笑い、そんなことどうでもいいことだと言い、姪から手ぬぐいをとり、自分の体を洗い続ける。ヤエは、自分の力で変えることができないどうしようもない物事に対して、相手の素直さやプライドを剥奪するような感情に浸るのが嫌であるかのように、そうぶっきらぼうに言った。ヤエは無愛想であったが、それは相手の正直で（背中をうまく洗えないという）乏しい能力を知る以外に相手を憤慨させることがないような、そんなちょっとひとひねりあるユーモアを伴ったものなのだ。

風呂には子どもたちがいる。可愛い女の子がいて、湯船から母親のところまで濡れたタイルの上をよちよちと歩き、そして祖母と思われるもう一人の女のところまで歩いていった。その祖母とその女の子の小さな突き出たおなか、やせた肩そして黒い目をじっと目で追っている。

＊　＊　＊

ヤエとチヒロに会うために京都につく前、彼女は伊勢に一人で行ったが、そこでは一か月半の旅行のための必需品すべてをいれた小さな青いリュックを背負っていた。伊勢志摩での日々は寒くヒヤリとして、空は深青であった。彼女はふと何も話さずに沈黙して旅をしている自分に気づき、そして周囲の会話や騒音に耳を傾けながら、誰にも気づかれない観察者になろうとしていた。それは景色の背景や、描写できない心地よさに消え入っていく、平凡な日本人の若者になるということでもある。漠然とした景色の不明瞭な中へ溶け込もうとする試みの中で、彼女は自分自身が、他の誰かが彼女のことを実際に気づいているとか、そのことに関して何を言おうとしているのかに対し、感受性の鋭い観察者になっていることに気づいたのである。彼女は一人になり、観察者になりたかったが、同時に自身のこの状況に対する強い恐怖心をとめどなく感じていた。すなわち旅行している日本人の学生の役を演じていながら、彼女が自身の偽装（実際は日本人ではなく日系アメリカ人であること）が成功しているのかどうかを知りたがったり、それが失敗してしまう根跡への怒りなどに取り憑かれていたのである。彼女は伊勢の荘厳な神道の神社へ一人で巡礼にいき、ヒノキの老齢の木を通って沈黙の中で歩き、五十鈴川の清水で身を清めるために他の人とともに立ち止まった。

神社を出ると、彼女は、旅行をする若者に場所を提供するために最近開放している小さな仏教の寺を見つけた。彼女はその夜そこに泊まったただ一人の人間だった。

二人の小さな子ども——男の子と女の子で、黒い目をしたかわいらしい子たち——が彼女の部屋の窓に寄りかかっていた。すると子どもたちは裏道のほうにあわてて走っていき、戸口の端にもたれかかりながら恥ずかしそうに立っていた。子どもたちの声は、彼女が忘れてしまっていた優しさでゆっくりと沈黙の旅を満たしながら、部屋の雰囲気を和らげ始めた。子どもたちは、立ったり座ったりし、肘に寄りかかりながら低いテーブルに顔をつけたりして、彼女が持ち物を紐解くのを好奇心をもって見ていた。

「ねえ、本当にアメリカから来たの？　本当なの？」

「いいや、そんなふうに見えないいな」

「ちがうよ。うそだよ。そうだよね?」

「英語教えてよ。妹は学校で英語を習ってるんだ」

「はやく、英語教えてよ」

「なんか言ってよ」

そしてあたかも他の事への好奇心がさっと注意をひいたように、子どもたちはそこからいなくなった。彼女は興奮した声で子どもたちが立ち走っていくのを聞いた。

彼女は夕日の最後の光の下で、暖をとる猫のように戸口で長い間立っていた。彼女のいる二階の縁側の下に、身重の女が着物を干していて、濡れた衣類を竹竿に通していた。そして彼女の膨らんだ洗濯袋の中身を日光にさらすために手を伸ばしていた。その女は宿屋の主で、先ほどの二人の子どもたちは、彼女の子ではなく隣人の子どもであると言った。その女主人は、旅行者である彼女の邪魔をしたことで、子どもたちを優しく叱っていた。

しかし女が出ていくと子どもたちはまたやってきて、今度は友達をつれてきてもっと強引になっていき、少し前に来たときとほんのちょっとでも変化があるかどうかをしらべようと部屋に入ってきた。

「ほんとにアメリカから来たの? ホントに?」

「英語話してよ。はやくはやく。英語おしえてよ。はやく!」

若い女の声が遠くから聞こえてきた。女の子だけが戸口でぐずぐずしていた。その子は小さな袋からポテトチップを食べていた。「これポテトチップだよ」とその子は彼女に言い、小さな袋を渡して出て行き、他の子どもたちを呼びながら走り去った。

彼女はもらった残りのチップを食べながら、もうしばらく戸口に座っていた。冷たい空気と影がゆっくりとやってきた。遠くアメリカでは、祖母が最期のときを迎えている。母親が手紙にこう書いてきた。

「おばあちゃんが毎朝起きて『まだ生きているのね?』って言うのよ」「マダ、イキテイルノネ」

宿の女主人は、廊下を横切るついでに障子の戸を開けた。女主人の顔は濡れた桃のようにきれいに輝いた。風呂の温かさは女主人の体や髪の湿り気から発散し、その腹は編んだドレスの下にあるお腹の中の子どもの重さで風船のように丸くなっている。彼女は言った。「もうお風呂に入っていいですよ」

＊　＊　＊

裸になって、ヤエは湯気のついたガラスのドアの方へ早足で進み、外へ出る。波のようにうねった蒸気が彼女にまつわりつき、そして彼女もそれにまとわりついていく。

Ⅲ

路傍の宿屋で、若い男が小さな風呂へ忍び込んでいった。服を着ていようがいまいが、日本ではその男は「外人」であり、青い目と茶色い髪、長い鼻の下に針のような口髭があった。日系アメリカ人三世の女はすでに風呂に入っていた。女はちょっとの間、男を無視し、彼の方に背を向けて風呂の片隅で体を洗っていた。女は男に桶と石鹸を渡し、男はもうひとつの隅に座りこんだ。すぐに男の体は石鹸と髪の毛でいっぱいになり、桶で頭に湯をかけながら、一人でぺらぺらしゃべっていた。男は湯気の立つ湯船から木のふたの板を取り去り、風呂へ入っていった。頭だけが湯船の上にひょこっと出ていた。

小さな滴が額やひげから落ち、男は目を細くした。そしてこう言った。「あのさ、僕は君をオードリー・ヘップバーンみたいだと以前は思っていた。これってどういう意味かわかるだろう？　僕が言いたいのは、ヘップバーンがどのようにみえるかとかいったそんな意味じゃない。ヘップバーンは素朴で、言ってみるなら純粋無垢というものなのだろうけど、だからと言って彼女は頭が悪いわけではない。ほんとはいまいましいほど頭がいいんだよ。君がこのことをどれほど理解しているかどうか僕にはわからない。僕はこれ以上確信がもてないんだ。でも君はヘップバーンよりもっとコケティッシュだ。実際にとてもかわいらしい日本のメイドさんになれるだろうね」

女はシャンプーの泡がこぼれた中から彼を見上げた。男は物珍しそうに微笑んだ。メガネをとると、彼は何も見ることができなかった。女は髪を湯ですすぎ、風呂場に水を播いた。男は湯船から上がり、手ぬぐいで体を拭き、前かがみに歩いていった。

女は体を洗い続けた。女と男は週末に一緒に旅行するためここに来ていたのだ。男は富士山の近郊の湖の一つで釣りをしたがったのだが、到着してからあいにく雨が降り続いていた。そのかわり宿屋の六畳の間でトランプをしたり、本を読んだりした。晴れそうだったら、散歩に出ていき、泥だらけでびしょ濡れになって一緒に帰ってきたり、ゴムの服を着た漁師がいる湖の近くの二つの茶屋の一つに座り、茶をのんでいたりした。宿屋の人間のほとんどは彼らに給仕をし、失礼にならない程度に彼らを気に留めないでいたが、主人はどちらかと言うとぶっきらぼうだった。ときどき店の人は彼女に一番はじめに気づいて、通訳をしてくれると思って話かけた。男は嫌がらないようにし、彼女の方は決して男のかわりに答えないようにした。

女は湯船に入った。男は風呂に入っている間、彼女に対する様々に変化していく印象をこと細かく説明した。男は頭の中でごちゃまぜにし続けている物事が、彼女の神秘的な雰囲気や魅力であることに気づいたのだ。週末を通して男は幾度もふさぎ込み、混乱していた。単に恋をしていたのだが、彼女が彼に恋をしていないことを認めたくなかったのだ。彼女の好意には何か脅威的で冷笑的なところがあった。外国へやってくる理由を勝手に決めつけることはできないが、おそらくそれはエキゾチックな人々や、遠い昔の美しい光景を探すためである。たぶん男はオードリー・ヘップバーンを探しに日本にやってきたのだろう。なにか気品のある、無垢で優雅なものを探しに……。そうした男の行動を軽蔑するのはフェアではない。なぜなら男だけでなく女も同じ理由でやってきているのだから。そして他の人間が彼女に同様の特徴を感ずるかもしれないと考えるのは楽しいことでもあった。男は女が入りこみたいと思うような幻想を作り上げていたが、男の念入りな言葉による説明が、究極的には陳腐であることがわかり、彼女は男の観察眼や感受性を信用することができなかった。自分では自然と感じていた純朴さが、男の無知な世界に皮肉な一瞥を与えることになったのである。

男は小さな白い粘土の猫を買った。それは日本の食堂や店で客を招く大きな招き猫の四インチぐらいのレプリカであった。その白い猫は、大きな目と招く手で正座していた。猫は小さな鈴のある赤い紐の襟を持っていた。男は床の間に猫を置いた。男は彼女を思い出すために白い猫を買ったのだ。

彼女は、その濡れた体を宿屋が用意した「浴衣」に滑り込ませた。部屋で男は眠っているようだった。彼女は明かりを消して床の近くに敷いた布団の下に滑り込んだ。何かがもぞっと動いた。歯を磨くために男は出て行った。

突然、彼女はたくさんの布団の下で息ができなくなり、ずっしりした布団の暗さの中でぴったりとくっついて抱きしめる男の体で身動きが取れなくなった。笑いながら、彼女は身をよじり外へ出ようと手探りをし、投げ飛ばされた布団の上で息を吸おうとした。二人は転がった。彼女の手は布団のマットの固い一端に手を伸ばし、ひじを縮め、渦のようにうねる浴衣を押しやった。そこから逃げて、彼女はマットの上に膝をつき、男を見ていた。男は重なった布団を彼女の方へ投げつけた。「昔、妹にこんなことをしたことがあったっけ」

男は積み上げられた布団を揺らし、寝具のあるところに扇形に広げ立っていた。「君を風呂で見たとき、僕に背を向けて座って、髪の毛を頭の上にまとめていたね。そのとき君がどのように見えたのかわかるかい？　君は浮世絵のようだった。まるで風呂にいる浮世絵の女のようだったよ」

Ⅳ

九月の終わりに、双子は日本で再び一緒になった。一年後双子のうちの一人は出ていくところで、もう一人は一年間の勉強と旅行のために日本に到着したばかりだった。

彼女は、もう一人の片割れと一階にある風呂に来ていた。そしてその片割れに対して、今では自分は極めておざなりになっている色々な形の桶や蛇口の使い方の手ほどきをしていた。子どものときから長く一緒に風呂に入っていたので、気がつくと子どもの頃のように自分たちは小さな風呂の暖かさの中にいて話していた。

双子の片割れはより母親の体型に似ていて、胸が大きく足が細かった。彼女を見ていると、美しかった母親の体つきがどんなだったのかを思い起こすことができる。この片割れと母親は、現実主義や実用的見解において似かよっていた。双子は最小限の期待の目をもって互いに前へ進んだ。双子の片割れは生意気な華やかさをもって挑戦するかのように、人生を変える時間、人々そして環境を伴って率直でありのままの力を受け入れる母親のように。向かいあうことで二人は自分たちの周りにある出来事をより早急により素直に体験しているように見えた。彼女たちの周縁的な見解は互いに向かいあうことでより広範囲にひろがり、より完全なものになっていく。沈黙でみたされたもの、あるいは言葉で表現されたもののどちらであろうと、彼女たちの反応は過去形で考えられる感受性や可能性となるのだ。

一年後、双子は再び出会ったが、それは二人にとって新しい転機となった。彼女は以前、ある時期における双子の片割れの中に自分自身を見ていた。たしかにもう一人がどのような変化や時を過ごしてきたのか完全には知らないままではあるが……そして、このことはこんなふうに言うことができるのかもしれない。自分は日本に純朴なものを探しにやってきたのだが、それは自身の感受性や周りの物事が、考えていなかったように、容易に切り捨てたり無視することのできない方法で複雑化していったのだと。そして彼女は日本へ帰ることが、象徴的なニュアンスで行われる儀式として、つまりそれは生活していた人生におけるある時期にただ単純に戻るのではない形の過去への回帰として考えていた。つまりある部分では彼女は祖母たちが知っていた生活に対する感受性を再び取り戻したかったのである。

彼女は双子の片割れに、奈良で旅をしている間に出会った青年のことを話した。名前はモトと言い、その人物は車を持っていて週末に彼女を軽井沢へ連れて行ってくれると申し出たのである。

＊　＊　＊

一人で伊勢志摩をぶらぶらした後、電車で奈良に到着し、彼女は駅でバックパックを背に、手にピンクのスカーフでできたバックをもって地図をまじまじと読んでいた。そこに威張りちらした、ガリガリにやせたクボ・モトが、彼女の足元にバックパックを投げ落とし、彼女を道に迷った一六歳と思いこんで行く方向を教え、ぶっきらぼうに出しゃばって電話でホテルの予約をしようと前に進み出てきたのである。彼女はこういうのは嫌だったが、甘んじて彼の援助を受けることにした。その上、モトは彼女の素性（日系アメリカ人であること）を推測することができなくて、その遊びが彼女を愉快にさせたのである。しかし同様に彼女もモトを、英語をいい加減に話す、英語の知識がわずかしかない一八歳の高校生の旅行者かと思っていた。そしてこのことは彼女の日本語の拙さをモトが見抜き、彼女が自分を見くびっていたのだと後で言い争いになることにもなった。

二人が曖昧な素性のままでいるという状態は、その素性を隠す遊びよりも、そしてお互いの驚くべき告白を冷やかすという遊びにとってかわり、それでその日の少しばかりの時間が経過してしまっていた。モトは、この旅行の前の年にヨーロッパに滞在していた今は二四歳の大卒の青年で、ビジネスの世界へ戻る準備をしていたのである。

自分のことを説明するのは彼女には難しく、しまいには、遊びでほのめかしたあらゆる推察が説得力のないものとなった。これはただ単に彼女がアメリカ生まれであるということではない。しかし彼女の通常の服や見かけがかなり若いということは、いやいやながらも認めなくてはならないものだった。日本人に見せようとするためにスタイルを犠牲にし目立った異国的な資質を描写しえないものにしてしまうことで、彼女には洗練した直感や方法が欠け、どちらかというと外見が子どもっぽい日本人に見えてしまっていたのだ。日本における洗練とは、長い髪を切り、化粧をすることが必要とされるであろうが、それは彼女にとってやりたくない不快なことだった。自然であることに関する根本的な考えを維持することが必要と彼女は思っている。しかし、これに加えて周りと同じでなくてはならないという急を要する、奇妙な必要性もあった。そして皆と同じであることがどうやらみとめられるように見えたとき、彼女は受け入れられたという心地よさを感じ、しばらく中国人であったり、韓国人であったり、混血であったり、あるいはアメリカ趣味をマネする人間であると考えられる屈辱から逃避することができたのだ。そしてそれはしばしばこれらの推察を伴った粗野なやり方や、探索好きな態度以外なら、屈辱的ではないものであった。

興味深いことに、ここでの変装とは、アメリカ的なもの、すなわち日本とは関係のない様式や物腰を捨て去ることによって起こりえるものであった。アメリカ人の、自分は(他の国の人間より)経験があると考える自負は、日本では愚かしいものなのであろう。こうしたアメリカ人としての意思表明を捨てた日系アメリカ人三世は単にありきたりな日本人であるように見える。このことは、彼女が他の習慣のひとそろえをとりいれる必要性があり、そうした流儀のほとんどが、十分に無垢で無口な日本の少女のもの――それは彼女が言葉を話すのが難しいことによるものではあるが――になっていった。少なくともそれは他の人が近づきやすく、あるいは取るに足らないものと思う表面だけの様式になっていった。模倣や真似には、気取りや正直でないことを超越した一種の快適さがあったのである。

ヤエは「大根の花」という言葉の意味を彼女に説明した。「大根の花」は緑の葉の房に見える小さな葉っぱ以外、彼女の表現を使うなら、全く「何でもないもの」なのだそうだ。しかし土の下の見えないところでは大きな白い根である大根がある。大根とは、大きくて白い株で、キレのいいピリッとするレモンのような、しかし酸っぱくはなくもっと甘い資質をもった、あぶったり、美しく切り分けられた魚とともにある添え物として知られているものである。ヤエはこう言った。「昔、日本の女の子たちを『大根の花』と呼んでいたけど、今はそんな女の子などいないね。もう『大根の花』はなくなってしまったよ」

彼女はヤエがそんな「大根の花」であったことを知っていたが、彼女はといえば、ヤエが心に抱いているようなものとは違うと思っていた。

彼女は初め、日本の女性に関する言葉で様々な表現を、試しに面白がって使ってみた。次第にこれらの表現や様式は、彼女にとってほとんどの会話において自然な表現になっていった。二つの文化における役割をうまく演ずることができることは両方の知識において先んじている徴になったのである。心の中のイメージが推察しうる以上のことを周りの環境に対して知覚する秘密の喜びというものがあるが、それは言い換えるならば、結果的に自分がより経験していることを知る喜びでもある。

したがって彼女自身は、モトの成熟さに疑念をもちながらも、その年齢によって確信できる成熟さから何が出てくるのかを再び見るために、この青年に対する疑念を一旦脇へおくことにした。モトが先に見せた尊大さは、この成熟さを念頭にいれたもののようだった。とにかく彼女とモトの二人は奈良の三日間の旅で一緒にいることにしたのである。

奈良ではその週に、軽井沢のリゾートの小さな別荘が何百もの武装した警察に包囲された。丘にある別荘の中では、日本赤軍のメンバー、小さなマルクス主義の軍団が、女性を人質にとり、その間警察は別荘を攻撃するために、消火用のホースで水の激流をそこへおくっていた。これは雪の降る山腹で行われた小さな闘争であり、警察は火炎タンクの後ろでライフルをもって座り込み、人質の夫はマイクから谷に向かってこう叫んだ。「お願いです。妻は病気なんです。私を人質にとって妻を離してやってください」

モトは別荘の若者に同情していた。モトは赤軍の若者は中でじっと待機し、そして戦うことしか選択肢はないと言った。なぜこんな事態が生じたのか説明できなかったが、赤軍の若者は死ぬしかないと言った。若者たちは、警察か法廷の裁きによって命を落とすことになるだろうと。

この長い週末の後、最終的に警察が入り込み、何人かの若者を殺し、何人かを捕まえ、人質の女性を救った。後日談は、以下のような不気味な話となって露見した。それはここではないどこか他の山荘で起きたことであり、赤軍のメンバーが、私的な方向へ向かってしまう権力ゲームで互いに争い、それは一人ずつに対する組織だった粛清と仲間の埋葬にまで及んでいった。身重の女も死を免れることができなかった。その女の兄弟は殺された。そしてその体はバラバラにされ山腹に埋められた。若い女が集団を率いていた。女の地味で厳しい顔が新聞のいたるところからじっとこちらを見つめていた。女を辛辣で怒りに満ちたものにさせているのはその地味な顔立ちだとも言われていた。

＊　＊　＊

軽井沢は、結局のところリゾートで、モトの家族はそこに小さな別荘を持っていた。風の吹きすさぶ高速を五時間もの長時間にわたって運転することは、モトにとっては退屈で疲れることだった。双子の片割れは前の助手席に座るのを拒み、しまいにこういった。「あいつ運転のしかたをわかってないわ。ほんっとに！　ギアをゆっくり動かすことさえできやしないじゃない。事故にでも遭わせるつもり。いったいあんたどこでこんな奴つかまえてきたの？」

この双子の片割れは、わざわざ彼女の考え方を邪魔するために日本へやってきたのだが、このことで彼女の中では何か――昔からある強靭で、敵意とさえいえるもの――が勢いよくふき出した。つまりゲームのような騙しあい、そして真似をしたいという衝動のために、この青年に出会い、彼を受け入れたのだということを理解し始めたのである。たとえ彼女がこの判断を保留しようとしたり、他の価値観や法則を許容しようとしても、もうそのように確信することはできなかった。彼女はこのモトなる人物が誰であるのかさえ今ではわからなくなったのである。

山荘は丘のずっと上にいった木の周りに孤立してある多くの家のうちの一つであった。それは下の泥道を見下ろす丘の中腹に押し込まれているように見えた。彼女は豪華な二階建ての山小屋と想像していたのだが、それはどちらかというと二部屋でできた簡易台所を設備したもので、コンパクトで勝手の良いところであった。三人は生活必需品を見つけ出し、彼女は食料を「いい加減に」、奇抜な可能性の範囲で、すべてのものを全部一緒に料理することを楽しんだ。彼女は自分の工夫の才と、キャンプのように自分自身で取り決める自給自足感を楽しんだのである。

双子はずっと一緒に話していた。双子はモトを一人ぼっちにした。実際二人はモトがいなくなって欲しいとさえ願い始めてさえいた。モトは初め双子を見分けることに混乱していた。こうした混乱の滑稽さはもうとっくに過ぎていったとしても、モトは、自分の知覚能力における分裂が大きくなり、神経質な力を要するために、混乱し、結果としてつまらない冗談を何度も言ったりした。これに対し彼女の双子の片割れは、退屈や嫌悪感を隠す人間ではなく、そしてモトの方はといえば、自分自身のあからさまな未熟さを隠すことができなかった。モトの尊大な自信は、気まずい和やかさと、日本人が理解するには素朴すぎてかつては面白かったが今はつまらなくなってしまった冗談へと消えていった。

台風の予報があった。こちらへ近づいてくる可能性があった。リゾートシーズンは完全に終わっていた。彼らはそこのエリアで唯一滞在している人々であるように見えた。何もすることがなく、雨が別荘の中の彼らをとじこめようと脅かすように降っていた。彼らは窓に板を立てて、長い嵐の夜のための用意をしていた。

彼女は食事を作り、片割れは眠っていた。モトは風呂の準備をした。流しから戻ると、彼女は大きなバーンという音を聞いた。そしてモトの体が風呂場から後ろ向きになって飛び出してきた。モトは驚いて目を大きくあけて、火やガスを口から噴いた。ガスが少し漏れていたのだ。まゆ毛の先はちりちりになって顔の下に波打っていた。腕が覆われていたのは幸いだった。モトは火傷をしていないが、彼女はこのモトの「余興」に神経質になった。雨がずっと降っていた。

双子は同じ風呂に一緒に入っていった。双子の片割れは、降り続き、増え続けていく雨の音に全く気付かないかのように、すべての話題を活気あふれてとめどなく話しているように見えた。風は板張りの風呂の窓の外で、激しく吹いた。雨は薄い壁に断続的に降り、ブリキの覆いに対して狂ったようにカラカラと音を立てた。蒸気と湯のクローゼットの中で、双子は泡を飛ばし吹いたりした。双子の片割れはもう一人の後ろにしゃがんで背中をこすり、何年も前の出来事や話をして彼女を喜ばせた。そして彼女の方は、この蒸気のクローゼットの風呂場に反響する、次第に増していく嵐の唸り声と、暴力的な大混乱を聞き取っていた。この暴力的な混沌状態が自身の恐怖になっていった。彼女は丘の別荘の不安定になっているくさび止めがぐらついていることと、地面や泥や樹木が滑りやすいということを思った。そして彼女は二つの裸で泡だらけの体を埋め尽くすことになるかもしれない大洪水や土の塊のことを考えた。

彼女の双子の片割れはモトについてこういった。「あんたって、いつだってだまされるんだから。あいつは自分がすごくかっこいいと思いこんでいる青二才の日本人の男よ。全くガキなんだから。さっきの事故にあってから、車に乗ることがトラウマになったわ。変速レバーも操作できないじゃない。あんなのがドライブするなんて、犯罪だわ」

彼女は後ろにしゃがんで、双子の片割れの方向をくるりと変えた。そして彼女の背中に湯を掛け、ヤエが以前にやってくれたように手ぬぐいを肩からはがした。彼女はモトが愚かであるにちがいないと認め、双子の片割れの声がタイルや木に強く反響して荒れ狂う嵐よりも激しく、あるいはやさしく、(モトに向かって)大きく聞こえることを愚かにもねがってさえいた。しかし同時に彼女の心は、風呂の部屋を押し分けて入ってくる泥の壁のおしつぶされそうな重みのことを考えていた。二人の石鹸だらけの裸体をのみこむ土砂や豪雨のことを想像し、そのゾッとする死に対する自分の狂気的な背信とその退屈な皮肉を考えていたのである。

彼女は湯気の立つ風呂から出ると、モトは見上げ言った。「台風はかなり近くを通過するようだね。おそらくそれるだろうが、そうすると僕たちは今真ん中にいるかもしれないな」モトは小さなメモ帳にありふれた日本の形を書き、自分たちがどこにいて、どこに台風があり、どこを通過し、通過しないのか、そしてそれはいつなのかをラジオ放送からくる信憑性を伴って描いてみせた。そしてモトは彼女を見たが、その顔はふざけたように真剣になり、そして次に単に滑稽になっていった。

「たぶんこの家はこの丘から下へ落ちていく……いいや、この家は強いかもしれないな。僕がもっと心配しているのは下にある車だ。もし車がスリップして下に落ちてしまったら、僕らはここから外にでることが絶対できない」とモトは目を荒々しく輝かせて微笑んだ。「たぶん僕たちは死ぬだろう」

彼女はモトを嫌悪に満ちた目で見つめた。

モトは続けた。「でも、どんな場合でも、僕は幸せだ。まるで僕たちは心中しているみたいだしね」

V

彼女はまだ日本にいる双子の片割れから今日手紙をもらった。今この双子の片割れも一人で旅行しているという。指宿（いぶすき）という九州の小さな浜辺で見つけ、そこで砂風呂をしたと書いてきた。潮が引くと、年をとった女たちが砂に体を沈めにやってきた。砂の下の、その深淵な隠れた水源から温かい泉が湧いて出てくる。

アメリカにいる母親は庭で草むしりをするために朝早くでていき、体が火照り泥だらけになって帰ってきた。母親は自分に最も喜ばしいことを与える事——風呂——に入るために部屋に引き下がっていった。そして今母親はメガネをなおし濡れた髪をタオルにくるんで立っている。

「まあ」と彼女は言った。「あんたの姉さんからの手紙よ。なんて書いてあるのかしら？」

歯科医と歯科衛生士

The Dentist and the Dental Hygienist

ハシキン博士の歯科治療院はガーデナの入り口に位置していた。はっきりとした境界線のないガーデナという都市には、少なくともそこを見慣れていない人間の目にとっては、点在するファースト・フード店、漫然とした郊外の風景、ショッピングセンターへ続くアスファルトの走路、（一九六〇年代ヴィンテージの）メリットのトラクトハウスの群れとなって映り、ガーデナの入り口にいると、何かを位置づけるのに十分な説明ができるとはほとんど言えなかった。その歯科治療院の近隣は、三つの主なロサンゼルスのフリーウェイで、パシフィック・スクエア、リトル・トーキョーの支店、そして東部へいくための他のルートへ続くものであった。もちろんハシキン博士の治療院が支離滅裂なガーデナの道路網にあるということは、ガーデナの熱狂的支持者たちを攪乱させるという安っぽいプロット展開以外のなにものでもない。そして、日系という種族の、これから継続していくソープオペラにおいて、これを書いた作家に対する究極の讃辞とは、そうしたお話から生まれるゴシップにしかなりえないのだ。

ハシキン博士は、青少年期に収容所にいた時期以外は常にガーデナに住んでいた。ところである人にいわせるならば、青少年期とはその後の人生に残っていく文化的特徴を得ていく成長過程の時期なのだそうだ。つまり人々は青少年期に残された文化的な遺産をなんとか処理して、のちの成人期を過ごすのが真実であるらしい。博士はこういったことを真面目に捉えてはいなかったが、収容所で青少年期をすごし、あのように人々が接近した場所で他の多くの日系アメリカ人の緊密な観察下にあったということは、彼の記憶に残るものであった。博士は自分の息子がバスルームの扉をしめることができるのを、うらやましく観察していたくらいなのだから。

おそらくそんな青少年期であったので、ガーデナにいた他の人間よりも、博士はよい暮らしをしようと思ったのだろう。博士は他の場所に住もうとは決して思わなかった。大学を終えると、サトウ家の娘の一人と結婚し、ガーデナに居を構えた。まもなく、その世代の日系アメリカ人が、その口をシュガー・コーンフレークとダブルミントガムでいっぱいにするにつれて彼のビジネスは拡大していった。

ハシキン博士と妻のベティは三人のベビーブーム世代の子どもたちを育て、そのコミュニティでの人生を、広がったフロスを編んでいくように暮らしていた。その頃には博士は毎水曜日にゴルフに行けるようになり、キワニス家に加わり、自分の母親を日本へ帰郷させることができ、そして長男のスティーヴはガーデナ高校の会員制のキークラブへ入ることもできた。次男のクレイグはビーチへ出て行ってシグのサービスステーションで小遣い稼ぎの仕事を得ることができ、そして娘のキャシーは中学校で金曜日にナイロンのストッキングを身に着けることさえできた。博士はその人生を通して子どもたちが三世の一団として走り回っているのを見ることになった。つまりどういうことかというと、家は子どもたちの悪ふざけで六重にもトイレットペーパーで巻かれ、それは子どもたち一人ひとりに対し二度も起こったのである。「こうなるとあとは流すだけだな」とベティにイライラしながら博士は言った。いろいろな色をしたマルチカラーの物体（色つきのトイレットペーパー）が、棒つきキャンディ――のように刈られたばかりの低木に巻き付けられ、それはあたかも巨大な紙つぶてのようにさえ見えていた。しかし子どもたちの青春期は博士自身のとくらべてさっと通り過ぎ、博士とベティはすぐに、四つのベットルームのある家の片隅の一つで、ビデオカセットのレコーダーでかけた古い映画を観て二人だけで過ごすことになった。

博士が歯根管（歯髄の通っている孔でその歯根部分）に、まだ自分の知らない箇所を見つけてしまったのは、五七年の人生のまさにその橋の部分に差し掛かったときのことである。キャンディ・ユアサは、博士の友人の二四歳の娘で、いつも治療院にくる患者の一人だった。博士は、その娘の歯を幼稚園に行き始めたときぐらいから治療して、きれいにしていたものだ。何年もの間、歯科医とその患者の間には信頼関係が形づくられていたのである。多くの人々は自分の子ども時代の歯医者にかかりついており、その治療用の背の高い椅子に何とか這い上り、治療用の涎掛けをし、大きく口を開けることに対して妥協することのできる唯一の人物ともいえるこの博士との予約をして、LAから遠くはなれたところから車を飛ばしてくるのだ。キャンディが二四歳になったときには、こうした関係性は明確に築かれ、今度は彼女は自身の歯のためではなく、仕事のために博士との予約をするようになったのである。

博士は以前からずっと同じで、親切で、礼儀正しく、きれいな息をした愛想のよい男であった。治療院のすべてが、それはその肩のところで止める歯科医用の白いシャツから、無料の歯ブラシの試供品までペパー・ミントの淡い香りがしていたのである。

「やあ、キャンディ」博士は笑った。「いつから仕事ができるかい？　月曜はすべて埋まってしまっていて、すぐに誰か必要なんだ。ところで君の家族はどうしてる？」面接などなく、彼女を雇わないなどという疑問さえもなかった。もし彼女を雇わないとしたら、ユアサ家との関係においてきわめて気まずいことになる。それに博士は、たいていの日系アメリカ人の患者のように、日系アメリカ人とは仕事において常に信頼されるべき存在と思っていたのである。何年もの間、二世、三世の歯科医や衛生士の助手で、その気質や技術がいかがなものかと思われるケースを見てきたにもかかわらず、そう思っていたのである。性格的な不一致や、ささいな仕事場での政治的かけひきから生ずるストレスにもかかわらず、博士は、無能であるからといって誰もクビにするようなことは決してできなかった。とにかく二世や三世を常に雇い、こんな小さな日系中心のコミュニティでそうした輩を解雇するといった度胸などもっていなかったのである。

キャンディ・ユアサは南カリフォルニア大学の歯科衛生プログラムを卒業したばかりだった。成績もよく、良い推薦状をもってきた。とてもおとなしく、言葉の少ないタイプであった。そうした彼女のおとなしさに博士はちょっと不快感を覚えたものの、患者はそのことで誰も文句は言わなかった。日系アメリカ人とは常に日系アメリカ人なのだから。

博士は歯科衛生士の技能を常に必要とはしていなかった。昔は自分だけで歯をきれいにしていたのだ。自分の昔からの同僚もそうした方法をいまだ好んでやっていた。彼らは手術を少なくして、新しくやってくる患者を避けた。博士を含む彼らのほとんどは、事業家や経営者のやり方に長けておらず、責任が増えていくことをいやがった。衛生士や助手、受付、会計や保険関係、そして歯以外のことを取り扱うのは、手先が器用というだけの職種に入った人間にとっては心地のわるい試練のようなものである。歯に被せ物をする技術的能力と、水準以上の給与から分配し、彼らに給料を支払うことをやりくりするのは難しい。ハシキン博士は助手の役割を兼任する受付の他に一人の衛生士を雇うことを強いられたが、自分の仕事が手から離れていくのがいやだった。しかし何年かするとそれに慣れて、衛生士は博士の仕事量をかなり軽くこなしていることに気がついた。

キャンディ・ユアサは、若さと経験のなさにもかかわらず、ちょっとした穏やかなやり方で自分の立場を苦もなく手にいれた。衛生士の器具をそろえて使った後それをきれいにし、ときおり博士に手を貸すことを嫌がったりしなかった。衛生士の中には、受付の仕事以上のものであると感じている者もいた。キャンディはいつも博士に賛同し、常に物静かであった。

「キャンディはおとなしい子だな」この言葉は博士が当初ベティに言っていたことであるが、しばらくすると、その表現が適切な描写であるのかということに確信がもてなくなっていった。それはキャンディが、彼女という人物を知るまでに時間を要するようなタイプの人間であるというのとは違う。彼女は激高することは決してなく、だからと言って何か隠された部分をもつというわけでも決してないようであった。彼女はいつも、歯をきれいにするとき以外は言葉少ない人物であったということだ。つまり博士は、彼女がキャビトロン（歯科衛生の器具）がギーギーと音をたてたり、音の背景で彼女が生き生きと話しているのを聞くことができたということなのだ。

しかし歯の掃除が終わるやいなや、前掛けをとり、椅子が下にさがり、キャンディーはそうしたおしゃべりをピタリとやめるのであった。そして博士は廊下で、優しく、落ち着いたほほえみを浮かべ、静かにうなずいて患者を外へ誘導しているいつもの彼女を見かけるのだった。

そんなふうに博士は、キャンディと二、三の会話で仕事関係のこと以上のものは交わさなかったことを覚えている。一方、キャンディが治療台の上の患者の前でおびただしい独り言を言い、どちらかというと、それが通常の毎日の治療院の仕事においてでさえ、博士に関わるちょっとしたことであったということは、興味深いことであった。

だから博士は彼女にバカにされたり、好かれなかったりするのではという感覚を取り除こうとし始めた。それはあたかも特権階級的なクラブへの入会を断られたようで、博士はそうした自身の子どもっぽい反応をたしなめた。しかし何日か過ぎると博士はただ一つの疑問でその思考がいっぱいになってしまうことになったのである。このキャンディ・ユアサとはいったい何者で、雇い主である自分に対してではなく、他の誰かに対しおびただしいことを言わなくてはならないこととは何なのか？

ベティは笑って夫に言った。「あの子は若くて、大学を卒業したばかり。あなたは上司なんです。だから怖がっているだけよ」

博士はそれにうなずいて、治療院へもどり、キャンディを安心させ、我が家のようにくつろげるようにする考えをもちながらも、同時に我関せずといった態度をとろうとしていた。「自由時間は何をしているんだい？」と博士は無頓着を装ってこのように尋ねようとした。「趣味とかあるの？」

キャンディは首を振ってこう言った。「ありません」

博士は緊張をほぐす質問のネタがいきなり尽きてしまい、体制を立て直すため口ごもってしまった。「ねえ、趣味とかないの？」と絶望的に繰り返した。ちょっとした、でも知覚できるピリッとした痛みが下の左側の臼歯に走った。博士は歯をギリギリと食いしばり、あごを引き締め、用意していた質問のネタを嫌悪感と怒りに近いものと感じて噛み潰してみせた。しかしすぐにそうした敵意ある自身の態度に後悔の念を感じた。結果的に何年も前になるが、以前雇っていた助手は、博士が会話が苦手で物事を十分に説明したり話したりできないということを、多くの表現で文句を言いながら、治療院をやめていったからだ。博士は常にこうした他人の文句に対し全くもって当惑させられていた。博士は少なくとも同僚のうちの何人かよりは、自分の言いたいことをうまく表現できていると思っていた。しかしその助手の一件があってから、博士は治療院で自己防衛に関して自意識過剰になっていった。自分がここの上司であることを確信しようとすることと、民主主義に自身をゆだねることの間で、意思がぐらついていたのである。このことに対してどんなことをしてもうまくはいかなかった。そして彼が証明できないような、自身の会話力の欠如を示す曖昧で悪意ある理由をもって、今ここにキャンディ・ユアサが彼に取り憑いているという始末なのである。

リンダは、博士のところで長く働いていた受付係の助手であったが、博士の否定的な感情を本当のことだとは思っていなかった。「恥ずかしがっているんですよ」というのがリンダが考えることのできるすべての対応であった。博士はため息をついた。彼自身リンダを、そのキャンディとの駆け引きのためと、この女性が誰に対してでも意地のわるい不都合な考えを面白がることなどない人間であるということで選んでいたのである。なぜならガーデナの中でもリンダは最も、そしておそらく唯一の寛大なる人物だったからだ。たいていの人間はそんなリンダをバカだとおもうが、実際のところ、否定することなしに完璧な受付係なのであった。しかしリンダはこうした状況においては何の助けにはならなかった。そして博士は孤独で、想像されうる狂気の中で、精神的に不安定で手探り状態になっていたのである。

「新しい歯科衛生士を雇ったようね」とシミズ夫人は言った。

博士はうなずいて、彼女の上の臼歯の下へ鏡を走らせた。

シミズ夫人はしばし待って、そして以下のように言った。「ねえ、面白い子だわ」

「え？」と博士はあまり熱心に対応していないようにと努めながらこう言った。「キャンディは何って言っていたのかな？」

「えぇっとね」とシミズ夫人は言葉を濁して、「あの子はベティのことを話していたわ。私たちが同じ学校へ行っていたことを知っているの。ベティと私が同じ収容所（キャンプ）だったってこともね……」シミズ夫人の声は次第に博士の脳裏から薄れていった。夫人は以下のことを言ってしまってもいいだろうと思った。つまり博士がベティに出会ったとき、ベティはシグ・タナカと恋愛関係で、シグから乗りかえて博士と付き合い始めていたということである。これ以外にも奇妙なこととは、キャンディがそのことすべてを知っているように見えたということだ。シミズ夫人は、博士が話を締めくくり何をかくそうこの自分自身がキャンディにベティとのなれそめを語ったのだと説明するのを待ちかまえていた。

でも博士は動揺から夫人の口の中に治療用の小さな鏡を落としてしまって、それを彼女の内側のあごの近くで不器用に拾い上げることになった。「なんであんたとベティのことをキャンディが知っているんだ？」と博士は尋ねた。

「あなた知っていたんだと思っていたわ」夫人はよわよわしく言ったが、その頭は昼のソープ・オペラによくあるような狂気じみた可能性をたたきだしていた。「キャンディの家族のことを私が知っているとでも？」と夫人は尋ねた。

「ユアサのことかい？」博士は言った。「サムとメアリーだろ」

「そうじゃないわね」夫人は否定した。「おかしいわね。あの子はベティと私に関してはとても正確だったのよ」とさらに大胆になっていった。なぜなら、一方では昔からの友人であるベティを守る前提を作り上げ始めているということから、そしてもう一方は、ベティに対する、キャンディの不幸をもたらす意見は、夫人の考えと恥ずかしいくらい一致しているからである。夫人は治療の最後で、ベティは博士と愛のために結婚したのではなくて、未来に対する悲観的見解のためとキャンディに告げた唯一の人間は、博士本人に違いないと結論づけたのである。「ちょっと」と夫人はそばにいる自分の夫を素早くつかんでこう言った。「あんな二〇代そこそこの娘に個人的なことを話したりしちゃいけないわ、ちょっかいを出したいと思わないならね。自分の年を考えてみたらどうなの。もういやらしいったら！かわいそうなベティ、それに」と夫人は夫に向かって唇をとがらせた。「治療中に麻酔がキレたのよ。痛かったわ」それでシミズ夫人は控えめにこの博士に関する歯垢のような喜ばしくない噂を、幾人かの共通の友人にふりまいた。それはガーデナの、歯間ブラシでは取れない箇所にまでいきわたり、夫人と友人らはスキャンダルでそのよごれた歯を他の歯医者へ見せに行ったりした。

博士は下の左大臼歯のあたりのあごを撫でた。歯医者が歯医者を必要とするなんて奇妙な話である。

そんなある日、博士は同僚のハリーに、自分の歯を見てもらった。博士はあくびをした。よく寝ておらず、不眠症と、あの衛生士（キャンディ）にまつわる続々と出てくる武勇伝に葛藤していたのである。

　ベティは当てこすりをした。「ねえ、キャンディなんでしょ？　よくわかんないわね。あなた私に何か隠しているの」

　博士は首を振った。「お前にはすべて話しているよ。自分自身で理解できないことがあるんだ。異様なんだ。いや、まったくもってあの子は不気味だ！」

「ねえ、じゃあ辞めてもらうべきじゃないかしら？」とベティは提案した。

「そんなことできない」と博士は嘆いた。「サムは私の税金の確定申告をただでやってくれているから。それで今年はドジャーズのシーズンチケットをもらったしね」

　そんなこんなで何ヵ月もたまった歯垢やカルシウムの汚れを毎週取り除きながら、キャンディは治療院にいつづけた。彼女が完璧な衛生士であることは疑いようのないことであった。博士は熟練したクリーニング、美しく磨き上げられた歯、彼女のまばゆいほどの新しい、真珠のような歯を見せる笑いを目で見てとった。キャンディがすることすべては技術的には完璧であった。その笑いに関する何か以外は。でも、キャンディの笑いが不完全であるということだけでどうして解雇できようか？

　くる患者くる患者が、博士の背の高い治療台の椅子に、その気まずさをおこさせるものからみじめな自戒の念まであらゆる感情を表し、その表情豊かな笑いをともなってやってきた。かつて患者たちは、これから起こりうる苦痛に対峙する姿勢をもっていた——注射針や麻酔注入、ドリルのキーンとした研磨音といったものに——しかし最近では歯科医が彼らに痛い思いをさせるかどうかなど特に気にしていないようであった。代わりに誰もが、博士の個人的で衝撃的な暴露話に関して考えに耽っているように見えた。ある女性の患者は涙にくれ、とある若者は怒りに満ちて突如歯科医に訳のわからない状態でわめきだし、そして足を踏み鳴らしてドアをピシャリと締め、その背後でセンサーのベルがかわいらしい音をたてていたりした。

そしてとうとう、廊下を歩いて歯科医の助手の親切な誘導にまで行きつかない集団さえもでてきた。リンダは「博士はすぐいらっしゃいます」と言っていつも戻ってくるのだが、そのときには椅子は空で、前掛けをつけている人間がいなかったりした。心配になった患者の一人である少女はX線の治療の際に抜け出していたのだ。

「この郵便物の束はなんだい?」と博士はリンダにあるとき聞いてみた。「六ヵ月後に来院するリマインダーのハガキを送っていたと思ったのだが」と博士は言って、ハガキをひっくり返した。

リンダはおどおどして以下のように答えた。「これはすべてX線治療のもので、患者が他の歯科医に変えたいと要求しているものです」そう言ってリンダは唇をかみしめた。最近リンダは毎日のようにX線とその記録に関する要望を患者からもらっていたのだ。

「ボブ・コーノ? こいつはどこへ行ったんだ? ウバ? 一体何が起こっているのだ? あいつに矯正用のブリッジをつけてやって金歯の治療を全部してやったのに。シェリー・ミヤムラもそうなのか? 指しゃぶりをやめさせてやったのはこの私だぞ。一体何が起こったんだ?」

リンダは肩をすくめた。数ヵ月前には、少なくとも六ヵ月先の予約をした患者を彼女は取り扱っていた。しかし今はどんな患者であっても、まあその人間がいればの話だが、明日、あるいはどんな日も入れることができるように空欄になってしまっていたのである。スケジュール表はキャンセルで荒れ狂っているように見えた。しかしそんな状態でもまだ、博士はかつては健康的であった自身の習慣がしだいにくずれていくことに気がついていないようであった。自身に対しては、歯槽膿漏の発端である虫歯と歯周ポケットを見つけてしまった。あたかもキャンディがすべてブラシで取り除いてしまうのを待っていたかのように、博士はその問題の根源は知っていたが、それを治療していなかったのである。

博士が自分の崩壊しかかっているビジネスを無視していたのには理由が他にもあった。これは自身が全く認めていなかった理由である。博士は患者から否定されるという第一番目のトラウマ以降からキャンディの「研修」に聞き入ってしまったのだ。初めの段階では博士はこそこそと廊下へ出ていき彼女のドアの外から、X線治療をのぞき込んでいるように見せかけ、結局のところ彼女の部屋の外の壁に寄りかかって、あごをさすりながら盗み聞きをしていた。

それは患者が歯をきれいにしてもらって、何か物申すというものではなかった。患者はただそこに気持ちよく座り、足をもたれかけ、ヘッドレストにその心を傾けていただけなのである。その間ずっと話していたのはキャンディだったのだ。実際キャンディはあまりに話しすぎて、その日の最後には博士に言うことなどないくらいに声がかれてしまっていた。彼女の独白の内容は治療院にやってくる患者によって多様であった。そしてあたかも甘党がハーシーチョコレートのバーを好むように、博士を魅了し、頭をいっぱいにしたのは、まさにその内容なのであった。

「待合室の博士が選んで置いてある雑誌をあなたは好きじゃないみたいですね」博士はキャンデイがこう言うのを耳にした。「博士はかつては『ヴォーグ』誌の大きな記事が好きだったんですけど、奥様のベティが購読をやめてしまったにちがいないんです。あの大々的に記事の載った雑誌を持って帰っていらっしゃいましたよね。今は『ニュースウィーク』か『タイム』誌しかないのですか」

とにかく口を開けていなくてはならないという状況にもかかわらず、目を大きく開けたミウラ夫人がまさに口をぽかんとあけているのを博士は見つめていた。

キャンディは歯石落としで歯石を取り除き、以下のようにつづけた。「博士とベティは離婚しようとしているってご存じですか」

これは博士にとって初耳だった。

「ここで働いているある衛生士に関係することなんですって！」とキャンディは笑った。ミウラ夫人は今にも窒息しそうだった。

「でも」とキャンディは、夫人の歯茎近くの神経に響く部分をさぐりながら、付け加えた。「ご主人のジョーがまだ生きていたとき、あなたも離婚を考えていたでしょう。でも今みたいにみんなが離婚しているようなときじゃなかったし、ジョーは別にヒドすぎるわけでもないですから。つまり、ジョーは博士がやったようなことはしなかったし、すくなくともあなたに年金を残してくれたでしょうしね」キャンディは、驚愕で青ざめているようなミウラ夫人の前でべらべらとしゃべった。「女の子ってそういったことがわからないんです。つまりたとえばかつてひどいことしたり、不平を言ったりしても、いざ父親がいなくなったらどんなに寂しい思いをするのかってことをね。ジョーが生きていたとき、全然彼に感謝しなかったようだったから、いなくなってあなたが寂しく思っているなんて他の誰が思うもんですか……」

博士の治療院から突然大泣きして出てきたのはミウラ夫人であった。そして夫人はキャンディが心優しい話題をするものと想定していたので、それは驚愕なる出来事となった。ジョー・ミウラは亡くなってから一〇年とたたず、博士もミウラ夫人が喪に服しているのはうそであると思っていたくらいなのだ。みんな気の毒なジョーを気の毒に思い、夫人がその小言で夫を死へ追いやったと考えていたので、誰も夫人に共感などしていなかったのである。博士は突如、夫人はなんと孤独で欲求不満な女なのかと思い、これ以上『ヴォーグ』誌を盗むことができないようにしたことをすまないとさえ思った。

そしてゲーリー・コザワである。この人物は三〇代でありながらとても成功して自信に満ちていた。会計士でBMWを乗り回していた。博士はキャンディが彼のきれいでまっすぐに伸びた歯を研磨器でギーギーとみがいているのを聞いていた。高校のときに歯列矯正器を入れてから博士のところへやってきているのである。キャンディはゲーリーの歯に歯磨き粉をおしつけて、言った。「お母様から博士の衛生士のことを聞いているでしょう？ それじゃあ博士があんな女性に興味をもつのに疑問をもっているんじゃないかしら。たとえばあなただったら、仕事場の秘書と関係をもったりなんて絶対ないでしょう。だってゲスのきわみですものね。世間体を維持しないといけないし。でも五〇代になったら、自分はこんなことしてかっこいいかもなんて思ってしまうものなのよね」

ゲーリーは椅子から飛び上がろうとした。「何だって？」

しかしキャンディは優しく彼を抑えて、やわらかい歯磨き粉をつけ続けた。「もちろん、あなたの婚約者のジャネット――ああ（ごめんなさい）これは前の婚約者よね――はTRW（オートモーティブ・ホールディングス。ミシガン州の自動車部品メーカー）の事務所の助手でしかなかったから。でも、なんて汚いやり方なのかしら。招待状をみんなに送ったらジャネットは一杯食わせたってわけね。だって――式の前日にキャンセルしちゃったんだもの。そんなもんよね。あなたの親戚がみんな来ているのに。お母様がカンカンだったし」

ゲーリーは文字どおり泡を吹いていた。

キャンディはそれでも話し続け、歯磨き粉をゲーリーに塗り付け、歯に水を吹きかけた。「今、あなたはジャネットが欲しがっていた分譲マンションの支払いをしているけど、あの人はあのポルシェは絶対返さないわ。つまり指輪はもどすけど、ポルシェはなしってこと。でもポルシェぐらいあげちゃいなさいよ！　あの結婚式の贈り物全部返してくれるか疑問だけど。あなたはみんな、ジャネットが日和見主義かなんかと思って、彼女のせいだと思っているようにしたいみたいね。でも女を金で買うことなんでできないわ。どんなに稼ぐっていっても、会計士ってホントたいくつなんだから」

ゲーリー・コザワは泡のでる水を吐き出し、廊下へ駆け込み、博士のところへ走っていった。博士の頬は抑えた笑いで膨らんでいたのである。あのベティでさえ、ゲーリーはガーデナで最も有能な独身男だと思っていて、博士はそれを好ましく思っていなかったのだ。博士はゲーリーを自己中だと思っていた。

ゲーリーは、ありとあらゆるののしりの言葉をキャンディと博士になげつけた。正気を失ったのはこのときが初めてだった。あの週末の結婚式のときだって激怒せず、他の人間が考えていることに自意識過剰に気を向けていたくらいなのだ。ゲーリーは他人が何を考えているかをあまりに気にしすぎて、自分自身が考えていることを忘れてしまっていたのだ。つまり自分がさほど素晴らしいわけではなく、単純に、彼女を愛しているということを誰かにきかれたり、それを伝える方法を考えることなどせず、結果それを言うことができなかったから彼女を失ってしまったという事実である。

キャンディは自分を弁護せず、ゲーリーが治療院から出ていくのを静かに見まもっていた。博士は駐車場に面している窓を見た。そこでゲーリーはいらいらしてＢＭＷのドアをバンとしめた。紙の前掛けがあごの下にまだ縛り付けられていた状態だったが。

毎日、博士は様々なことを耳にすることを期待した。なかには子どもたちが薬漬けでリハビリ中であるということからすでに亡くなっている友人の遺産をその子どもたちがどうやって分割したのかという些細な情報というものまであった。それはあたかも彼の治療院から暴露されるガーデナのゴシップの完全な情報網のようであり、キャンディ・ユアサという衛生士のもつ唯一の口（マウスピース）から生じているものなのである。しかし博士は、ガーデナにおけるいかなるゴシップであれ、キャンディはたいてい、シンプルでときに痛々しく、ときにばかげていて、しかし常に真実であることに依拠していると認識していた。博士はキャンディに治療院から出て行ってくれと頼むことをしない理由はここにあった。それは博士の正義感に反して、彼自身その話をあまりに楽しみすぎていたからなのだ。

　博士はこうした現象を説明しようとすることに躊躇してはいた。それはキャンディの使用する掻（そうは）器が歯の神経に触るようなものであった。しかし博士がキャンディの「研修」で発見したことは有益で面白いものであったにもかかわらず、長続きするものではなかった。あたかも事前に録音されているかのように、歯医者に心の最も奥底にある秘密を話すために、来院する者などいるわけない。たしかにキャンディの精神衛生士としての技術でホッとした人々はいくらかいたが、そうした人々は、半年に一回治療することを望んでいた。むしろ人々の多くが心を乱され、恐怖に見舞われ、そうでない人々は全く軽蔑的に、博士の衛生士はこうした個人的なことをその歯石除去器（スケーラー）の下にいるどんな人間にも、誰にでもべらべらとしゃべっているものだと考えていた。博士は自分のしみる臼歯に舌を滑らせた。つまりだれも本当のことを聞きたいなどと思っていないのだ、博士はしまいには自分の唇をその歯のない歯茎の中へ沈ませるという癖をやるようになっていた。

　そうであっても博士は水曜日には通常のゴルフの日をもっていた。同僚たちは仕事に対する無駄な労力であると言ってはじめはやじり倒していた。「こっちはやれることはやっているんだ。患者の心までコントロールはできないよ」とはじめは文句を言っていたのである。しかししばらくすると友人たちは真剣になって心配し始めた。「もしこのことがあの衛生士のせいならば、辞めさせるべきだ」と彼らはきっぱりと提案した。

博士は説明をつけることができなかった。なんとも途方もないことであった。自分の離婚の噂さえ、人の良心の根源に触るこうしたでたらめ話よりもっともらしかったのである。

ハリーは博士の口をのぞき込んだ。「そんなに長く痛いおもいをしているなら、なぜもっと前に見てもらわなかったのかい？」ハリーは博士の左の臼歯の歯石を削り、その二重焦点の鏡から臼歯を横に見ていた。

博士は肩をすくめた。「リンダにX線を頼んだんだ。でも何もなかった」

「確かにここには何も見えないけどね」とハリーは賛同した。「でもきれいにすべきだと思うよ」

博士はいつもの自分の空疎なあの癖をやりに行った。リンダはドアからだれか見やしないかとはっと見上げた。

そして博士はこっそりとキャンディの部屋へ行って、ストンと彼女の前の椅子にすわりこんだ。「歯を掃除してくれないか」と彼は言った。

キャンディは、試練の前掛けを博士に静かにつけてやった。それはいつものやり方だった。博士は、研磨機に対面したときに多くの患者が感じる恐怖をこのとき初めて感じた。しかしそれは痛みを伴わないものだった。技能のあるその手は素早く、繊細に動いていたのである。

「あなたはこのガーデナの共同体で全人生を過ごし、これらの人々にその時間と技術を提供しました。その返礼としてあなたは家族を育て上げ、周囲からの尊敬の念を得ています。確かに今の時点ではそれは多少陰ってはいますが……でも、」そこでキャンディは話すのを一時的に休止し、頭上のライトを調整した。「歯科医療が悪い選択だったというのではありません。当時は多くの選択肢はありませんでしたからね。でもあなたの他の同僚のように、あなたは決してこの職業を楽しんではいない。晩には『ワイルド・ワイルド・ワールド・オブ・アニマルズ』の動物のショーや『ナショナル・ジオグラフィック』でニューギニアのアボリジニーの特集なんかを見て過ごしているんですから。ベティと一緒に行った日本での年は啓示的な出来事でしたしね。だってそれからというものガーデナには絶対に戻りたくないにもかかわらず、ここにいるのですから」

博士はキャンディの目を驚愕の念をもってのぞき込んだ。こんなにも単純に言い切られたことなど今までなかったことだ。

キャンディは歯磨き粉を歯につけて、その小さなゴムの先を回転させた。「もうあなたの子どもたち、そしてガーデナの人々の何百もの口への責任は完了しているのだから、あなたがいつも夢みていたことをやれるのではないかしら」

博士はほほえんだ。何年も気遣いや決断を渋っていたことが、どういうわけか衛生士の口から外へ出ていった。その瞬間キャンディはその左の下の臼歯に不快な痛みを浴びせかけた。博士は前掛けをむしりとり、突如立ち上がり、自分の業務からはなれ、家へ車で帰っていった。

ベティは除草用の鍬から目を離して博士を見上げた。家の前の芝のアオイゴケからセイヨウタンポポを抜いていたのだ。

「ベティ」博士はだしぬけに話し始めた。「おれたちは離婚するのか?」

「それはちがうわ」と彼女は頭を振り、園芸用の手袋をとった。夫である博士をバツの悪そうにみつめた。「私、歯をきれいにしてもらったの」と彼女は認めた。

「それはよかった！　よかった！　すごいことだ！」と博士は静かで、こせこせした日系アメリカ人の土地（ガーデナ）の前で大声をあげた。博士は、短パンでサイズ5のナイキシューズを履いているベティを車へ押しやった。ベティはLAオリンピックのサンバイザーを頭に合わせた。そして博士は眼鏡の蝶番の部分にあるシェードをとり、ガソリンを入れ、口笛をふきながらガーデナの入り口を通り抜け、動作センサーで動くベルがかわいらしく鳴るのを背にして出ていった。

紳士協定

A Gentlemen's Agreement

私は日本人移民一世の孫娘で、ルチオは孫息子である。今からお見せする私たちの写真は自分たちがまだ生まれていない頃の時代のもので、言い換えるなら記憶を通じて私たちへ浸透してきた過去を興味深く映し出したものだ。私たちはそれらの写真に対して疑念をもち、それらがどうつながっていくのかを強く知りたがるのだが、写真のその平板な表面を超えて物事を見る方法など知らないし、心の中にある目の焦点を合わせる方法などもわからない。私たちは他人に見られていたり夢をみさせられていると想像するのである。若い時分の祖父母が手をこちらへ伸ばし、私たちの尊敬や導き、非難、あるいは運命を喚起させているのだと思う。私たちはそんなふうに想像しているのである。

一九〇七年、アメリカと日本の政府は日本人の移民労働者をアメリカから排除するために紳士協定を締結した。次の年、はじめの代表団が——それは八〇〇人ほどの日本人を乗せた船だが——ブラジルにあるサントスの港へ到着し、サンパウロ州のコーヒー・プランテーションの契約を始めた。一九二〇年代になって、その後継続したアメリカの入国排除法で、アメリカ行き予定の日本人移民がブラジル移民となる状況が増えていった。西洋へ門戸を開くことに幾分驚愕していた日本からくる明治生まれの日本人移民をアメリカが受けいれた一方、ブラジルは大正や昭和時代に引き続きやってくる日本人移民を受け入れ始めていくことになる。そのときは大正や昭和は工業が拡張し、政治的影響力のある、そして国家主義の時代であった。南北アメリカにおいて現実に向き合う移民たちの夢が、移民の経験を形づくっていた一方、当時の日本の国家的な認識と西洋との関係は、明治、大正、昭和*のおのおのの世代の移民がどのように日本から出るのかというやり方に影響を与えていた。アメリカへやってくる明治の日本人が礼儀正しい忍耐力をともなってその目的に取り掛かり、子どもたちを行儀よく躾けているように見えていたのに対し、ブラジルへ渡った大正と昭和の移民は、未開拓の森に隔離された島のような共同体を建設し、ブラジルの小作農に対して平然と侮蔑の感情をもち、日本の国粋主義を保持していた。もう一方である明治の集団よりもおそらくより積極的であったと思われたのである。

一九七五年、私はブラジルのサンパウロで、ルチオ・クボに出会った。ルチオはそのときサンパウロ大学哲学科の大学院生だった。長い髪で、だらしなく伸ばしたあごひげをして、ベルボトムのジーンズをはいていた。これは当時の七〇年代の若者のシンボルといったいで立ちである。彼の日本の古典、フランスの詩人、そしてアメリカのジャズに関する知識、その柔軟で共感的な心情、軽快な機知、そしてブラジル特有の皮肉（エスプリ）に私は驚嘆させられたものだ。ルチオは祖母に育てられ、甘やかされたという。そして日本の詩（俳句・短歌）を読むようにと教育したのはその祖母なのだそうだ。ルチオ以外の他のブラジル人二世はそんな日本の正式な教育なんか自慢できるような状況ではなかった。友人たちはそんなルチオを「将軍」と名づけていた。

ここにある写真の四人の女性は全員、世紀転換期前に生まれた明治の女性で、互いに一〇年以内の年齢差をもっている。そのうちの二人は東京と京都の文化的中心地の出身で、あとの二人は愛知と長野の比較的小さな都市で生まれた。彼女たちは当時西洋へその門戸を開いていく日本で生まれており、小作農から工業社会への移り変わりの時期に生まれている。転換期とは劇的であると同時に絶望的なものでもあった。この過渡期のはじまりは、祖国日本が外へ出ていくこと、そして世界を開拓し、遠い場所で資産を作らんとし、この時代の変遷と人々の貧困の重圧を軽減することが暗黙に称えられたのだ。写真の四人の女性は全員日本から出ていき、新しい世界に定住することとなった。そのうちの二人はアメリカに、紳士協定の直前にやってきて定住し、その二〇年後に――それは世界恐慌と第二次世界大戦との間の時期であるが――他の二人がブラジルに落ちついた。そしてこの女性たちのうちの誰一人として日本を出ていくことを考えていた者はいなかったのである。海外で生きる計画は運命的なものであり、それは男たちの心にあったものであり、すなわち文字どおり「紳士協定」だったのだ。

LAを出て、あのカリフォルニアのガーデナの日系アメリカ人の僻地から出て行ったとき、私はこのブラジルにいる私の相手がどんな人間なのか全く知る由もなかった。三世のこの友人はラテン的な感性をもっているのだと想像していたのだ。しかし実際に私が出会ったのは、比較的若い日本人の移民集団で、彼らは自分たちを二世と呼び、私と同じ世代でブラジル国家への統合、そして彼らの大いなる国家への参加に関して話し、立派な専門職を持つ人間になる必要性を話していたのである。私は若かりし頃の親の世代に出会ったような奇妙な感覚に見舞われた。三世とは一体何者なのか？　私は彼らの想像の産物なのだ。私はタイムマシンでここにやってきているようなものだが実際にはそうではない。私はただ北米からやってきただけなのである。私はアメリカ人で、世の中産階級の人間ならだれしも、それがどういう意味なのかわかっているように思えた。

トミ

帽子の上にかざりの鳥をつけて、首にボアの毛皮をつけた女性は、私の父方の祖母の、トミ・ムラ

トミ・ムラカミ・ヤマシタ（オークランド、1901年）

カミ・ヤマシタである。ポスターサイズに修正したこの写真は、かつて一九〇一年あたりにオークランドでブッシュネルという写真屋の窓に飾られていたものだ。これは祖母がアメリカへやってきたすぐ後に撮ったものである。世紀転換期のサンフランシスコにやってきたばかりの日本人移民女性が、こんな豪勢な西洋的ななりをしていたということは、彼女自身の人生を大いに物語っていることになろう。彼女は美しく、自分もそうだと思っており、自尊心をもち、突飛なところがあり、豪胆でもあった。八〇でなくなるまでそうした彼女の人物描写なるものは本当にそのままであった。この祖母の資質で私が大好きなのは、彼女には根性があったということである。

おそらく祖母の自尊心とは、東京の中心部で育ったということからきているのだろう。刀製造と侍の家に生まれ、トミの母親は芸術家や知識階級を引き付ける社交的な人物であったという。トミはキリスト教の改宗者であり、西洋に対する都会的趣向と熱狂的な興味をもつ明治の女だった。

祖父であるキシロウ・ヤマシタ——当時はこざっぱりとした身なりのよい仕立て屋でニューヨークのミッチェル・カッティング校の卒業生であった——がプロポーズと一緒に住むためのカリフォルニアの一軒家をもってトミの前に現れたとき、彼女はわずか一九歳ほどであった。トミとキシロウはオークランドへやってきて、横浜洋服店を建て、そこでの日系共同体にいる洒落っ気のある日本人男性の要望を満たしていたのである。

トミは自分自身の意志で針子となった。身重の女性のために、腹部サポーターと呼ばれるベルトのついた考案物の特許をとり、少量ではあるがそれを生産した。女性的な体型を維持することは、常々七人の子持ちのトミにとっての関心事であった。その人生の最後においても、自分の体形を改善するため、コルセットをつけていたくらいだ。

トミは流行に対する直観をもっていたのかもしれないが、これ以上ないほどに勤勉でもあった。一九三一年にキシロウが亡くなると、洋服店は閉店する。トミは地元の縫製店で働き、のちにメイフェアークリーナーを開いて、洗濯屋を取り入れて、卸売り業者のために洗濯をし、オーダーメイドの洋服の仕立て直しやアイロンかけをした。大恐慌のときでさえ、トミの労働は家族を支え、一九四二年には負債を払い終えた。そしてそのときには第二次世界大戦で、家族がユタ州のトパーズの収容所へ入れられたのである。

おそらくトミは長く生きたため、キシロウとの人生は漠然と遠いものとなり、トミは私たち一族が信じる者になっていった。すなわち母系家族の長である。そして事実この写真では、まだ二〇そこそこではあるが、私たち家族の誰も忘れることのない方法でその長の立場を定義づけている。

ルチオは世界旅行をしていたとき、まず初めにロスアンゼルスにやってきた。彼はワカコ・ヤマウチの演劇「そして心は躍る」を私と一緒に観たことを覚えていた。日本人の役なのに英語を話す役者が演技していることにルチオは面食らっていた。そうした状況はルチオの耳には人工的なものに見えたのだ。このアジア系アメリカ的なものは一体何なんだと尋ねてきた。結局のところ彼はブラジル人なのだ。つまりブラジルにおいては、階級や、飢えた人々に食べ物を与えるということが問題なのであり、人種は関係ないのである。

ミカ

ミカ・モリシタ・アカガワは籐の椅子に座っている。ここではミカの孫息子のルチオ・クボが私にこの人物の話をする。ミカは愛知県豊橋市の裕福な家庭の長女として生まれた。家族は製鉄所と金属店を経営していた。当時としては異例ではあるが、女子は通常は六年のところ、ミカは八年の教育を受けていた。ヒデタケという人物が、厳格なる見合いによって彼女の夫となった。そこに至るまでにヒデタケは彼女の家を訪れるふりをしてミカを遠くから観察していたという。ミカ自身はこうした見合いの類の決め事に気がつかず、結婚式のときに初めて、自身の夫に出会った。彼女は一八歳でヒデタケは三〇歳である。のちに彼女はヒデタケが実際のところどちらかというと男前であったから安心したと感想を語っていた。

ミカはヒデタケについて満州へ行った。そこは一八年という間、この日本鉄道の駅長に十分な生活の糧を支払うところではあった。しかし日本へ帰ると、ヒデタケは満州にいたときのような報酬の仕事を得ることができず、一九三一年の株の大暴落も伴って、大きな財政的損失をうけた。いまや九人の子どもを持つ家族となり、アカガワ家は息子らが中国との戦争へ送られてしまうのではないかと恐れた。何年間も日本から離れて暮らした手前、一九三三年の時点にはブラジルに行くことが安易な選択肢であったようである。まだヒデタケは五〇、ミカは四〇に手が届くくらいで、年上の子どもたちの労働力をたよりに、再び新しい人生を開始することになる。

ミカ・モリシタ・アカガワ（サンパウロ、1941年）

契約労働でブラジルにやってきた日本人移民が大半であるにもかかわらず、アカガワ家は自分たちの旅行運賃を払い、ティエテという日本人植民地の土地の一画を購入することができた。一九三三年のティエテとは、ブラジルはサンパウロ、そしてマットグロッソ州のかなた北西の辺境にある、誰の手も付けられていない森林地帯であった。アカガワ家は土地を開墾し、米、トウモロコシ、豆、そして綿花を植えた。その中でも綿花が収支を合わせる以上の報酬を得たが、損失を考慮して、一家はサンパウロの都市へと移動していった。そのときには、第二次世界大戦で日本語は禁止され集団契約のどのようなものであっても、それらは家の中に彼らを縛り付けるようなものであった。子どもたちは結婚し、農業以外の仕事をし、家を出た。

ミカは献身的な妻であり母であり、農場のつらい仕事にはたずさわらず、伝統的な日本のしきたりで家にいた。このことはのちに彼女の娘たちが幾分批判的に、それはミカがいいところの、甘やかされた娘として生まれたせいであると言っていたほどだ。加えて彼女は社交的なタイプではなく、極めて控え目であった。サンパウロでの生活は寂しく、娘たちがやってきてたまに地元の映画館へ出ていくことぐらいが当時の稀な楽しみであっただろう。

これはそんなときに撮られた写真と思われる。もはや若くもなく、ちょっと厳格な面持ちで、ミカはサンパウロのフォト・トゥッチ写真館の藤の椅子に座っている。遠い日本からやってきて、ミカ自身の話は、ヒデタケという精力的な男性、そして九人の子どもと三つの国、戦争、そして経済的、政治的なその時代の気まぐれな運命の基盤の間に静かに編み込まれてしまっている。

ルチオはチズカ・ヤマザキの映画『外人』の助監督をしていた。私はこの映画の最後の場面の、日系一世がヨーロッパ系ブラジル人と結ばれることがほのめかされる部分に困惑させられたのを覚えている。たとえこの映画の他のすべてが本当のものであっても（たとえば日本人のキャラクターが日本語を話しているといったように）、私の書く本では少なくともそんな終わり方はありえない。それは有名なブラジルの俳優を使ったロマンティックな気晴らしにすぎないのだ。

テイ

テイ・イマイ・サカイ、私の母方の祖母は、長野県松本の魚の卸売り業者の長女であった。祖父のキタイチはその近隣の小さな村の出身で、海を越える冒険へと旅立つ前にテイと結婚した。それから七年間というものキタイチからは何の音沙汰もなく、テイの家族は彼女に再婚をするように提言し始めた。それしかし一九〇六年、サンフランシスコを地震が襲い、都市再建の労働力の必要が余儀なくされた。それで七年もたってからではあるが、キタイチがテイに手紙で連絡をとることが財政的に可能になったのである。「こっちに来てくれ」というのが手紙が記している唯一の言葉であり、テイはそこ（サンフランシスコ）へ向かった。

日本人女性が一人旅することなど世に知られていない時代に、テイはアメリカへ旅をした。そこでキ

テイ・イマイ・サカイ（松本、1900 年）

タイチに合流し、ウオキ魚店という、今ではサンフランシスコの日本町のポスト通りに一〇三年間も経営している日本の食料雑貨店を開いた。

キタイチは、他の多くの一世男性のように、次から次へと自分の金を投資し、それを失った。そして、これはまったく許されることではないが、残りの金は、店の従業員と帳簿係がそれをもって行方をくらましてしまったのだという。負債を完済するのに、キタイチの息子たちは一〇年もの年月を犠牲にしなければならなかったが、キタイチは、そのときになると、日本で随分前にもっていた冒険への強い意志など失ってしまっていた。

店の上のヴィクトリア調の部屋で、九名の手におえない子どもたちの強い基盤を即座に作ったのはテイであった。そのときから、第二次世界大戦でのトパーズ収容所の何年か以外は、テイは店の上の部屋以外他のどこにも住まなかった。テイの全世界とはポスト通りの日本町であり、そこは家族や店の従業員が食べにくる大きな調理場であった。テイは英語を話すことはほとんどなく、その世界は島国のようであり、閉じられていた。

しかし仕事中あるいは休みのときにも、テイは家族の背景で、中心となり、しっかりとして、最も現実的であり、永続する忍耐力をもった人物となった。おそらくこれはテイの中の仏教的な禅の考えのせいだろう。彼女の資質のすべてが、質素、正直、人間性、ユーモア、そして英知を発していた。時がたつにつれて、あまり言葉を発しないが、常に真実を伝える老女になっていった。テイのまずい部分に関して話す者などなく、このような善良なる女性が実際に存在していたのだということ自体が奇妙に思えるほどであった。穏やかで飾り気なく椅子に座り、自分の人生が語られることを待ち、七年もの間何の言葉もなくアメリカへ行ってしまった夫を待ち、新しい世界における彼女の一家、共同体、そして人生における激動の中心でじっと待っている穏やかに微笑する仏陀、これはこの写真の女性のことなのである。

ルチオは、最近移民してきた日系ブラジル人一世のユリと結婚した。そして私はヨーロッパ系、アフリカ系、そしてアボリジニーが混じったブラジル人と結婚した。ルチオの子どもたちを二世や三世と呼ぶことは可能であるが、私の場合はおそらく、他の民族の帰属意識のやり方で、なんと名づけていいのかその意味さえ失ってしまっている。

カズエ

カズエ・カトウ・クボはルチオの父方の祖母である。二六歳までに、日本で結婚しそして離婚している。その数年後に、京都で、テツ・クボという、プリンストンでキリスト教神学を学び、流暢な英語を話し、四人の子どもを持つ寡(やもめ)の学者兼教師に出会った。この写真は、着物を着て立っているカズエで、これから六人の家族の面倒を見る前に撮ったものだろう。

テツはキリスト教主義の知識人であり、日本で何冊か本を出版している作家であった。西洋かぶれで、

カズエ・カトウ・クボ（京都、1926年）

コーヒーを飲み、日本の外の世界に視野を置く人物であった。一九二九年、日本人排斥法の後、アメリカはもはや移民を希望する日本人の選択肢ではなくなっていた。だからブラジルへ行くことをテツは決定したのである。カズエは、将来を約束された学校長の著名なる妻として日本に残ることを望んではいたが、テツについてブラジルへいった。

　クボ家は、テツとカズエに二人の若者を加えた家族に人数を増やす必要があり、サンパウロの北西のコーヒー農場へ契約労働者の集団として向かった。ブラジルへ入国する要件の一つは、日本人は「伝統的な家族」――すなわち夫、妻そして少なくとも労働できる年齢である一四歳以上の子ども一人以上――でブラジルへ入国しなくてはならなかったからである。これは、アメリカ入国のケースにおいて適用されたことではあったが、社会問題の根源となりうる多くの若い独身のアジア人男性のみのおびただしい入国を禁ずるブラジル政府の思惑からくる要請であった。これがアジア人男性に対する恐怖や家族生活に対する状況を作り上げるという政府側の洞察であったのかはどうであれ、この要請で日本人女性がブラジルへいくことが可能となったのである。そしてブラジルへ、それらの女性が日本人男性と伴っていくことで、子どもが生まれ、定着し、文化的結びつきができ、家族ができた。

　ブラジルへの移民はテツの考えであったが、実生活における物質的側面はカズエのものとなった。ルチオによると、祖父は、知的ではない身体的労働を必要とする土地へ足を踏み入れることになるとは決して思っていなかったのだそうだ。それからというもの、カズエが家族の資産の主たる提供者であり原動力となった。土地を耕し、庭を作り、養鶏場をつくり卵を売り、都市で子どもを生み、四人の継子を、彼らが大学を出て結婚するまで育て上げた。自分に学がないにもかかわらず、のちに日本語を教えていた。カズエは精力的なタイプで、カリスマと活力に満ちた女性であった。ブラジルで家族を維持することと生活のためになくてはならないすべてのことを提供した。テツの夢を叶えたのである。

私たちは先祖の形式的な人物像をこのように調べ、それぞれの風習やその時代の主張、そして家族の類似性などを認識した。私たちはこれらの女性を老齢の女性たち、すなわち対話する可能性が多かれ少なかれ難しい祖母たちであったと考えている。だから彼女らの話を覚えていたり忘れていたりするのである。そして私たちがわずかにしか知っていないことが、ここにこのように思い出されているのである。そのような彼女たちによって、こうした写真は意味のないものとなる。それは博物館や骨董品店によって縁どられた昔の珍奇な遺物でしかない。そうではあっても私たちの手が、彼女たち年長者によって受け取られるようなとき、私たちは思い出すのである。その疲れ切った骨を覆うしわだらけの薄い皮膚と、斑点だらけの手の平にある裂け目を。

ルチオは手相をみて人の未来を予見できるらしい。でも私はこれが彼の真面目な副業であるのか、あるいは女性と会って親密な会話をする邪な方法であるのかなどは全くわからない。この手相を読むという行為が、知っている人々の最も鋭く最も明敏な精神の一つに対し反駁するか、あるいは賞賛するのかなど私はわからない。実際私はルチオに私の手相を読んでもらいたいなどと頼んだことは決してないのだから。

一九四一年、およそ一九万人の日本人がブラジルへ移民した。今日、日本人移民とその末裔は百五十万人を超えている。国外でそれは最大の日系移民人口である。単純にみえるか、この大いなる人口に対する最もありうる理由の一つは、日本人女性の存在である。紳士協定と男性側の多くの計画にもかかわらず、女性は生活の安定を築き、家族を作り、家を建てた。多くの日本人男性が、自身を出稼ぎ労働者や（不法や一時的な）移民であるとみなされているのに対し、女性はおそらくその時代の「正規の移民」ということになっていたのだ。

　日本人女性にとって、自分の家を出ることは、伝統的な関係から切り離されることを意味していた。夫の家族の財産のシステムに適応し、姑の監視の目で暮らすことを意味しているのである。南北アメリカでの生活が困難で、物理的に極めて努力を要するものであるなかでも、女性は男性のそばでわずかながらの自由と同等の立場を得ていた。もちろん彼女たちは忙しすぎてそのことに気づかなかったのかもしれない。当時の女性の家庭における責任とは、実践的で明確である。子どもの世話、家事、食事、庭仕事、家の中の仕事である。おそらく男性とは異なって、女性は成功する必要がなかったのかもしれない。ただ働かなくてはならなかったのだ。一方男性は自身の家族にとって、経済的に、そしてときに政治的に、ときに精神的な見解を持つことに対し責任があった。南北アメリカはそのような彼らの夢を飲み込み、それを信じ、熱望する者を非難した。日本の女は海を渡り、時代、文化、階級、ジェンダーの境界線を超え、ささやかで柔軟な方法で男性の見解にあわせ、物事の筋を通したといえる。

私はこの一世女性たちの孫娘であり、ルチオは孫息子である。私はアングロ・サクソンの言葉を話し、ルチオはラテン語である。私は環太平洋地域の絶大なる中心の、第一世界と言われる場所に住んでいるのに対し、ルチオはいわば第三世界のサンパウロに住んでいて、そこは南米で最も大きな大都市でコスモポリタンである。私が手紙を書いているとき、ここは冬である。ルチオは私のこの文書のファックスを受け取るが、そこは今夏である。

＊日本の歴史的時代区分は、天皇の統治期間によって示される。すなわち明治天皇（一八六八～一九一二）、大正天皇（一九一二～一九二五）、昭和天皇（一九二六～一九八九）のことである。

ボンベイ・ジン

Bombay Gin

従兄弟が彼の母親のアパートに私を閉じ込めてしまった。これは笑いごとではすまないと私は思っている。ガチャガチャと錠を左右に動かしてみる。従兄弟は動かなくなった錠前用の差し錠の円棒の部分を切り落としてしまったので、内側のノブはうごかない。そんなことわかっている。実際従兄弟は私にそのことを私に説明していたのだ。それにドアのガラスを壊して、手を通して差し錠をあけることなど誰にだってできる。従兄弟は窓も安全にしめられていると確認していた。私はとにかく窓に向かったが、確かに彼が窓を固定していて、三インチほどしか開けられない。私は痩せているけど、そんな隙間を通れるほどのレベルではない。つまり私はロックされた箱に閉じ込められてしまった。それが今私が直面している問題と思われる。

この閉じ込められた箱に関する限り、この場所はとても素晴らしい類のものだ。つまりアメニティがすべてそろっている。冷蔵庫、電子レンジ、テレビ、電話、風呂、ベッド。いやそんなアメニティのレベルを超えたものがこの部屋にはある。それは博物館のようであり、家族の思い出箱といったところか。従兄弟の母親は五年前に亡くなり、それ以降従兄弟は彼女のアパートの何一つとして取り除いたり、場所を変えてしまっていたりすることはない。もう一方の従兄弟によると、ここは彼の母親の霊廟のようなところとのことであるが、私はおよそそんなふうには思えなかった。これは従兄弟の強迫観念的なものというわけでなく、(掃除をしたくないという)惰性と自分にとって居心地のいいというだけにすぎない。とにかく彼は実際にここに住んでいるわけではない。休日にやってきて、ソファの寝袋で眠り、再びそこに鍵をかけてニューヨークへ飛行機で戻るというものであった。「なんでソファで寝るのか？なんでベッドじゃないのかって？　そりゃ母親が生きていたときにやってていたのが、ソファで寝ていたというだけで、あいつはそんなにノスタルジックな人間じゃないよ」ともう一人の従兄弟は言う。いや私はこの従兄弟より状況がわかっている。ただ毎回シーツをかえないといけないということをしたくないからだ。

私は冷蔵庫へ行き、開けてそして閉めた。冷蔵庫のところへ行って、あたかもその冷却された空間に何か解答があるかのように中を見る行為は、一種神経症的であるに違いない。でも、みんなそれをやっているとわかっている。自分の子どもや友人が家にやってきてキッチンのまわりをうろつき、のぞき込んで、何週間もたってしまった食べ残しや、焼くのに時間がかかりすぎてしまうような厚切りステーキの肉などを覚えておいて、何も手にもたないまま、肩をすくめるのを見たことがある。私は閉じた冷蔵庫をしばらく眺めていた。その扉は七〇センチぐらいの高さで、私たちの家族の子どもたちの写真でごった返しになっていて、子どもたちの歯を見せた、あるいは歯のない笑いがたくさんのマグネットの下からのぞいている。私の息子も伯母が亡くなったときの〇歳かそれぐらいの年齢の写真でそこにあった。私は写真のすべての人物を見たが、特に自分の息子をみていた。昔はとてもかわいかったなと思いながら。ここを訪れる人間はこの冷蔵庫の写真を見て、こうやって自分の子どもたちに特に注目していたに違いない。従兄弟は結婚せず、子どもは決して持たず、そのことは彼の母親が何度も嘆いていた事実であった。孫たちに与えることができたかもしれないものを嘆いて……。だから自分には孫がいないので、他の誰かの孫を養子にしたり、誰かから借りて来たりしていたのだ。私は伯母が写真を見て、まあ！　と言って一人一人の名前、年齢、そして最近生まれたばかりの赤ん坊のことなどを見たり聞いたりして報告していた。これは冷蔵庫の扉の上にある彼女の未来なのだ。これは伯母に繰り返される幸せなときで、その場所の前に今の私もいる。でも果たしてこれは私にとって幸せなときなのだろうか？

私は再び冷蔵庫を開けた。どういうわけか私はサラダのドレッシングに気づいた。それはポール・

ニューマンのビネグレット＝ソース（油・赤ワイン・ビネガーなので作られたフレンチドレッシング）である。それは伯母が生前にサラダにかけていたものと同じだと確信している。マヨネーズの賞味期限を調べてみた。もう五年以上たっているものだ。私はその冷たい冷蔵庫の箱にさらに手を突っ込み古くなった食べ物をその中から探し出して、賞味期限を調べ自分が見たことのある食べ物の場合は、横に放り投げた。まあ五年たっているものがやたらと見つかった。五年前の食物の記憶を持つことができるのか？私は伯母がローストビーフサンドウィッチを作り、サワードーのパンにライトマヨネーズを伸ばしているのを目に浮かべることができる。それはこれと同じライトマヨネーズだったと確信している。そして味噌があったのでこれがマヨネーズではなく味噌だったら……味噌だったらもっと期限がもつかな？と。ショウガの漬物の瓶、海苔の調味料、バーベキュー・ソース、オイスター・ソース、キムチ、塩分控えめの醤油、緑のスペイン唐辛子のオリーブ、そして凝縮したレモンジュース。私はマーガリンの容器、サッポロビールやダイエット・コークの缶、すでに開封しているベーキング・パウダーの箱を取り出した。そして冷凍庫を開け、冷凍凝縮食品の缶、オレンジジュース、マイタイ、マルガリータミックスなどを捨てた。包まれた食べ残しのようなアルミホイルのパッケージのものも横へ投げた。こんなものがとってあったなんて信じられない!!　ほとんど脱水症状になっているようにみえるアイスキューブ、そんな状態があるのかわからないが、それを横に投げた。冷凍庫のずっと奥の方には、納豆の山があった。納豆とは、茶色のドロドロした液体で糸をひく豆に添加物が加えられた、何年もたった、いわば欧米の感覚でいうならカマンベールチーズに相当する大豆のこと。できたばかりのときでもそれは古く、匂いのきついべたべたした塊であるが、ここでは五年たって、かなりひどいものになっているに違いない。私はそれを捨てた。

冷蔵庫からはなれ、私は食器戸棚の中を覗き込んだ。即席の味噌やゼリーの箱とかが、セメントのように固くなっている。もう必要がなくなったラーメンフレーバーの袋、塩分ゼロの調味料の小さな瓶、古くなったPAMのスプレー缶、穀類シリアルの箱といったものがいっぱいであった。伯母は高血圧とコレステロールが高くなる傾向があったのでコントロールしていたことがわかる。これらの病理は私たち家族の血統の因果であり、彼女の姉妹、兄弟の人生も翻弄した。でもとにかく伯母はそうした病理にもかかわらず、いつもこんなふうに自分が好きな物をこっそり食べてごまかしていたのを知っている。永久に生きられるわけではないのだからと言っていた。彼女は量で質を代償するつもりはなかったのだろう。

食器戸棚のもっと奥には、様々な形体で皺のよった皮の状態のカリフォルニアゴールデンレーズンの箱が何個かとキャンベルのマッシュルームスープの古い缶がいくつかあった。缶の賞味期限を調べてみた。そのうちの一つは一九七八年。ちょっと考えてみて、息子が一九七八年に生まれていたのを思いだす。従兄弟は料理などしない。従兄弟が寝袋でこのソファで横になり、台所の腐食していく食べ物とともに眠っている状態を考えてみた。すぐにゴミ箱は瓶や缶や箱でうずたかく積みあがってしまっている。「はあ……」と私は思った。これを従兄弟にみせてやったらと。でも考えなおして、低カロリーのマヨネーズを棚に戻した。いつかどこかの時点で報いを受けることになるだろうと思って。

従兄弟は一人っ子だった。その写真は、一人っ子であることの道理にかなって家のいたるところに散らばっていた。大きかったり小さかったりする彼のポートレートやあらゆる部屋に、あらゆるフレームの入れ物に入った家族写真。私は彼の肖像のすべて――特に五歳のときの、ポーズをとったもの――に対し顔をしかめながら歩き回った。これは第二次世界大戦直前に、彼の家族がインペリアル・バレーに住んで、トパーズの強制収容所へ連行されていく前に撮ったものにちがいない。収容とその後は伯母の第二の人生であり、第一部は大恐慌時代の彼女が若かりし頃のことである。すべてが犠牲と苦闘であり、写真の息子は、まるでかわいらしい天使のように胸のポケットから小さなハンカチを出したジャケットを身につけている。私が生まれる前の話で、みんな従兄弟は甘やかされてダメになっていると言っていた。彼の母親は彼のことがあたかも悪童のようないたずらっ子だったと、当時を楽しく思い起すのが好きだった。この部屋を彼が開けるとき、あるいはもし開けることができるならば、私は彼の頭の上でこのポートレートをぶち壊してやるつもり。

私は後ろにあるバルコニーへ行った。近隣の老人に怒鳴って知らせることもできるかもしれない。確かに側道をだれかがゆっくりと下っていくのをみることができる。当然のことながらそれは年取った女性で、というよりもここにいる人間はみんな年寄であるのだが……。ここは高齢者保護の地区で、年寄の娯楽施設でもあるから。人口は七〇〇〇人で、朝七時にきびきびと歩き、電動のゴルフカートでゆっくりと動き回り、薬局と心臓医の間を行き来する。私なんかはまだ最も若い方に数えられるかもしれない。六〇秒ごとに一歩という恐るべき速度で、老女が近づいてくるのを見ていた。彼女は二匹の小さな犬に紐をつけて引っ張っており、それは毛むくじゃらのプードルで、部分的に剝げていて、彼女よりもゆっくり、のろのろ歩いている。彼女は犬に合わせてできる限りゆっくりと歩いている。彼女に向かって呼びかけている自分を想像した。「助けて！　とじこめられているんです！」って。でももちろん、こんなことはばかげているように見える。私の突発的な動きはどんなものであれ、犬たちに心臓発作をおこすことになるかもしれない。一五フィートを横切るのに一五分かかるに違いないのだから。まあこれは大げさな言い方だけど、残された時間がほとんどないのだからこの世界で十分な時を過ごそう——

こんな考え方は人生におけるこうした時期の一つの法則ともいえる。あの老女は私の伯母を知っているのかしら。私は何か言おうとした。少なくとも閉じ込められた箱の中の私の存在の証人になってくれるでしょう。「こんにちは」私はあえて優しくそういった、彼女を驚かせないように。でも老女と犬たちはそのままゆっくりと歩いていった。「ねえちょっと！」私は声を上げたが、彼女は見上げもしない。彼女も犬も私の声など聴いていない。なんでだかわからないが、松の木の背後の蜃気楼のようになって消えていくまで、私はこの三人組を見つめていた。

そのとき、電話が鳴った。走っていって電話をとった。「はい！」と私は怒って答えた。私を閉じこめたことで申し訳ないとあやまってくる従兄弟だと確信していたからだ。しかしその代わりに私の「はい！」は録音されたメッセージを起動させた。「おめでとうございます！」メッセージは耳に騒々しく響いた。「ホリデー旅行が当たりました。入金は……」私は電話のボリュームの突起を手探りでさがした。「ベガス！　さあ以下の電話番号へ……」アパートのすべての電話は、従兄弟の母親と今では従兄弟自身の耳が悪いので、入ってくるメッセージを大きくする仕掛けになっている。耳をつんざくようなメッセージの音を低くして、電話を切った。

この閉じ込められたアパートで心臓発作になっていると緊急電話することまで私は考えた。彼らは消防車を出して、バルコニーからか、あるいはドアを破って救い出してくれる。そうだ。ドアを破って。緊急電話のリストを電話についているハンディステッカーを見て、緊急電話の代わりにこの住居のメンテナンスのセクションにかけることに決めた。「ドアの錠に問題があったので」と私は言った。「だれかこっちへ修理によんでもらえないかと思っているんですけど」「あいにくこっちはドアの錠前の修理はやってなくてね」と彼らは言った。「うちじゃないんですよ。これが地元の錠前屋の番号です。二四時間サービスで、こうした仕事をやる許可をもっています」「でも私は今部屋の中に閉じ込められているんです」と私は彼らに心を決めていった。「大丈夫ですよ」と彼らは言った。「よくあることですから……。すぐにそちらへ行ってなおしてくれますよ」全く私は誰に文句を言っているのかしら？　年取った女性の機嫌をとっているとでも思っているのかしら。彼らはあたかも私が電話のボリュームを下げているると知っているかのように、大きな声で話している。錠前屋の番号を書きとめて、冷蔵庫のドアにある子どもたちの顔の間のマグネットの下にくっつける。そして冷蔵庫のドアをあけて、そして閉める。そうだ。すべて中のものを捨てたんだ。ゴミのところへ行って、サッポロの古い缶をとりだした。まだ十分冷たい。

電話がまた鳴った。ビール缶のタブをとって、グイっと飲んで、そして鳴っている電話のところへふらっと歩きながらいく。今回は相手に話させるだけにした。しかし相手は大手テレビ局のジェレミー・何とかという人物だと言って、いくつかアンケートに答えてもらえないかという。ばかげていると思った。だから国勢調査の結果はいい加減なのだ。七千人の保守的な考えと電話番号識別機をもっていない老人に何度も電話してきて、それでそうした老人たちは電話を待っていて、こんなふうに誰かと話す機会が欲しいのである。だれも私にこういった国勢調査のパーセンテージの一部になってなど頼んでいない。「ごめんなさい」と私は、ジェレミーが従兄弟ではなかったことに怒りを爆発させてそう言った。「テレビは観ないの」といって電話を切った。

テレビの前の安楽椅子に、サッポロビールをもってきてすわりガラス製のチューブに映し出される私の投影を見つめた。テレビの上には伯母とその兄弟の写真がある。最近の私は、このラインアップされた遺伝子に見合った彼女たちの姉妹の一人に似てきている。「私はテレビは観ないの」と私はテレビに向かって言って、テレビに映った私の唇を観察した。で、リモートのグリーンのボタンを押して、画面がマーサ・スチュアートのそれに変わっていくのを観察していた。マーサとアリス・ウォーターズはサラダをつくっている。他には何かしら？　ビネグレット・ソースを泡立てている。私はゴミ箱へ行き、ポール・ニューマン関係の積み上げられたものを探すために手探りをし、それを冷蔵庫へもどした。ビールをチビチビやりながら、まったく、と思った。マーサ・スチュアートはここには住んでいない。とにかくそれが、電子レンジの上のサインが言っていることだ。

お次は、『料理の鉄人』である。「さあ鉄人の森本さんは挑戦者を選びました。本日の料理はなんと納豆です！　確かに納豆はここにいる素晴らしい料理人の技術を真の意味でテストすることになり、この伝統的な日本の珍味をつかった料理の陳列の数々を作り上げることになるでしょう」私は疑念をもってこれを見ていた。アメリカの視聴者はいったいこれをなんだと思っているのかしら？　私にとって、納豆とは家族の伝統の印であった。子どものときから納豆を食べれることを誇りに思っていて、納豆とは私の祖母から彼女の子どもたち、私たち、そして私たちの子どもたちまで伝えられる伝統であった。私の従兄弟は納豆が好きでその母も好きで私の父も好きで私も好きなのだ。私の子どもも納豆が好きである。それで私が何か作るので、私の孫たちも納豆も大好きなのである。このことは実に嫌なものを大好きであるという、何か勲章のようなものだ。だって納豆を食べない日本人がいるのだから。納豆を食べるということは、味蕾を通じたＤＮＡによって、私たちが本当の意味でつながっているということ。私はたちあがって、ごみの中を再び探し回り、納豆の発砲スチロールの箱を見つけ、冷蔵庫へいれた。そして再び考えなおして、納豆のパックから一つを取り出して台所のカウンターに置いた。五年間なんて『料理の鉄人』のレシピをもってすれば、試すのは問題ないでしょう。古生物学者は、凍った毛むくじゃらのマンモスの肉を食べたり、考古学者はピラミッドの中にあったツボの中のはちみつを食べたりするるか？　まあ、おそらく彼らはそんなことしなかったろうけど。

　テレビの中の日本の番組では、料理の鉄人は味噌をつかって納豆の奇抜なショーを作り上げていた。「福井さん！　鉄人が納豆でてきた混ぜ物を沸騰させています！」私はゴミのところへ行って、味噌と塩分控えめの醤油を取り出した。くそっ！　そして私はガリとバーベキュー・ソースとオリーブの実、そしてレモンジュースをとった。そして瓶やつぼに囲まれてリノリウムの床に座った。すべてを開けて、中の匂いを嗅いで調べた。それらは全部塩、酢、保存料、有効期限があったりなかったりする真空パックのものであった。これ食べたら死ぬのかな？　結果的に死ぬことになるのかな？　これで従兄弟を殺せるのか？　伯母を殺せるのか？　そう考えてすぐに私はそれらのほとんどを冷蔵庫と食器戸棚に戻した。

　最後に私は一九七八年のキャンベルのマッシュルーム・スープを手にとる。この日付だけのことではない。私はなぜ水をいれてあたためるだけのインスタントのスープがそこにあるのか知っていた。私はカウンターにある緑のインデックスカードの箱、それは伯母の料理のレシピでいっぱいになっていて、でも彼女がいなくなったときからそこにあり、次の参考になる料理をまっているようなものだが、それをこっそり調べていたのだ。もう五年たっているのだと私は思った。箱のレシピに何て書いてあるかしら。ほらあった、キャンベルのマッシュルーム・スープ、この家族のストロガノフのレシピの重要な材料の一つである。一ポンドの牛肉、中サイズの切った玉ねぎ一つ、一ポンドの縦に切ったマッシュルーム、大匙一杯の小麦粉、1／2ティースプーンの塩、1／4ティースプーンの胡椒、1／2ptのサワークリーム、切ったパセリの束一つ、キャンベル・マッシュルーム・スープ一缶！　六〇年代に日系アメリカ人の家庭にあったような炊いた米の上にかけるヤツ。息子は一九七八年にうまれたが、この料理が大好きである。缶にキスをして戸棚の奥の暗い背後のところに押しやった。

私は息子に電話をかけて留守電を残した。いつでも留守電なんだから。まあ携帯でも備え付けでも息子が電話したいときはどっちでも問題ない。いつも忙しくて常勤で働き、学校へ行き、ガールフレンドと付き合っている。何マイルもここから離れていたところにいて、一体何をやってるんだか。なんでそんな生活をしているのか？　私は電話を切った。

他にレシピの箱には何があるのかと思った。伯母は素晴らしいショウガ焼きを作っていた。従兄弟はそれが大好きで、彼が家に帰ると、伯母はそれを用意して、また家から出ていくときには持って帰れるようにした。従兄弟は軍隊にいて、生姜焼きを食べにきたり、家からそれを持っていったりした。それが伯母の一人息子に対する愛情表現だったのだ。私はレシピの箱からカードを幾枚も幾枚も選んだ。そこには生姜焼きのレシピはない。でも今はそらんじている。伯母はレシピを暗記してたっけ。でもそれはレシピというよりも彼女のもので、従兄弟が好きになるように作ったものであった。誰もレシピを書き留める苦労をしようとしなかった。従兄弟の彼でさえ。専門知識は彼女とともになくなってしまったのだ。ハミューはどうだろうと私は思った。伯母がこの中国のソーセージのパテを作って、箱にいれて冷凍させていたのを見たことがある。悲しいことだが、これにもレシピはない。いや、待て！と私は思った。それはあの冷凍庫のアルミの箱にある物じゃない！　私はゴミのところへ飛んで戻って、のちのちの人のためにそれを再び冷蔵庫に戻した。

そして以下のことを発見したのである。ロイス・ロアークのボンベイ・ジンレイズンの作り方。九粒のレーズンがジンの中に漬かっている。それは伯母が毎日食べるパンのようなものであった。ジンのレーズンを数え、食べたら余分にいくつか足しておくというものであった。レーズンは結果的に小さいからすぐなくなっちゃうんだよと彼女は言っていたものだった。私たち家族全員がそれをやっていた。全く信じられない。それは薬でもあったのだ。ロイス・ロアークとは誰か？　今となっては私はそれはロイスの、関節炎の炎症を抑える世にも珍しいレシピであることがわかった。伯母のノートにあるように、ゴールデン＝レーズンをボンベイ・ジンに浸す。それはブルーサファイヤでなくてはならない。だいたいボトルの半分ほど。全部浸して七日間そのままにしておく。第四段階は以下のようになっている。蓋のついた入れ物の中にレーズンをいれる（クール・ホイップのカートンの空の入れ物を利用する）そして一日九粒だけ食べる。注意書きによると、一ヵ月これを続けて、ロイスは階段をおりることが出来るようになったと言って、この身体に起こった奇跡の治療法は、聖書の時代のインドやエジプトの人々が杜松子の身体を癒す資質を発見したという時代にさかのぼることができるのだそうだ。ジンは杜松子からとれるものである。そして私はといえば、どうやってインド人やエジプト人がこのやり方をみつけて、それでロイスがどうやってそれを聖書の文脈にいれたのかということを考えていた。ロイスは以下のように言っている。身体を新しく自由に動かせることを神に感謝します。私はカリフォルニア産のゴールデン＝レーズンの箱をとりもどして、ジンと空のクール・ホイップのいれものを見つけ、これをつくることにとりかかった。七日の間、私はロイスのような真の自由をみつけることになるだろう。

台所から寝室へと行った。伯母の薬は昨日の状態のようにきれいにならべられていた。それらは、人生を延長させるための薬物的な約束事で満ちたピルの入れ物だ。日付を調べて、不法に開封できないようになっている蓋のあるプラスチックの入れ物を振った。でもまさに、これで殺されてしまうと思って、私はキャビネットの扉を閉めた。カウンターに並べられた上品なガラスとクリスタルの瓶の夢の国を見まわして、伯母の高価な資生堂の化粧品を全部試して、老化防止のローションを顔に塗りたくり、いくつもあるフランスの香水を振りかけたり、パタパタとつけたり、様々なものを開けて、その匂いを嗅ぎ、ここにいる人間はこうしたもので死体防腐措置を施すことができると思った。私は流しにつかまり突然気分が悪くなり、刺すような伯母の特別な香水の匂いで頭がくらくらとした。風呂をハーブのバブルバスの箱で満たし、水が冷たくなって、体がプルーンのように紫色になるまで入っていたりもした。

しかし従兄弟はその晩、そして次の日そしてその次の日も電話もしなかったし、やってても来なかったのだ。二日目に私は従兄弟がいつも雑誌の山で寝ているソファのところに座った。彼の母親は『ライフマガジン』を六〇年代からずっととっていた。JFK、RFK、MLK、LBJ、そしてジミー・カーターの特集号があった。伯母は本物のリベラル民主党の会員である。この米国の高齢者利益団体（grey panthers）の世界で民主党クラブに属しているのだ。一方、従兄弟は軍人で、共和党に票を投じ、地球上の悪を軍部が外科手術のように取り除くことができ、大衆的な政治によって、目標を追求することに制限されるべきではないと信じて疑わなかった。戦時中収容所で育てられた子どもがこのように考えるのは信じがたいことではあったが、おそらくそうなのだ。もう一人の従兄弟によると彼の母親が彼を独裁的に支配しているので彼がそうなってしまっていて、それに対する反発なのだとも言っていた。私は、母親というものはすべてを非難される傾向があるためそういった考えには賛同しないし、私も自身を責めることに飽きてしまった。とにかく彼らは互いに目をあわせることは決してなかったので、従兄弟が母親の信念をリサイクルのごみ入れに入れてしまわなかったこと自体に驚いていた。彼女の雑誌の無料提供の品は、ビデオテープでとったシリーズであった。つまりPBSのフランクリンとエレノア・ルーズベルトの伝記『アイズ・オン・ザ・プライズ』、そして日系アメリカ人の強制収容に関するドキュメンタリーであった。テープを入れてずっと継続してそれを流し、テレビに目と耳を傾けて私の指は、古い雑誌の世界の今となってはつまらない過去の出来事のページを繰り続ける。一日中、私は第二次世界大戦、公民権運動、キューバ危機、ウォーターゲイト、ヴェトナム戦争、レーガノミクス（レーガンの経済政策）のページふらふらとさまよい続けていた。その夜、私はあのソファで寝た。

次の日起きると、雑誌が、あたかも魚の鱗のように私からバラバラ落ちていったが、これはいつも従兄弟がソファからこうやって起きるのだと頭で考えていた。壁の上には、金箔の黒絵があって、それは誰か有名な人物の手によるもので、おそらく徳川時代のものだった。私は詳細にそれを見ていたが、これらは初めて見るものであった。茶を摘んでいる人々が描かれている日本の田舎のシーン。伯母は退職後、こうした作品を勉強し、日本の古物や芸術作品や陶芸品の輸入の仕事にたずさわりたいと思っていたのだ。伯母と伯父は箪笥や納戸にある蓄えに投資していたのである。その間に伯父は亡くなり、伯母はその計画をあきらめて、物品を保存したままにした。伯母は、伯父――そのときには美しい銅の箱にいれた遺灰になっていたが――もそこに置き、一緒に埋葬されるときまで毎日箱に話しかけていた。これが伯母の人生の第三部で、人生における困難は去り、物事はこんなふうに収集され心地のよいものとなるが、分け与える者がいないという状態である。伯母は耄碌していたのではないかと言ってきたもう一人の従兄弟に対して、従兄弟は耳をかさなかった。彼女は耄碌していたとは私も思わない。伯母は家のすべての物に話しかけ、特に生きている植物、かわいらしい人形、冷蔵庫の写真にある子どもたち、ブロンズ製のドガのバレリーナの複製などに話しかけていた。品物のいくらかは売ってしまったが、大半はとっておいてある。伯母は自分のコレクションにほれ込んでいて、どんなものでも手放すことができなかったのだ。それはこのアパートのいたるところにあることを私は実感し、それは私が今閉じ込められている博物館なのである。

私は起き上がって、そこらへんを探し回り、しまいにはすべてのものが五年間の埃であることがわかった。それらは単なるアンティークの収納箱や金箔の屛風ではなかった。陶磁器、籠、彫像、人形、おもちゃ、皿、提灯、小器具、造花、そしてガラス製でできた果物であった。私はかつてこうしたものを深く考えることなど決してしなかった。伯母は旅行で手にいれた新しい物、それは特に彼女が好きだったものを指さしていたものだが、すべて彼女の周りにあるものでしかないと考えていたのである。従兄弟もまったくそうしたものに注意をはらわなかった。それは伯母の持ち物で、彼のものではないから。何も触らないで彼は彼女の家を歩き回っていたように思える。あらゆるものの表面に、あえて狙ったようにそして優雅に配置された小さな貴重な品々があり、それらは手製のナプキンの上に特別に置いてあったり、錦織の枕の上や、手製の漆の台の上にあった。私はそのすべてを取り上げて、気をつけて布でふき、磨いて、元のところにおいた。そのうちのいくつかには日付と名前が貼ってあった。一六世紀の九州の陶磁器。世に知られていない職人や有名な芸術家によるアンティーク。ガラスのケースに入った、着飾った人形。漆でできた菓子皿。笑っている仏僧の像。戸棚や引き出しの中には、もっと色々な物があり、それはティッシュペーパーに包まれ、日本語で何か書かれた木の箱の中に安置されていた。私は伯母がなぜこれらのものを一つ一つ、特別な整理の仕方をして場所を選んだのか疑問に思った。私はすべてを元のところにあったままに置こうとした。そして逆に私は周りのすべてを変えようとした。これらの工芸物や小間物を、伯母がやっていたようにその重要性を想像し、彼女が見たようにものを見ようとして。

電話が鳴ると、私は先ほどの沈黙の休止から飛び上がった。伯母の電話での声を思い起こして、私が電話したとき、まさにその瞬間伯母は話すことができなかったことを思い出したのである。喉が湿り、舌が言葉でぴくぴくするのにちょっとした時間がかかっていたのだ。もはや私は従兄弟が電話するのを期待はせず、受話器にうらみ言を言いたいとは思わなくなった。むしろ電話を鳴らさせておいて、品々の埃を払い、磨くことに戻ろうとしたほどである。もし従兄弟が私の邪魔をしようとするなら、そんなことはできない。私は熱中しているんだから。だってまだ、仕事は続いているんだから。私はすべてを振り払う準備ができたように、咳払いをした。まるでアンケートや国勢調査に答えるようであった。なぜって？　だって電話にでたのはまさに私の息子からだったから。「母さん」と彼は言った。「なんでわかったの？」と私は聞いた。「コーラーIDだよ」と彼は言った。「ああそう」と私。「どうしたの」と私はそっけなくきいた。まるで今から起こることが起こっていないかのように。「あのね……」と彼は言葉を濁した。「カースティンが妊娠したんだ」カースティンって誰？　と私は疑問に思った。そんな人会ったことあったかしら。「ああ。だから彼女が、いや俺たちが、あのさ、だから母さんに会いにいくよ」「本当なの？」と私は聞いた。「今まで俺には起こったことがないことなんだ」と息子は泣き言を言った。「まあそうね」と私。「俺まだ用意できてないんだ」と彼。「誰の用意なの？」と私は言った。カースティンって誰？　と私は思った。おそらく彼女は用意ができていたのね。息子は小さな男の子のようにつづけた。「だまされたみたいだ。箱の中に閉じ込められたようだよ。なんで俺にこんなことが起きたんだ？」「私もわからないわ」と私。「文字通りだけど、私も同じ気持ちよ」「え？　何だって？」と彼はいった。「いいえ、なんでもないわ」

　会話はこんなふうに続いていった。私は冷蔵庫の方を見たが、そこには息子の成長の過程が五年前から記録されていた。実際に息子は、伯母がいつも欲しがっていた孫を持つことになるのだろうと私は思った。でもこういった類のことの報酬って一体何なのかしら？　それは従兄弟に子どもがいなかったということと同様のことであると私は理解した。従兄弟はダメおやじになったかもしれないのに。六五歳、あるいは今どんな年齢であろうとも、彼は子どもだった。従兄弟と私の息子は同じくらいの精神年齢だ。これは私自身が認めることでもあるが、私はそんな彼らのことが好きである。彼らの幼児性をである。でも子どもとは、納豆を好きになるように育ったとしても、そうしたことは交渉して手に入れられるものではない。「まあ、あなたの状況をずっとこれからも伝えてちょうだい」と私は言った。「しばらくの間は私ここにいるから」と私は付け加えた。

私は古物管理を続け、クローゼットにあった箱を開け、アパートにあるすべてのものを調べた。これは本当に驚くべきことだった。そこは最も高価な、考古学的な発見に満ちた貯蔵空間だったのだ。私は書斎へ行き、日本の芸術に関する本すべてを取り出した。コーヒーテーブルに花瓶の列を作って見せ、本にある柄とその時代のものの画材を合わせてみようとした。机の引き出しをひっくり返して、日本の芸術に類似した時期の覚書をしたシールを見つけ、花瓶の下へピタッとつけた。アパートにあるすべてのものに私はそれをし始めた。後三日間この「計画」をして、一〇〇年ぐらいかかりそうだったけど。でも私がやったことなどこうしたものの表面をちょっとひっかいたくらいかもしれない。

シールを見ている間、ゴムでまとめられた封筒の塊をみつけた。それをもっていって、そのすべての手紙を読み漁り始めた。兄弟から兄弟へ、母から子へ、姪から伯母へ、遠い親戚から近い親戚へ、夫から妻へ、友人から友人への手紙であった。それは、たいていは家族がしていたこと、誰がどんな仕事をしていて、誰の子どもがどの学校へ行き、誰がこれやあれを祝っていて、誰が病気で、誰が亡くなったといったような退屈な寄せ集めのようなものだった。私たち従兄弟のうちの誰が最終的に成功し、「後継者」と呼ばれるに十分ふさわしいのか？　もちろんそうした中のいくらかは退屈ではなく、歴史的であったり、愛情がこもっていたり、ちょっと気に障るものであったりはする。そして手紙にはないすべてに存在していることがある。たとえば暗記したレシピと共に消えてしまった話、浮気、家族への忠誠の代わりに手にいれた愛、対立や憎しみ、若いときの戯れの恋、そしてアルコール中毒といったようなこと。明治時代の私の祖母側の家族はキリスト教信者であったが、アパートにはそれを暗示するような人工遺物などなく、恵深き仏陀や笑う仏僧の像の木彫りの写真があるだけなのだ。私は伯母がこれをした理由をあげてみて、それは私たちの、罪悪感を超えた静穏を望む思いであると私は考えた。結果的に、私たちは未来へ生きていくために、お互いを頼りにはできない。良い功績や悪い功績や特殊な才能といったものは私たち個人だけのものであり、冷蔵庫の写真の子どもたちは、私たち全員の心にずっと前に消滅してしまった願いなどを覚えておらず、継続されず、尊敬もせず、気にもかけないのだから。

　数時間のうちに、私は期限のきれた古い米を使い切り、納豆を食べきり、味噌汁の鍋をかき混ぜた。もしここで地震があったなら、これらの貯蔵物の中で結果的に私は死ぬとしても、数日はここで生きていられるだろう。そして七日目にボンベイレーズンは出来上がった。そこから私は九粒以上くすねて、冷蔵庫の子どもたちに優しく話しかけた。五歳と六歳のときの私の息子の写真の間にいれた錠前屋の電話番号の殴り書きの紙切れを見つけたのはまさにそのときであった。私は電話をかけたので、彼は一時間以内にすぐここへやってきた。なんとも簡単な話だ。私は新しい安全錠をつけさせ、錠を変えた。「はいこれです」と彼は言って、新しい鍵の束を渡した。「もう問題はございませんね」「ええ。ないわ」と私は言って、扉を締めた。

ボルヘスとわたし

Borges & I

これはもう一方のわたし、マリア・コダマと呼ばれる人物に起こったことである。何年もの間、わたしはわたしたちの鏡を通して、彼女を見ていた。その髪は、まっすぐで、黒みがかり、肩越しまできっちりと切りそろえられ、その若々しい姿は年齢をかさねると白髪になっていた。しかしわたしは、ホルヘ・ルイス・ボルヘスのブエノスアイレスでの味気ない大学生活で、出会った日と変わらぬ、同じように露のような無垢と優雅なる不可思議さをこのときのマリアは湛えていたのだと信じている。マリアにとって、おそらくそのボルヘスとの出会いが彼女とはじめて出会った完全なる明確な瞬間であり、彼女がそれを選択し、あるいはその選択を始まりとする、終わることのない庭園の中心にいた瞬間であったのだ。わたしたちが自分に対して確信的になるようにわずか一六歳でどうやってそんな人生の選択ができるのかと思う。それは若者が年を取っている者に対して感じる魅力などというのではなく、どちらかというと同じ庭園に植えられて育まれた知性に対して若者がもつ渇望といったものなのだろう。わたしは、わたしたちの最も遠くはなれた祖先に捧げられ、引き延ばされたこの庭で、どんなにかマリアと共にいたかったのだが、彼女は他の道へと逃げようとしてしまっていて、少なくとも結果的にわたしを置いていったと彼女は思っている。おそらく今はわたしの困惑に気づいて立ちどまっているかもしれない。でもわたしは同時にそう断言することもできない。彼女は自信に満ちて、スカートの裾と髪がわたしから翻ってはなれていくのをわたしは見たのだから。

そのときからわたしは、このマリアをボルヘスと共に新聞上で見かけるようになり、彼女のイメージは、国際的賞賛の類や、名高い賞、あるいは写真によって喚起されるようになった。透明な存在であっても、わたしはときにはさほど彼らからそう遠くにはいないのだ。前述したように、庭園は無限で、地図帳を超えており、わたしたちは旅行できるのだから。ヴェニスでは、サンマルコの巨大な広場で、彼女が通る道にクジャクが空にうずをまきながら下へまいおりるを見た。カリフォルニアのブドウ園を超えていく気球の中で彼女が空高く上がっていくのを見た。ルーヴルではダリュの階段で、サモトラケのニケの翼にわたしも彼女と共に涙していた。縞模様のトラの巨大な体軀を撫でている彼女を見た。もちろんこれらの出来事はボルヘスにとってのものであり、彼のそばにいる意味はマリアにとって私的なものであったにちがいない。彼女は継続的にボルヘスに同伴することの意味を知ることになる。すなわち、この盲目の男の毎日の仕事と彼が必要とすることに付き合うということ、それは目の見える者をイラつかせ、目の見えない者を苦しめる食事や衛生上の粗相に加え、この男の口頭で語る記憶を正確に記録することなのだ。それはボルヘスの必要とすることを完全に予期することのできる同伴であった。いかなる同伴の仕事も、他者にとって完全に認知できるものではない。筆記者、筆写者、秘書、看護師、料理人、案内者、母、娘、介護者、女神、妻、恋人、しかしそれ以上に、庭園を管理する庭師でもある。つまりボルヘスのみの迷宮の地の庭師なのだ。透明なわたしは鏡の上に置き換えられ、この話を理解する視点の揺らめく距離感において、安全ではあるが、いやいやながらこの光景を見、嫉妬さえする。

しかしある日わたしたちの分岐した道は、日本の神聖なる生まれ故郷で出会い、出雲大社の前の小石の砂利の上で、わたしたちの足は同じ音をたてることになる。ボルヘスはこの神話的中心地を紙に書き留め、桜散る渦の中で神々を訪れる。その桜の花弁は芭蕉の一七文字の中でボルヘスの頭上におちてくるのだ。しかし盲目の人間にとっての庭園の地図とは一体何なのか？　見通しのない土地、時をこえる旅によって決定する事物の様相、畳まれ、反転可能な地図。色盲の人間でさえ、その身体が経験している旅の色を知りたいと思い、たとえそれが何世紀もこえて何度も多くの言語に訳されて、それがただ表意文字のようなささやきであったとしても、肌を通してはねかえり書きたてられ意味を魅惑から推測したいと思うのだ。その肌というのは非難めいたものになってしまうかもしれないが、それは紙のように、テキスト、記憶、そして読者によって理解されることを受容し、投影する。八〇〇年をとおして清少納言の絹の袖からくり出される巧みな筆は、ボルヘスの耳をなめるように、ぐっと紙におしつけられる。そしてボルヘスは、幾日もの朝や海を越えて、いくつもの東洋と西洋の庭園を超えて、彼の少納言、彼女の源氏、彼のベアトリーチェ、彼女のウェルギリウスである碁盤の上の小さな石のマリアという名前を発する。

清少納言はその枕から頭を上げ、完全なるスペイン語で言った。「これはもう一人のわたしアメリア・ナガミネという人物に起こったことである」。年若い女性たちに起こったことを書いたこの本において、もしもアメリアが似たような文書をもっていたら、それはアメリカ軍の制服を着たメキシコ人で、東京裁判に関して書いた『星条旗』の記者に関する表記であったのかもしれない。そのかわりにそんな文書を書いたのはジャーナリストで作家のアメリコ・パレーデで、外交官としての教養のあるスペイン語を話すウルグアイで生まれた日本人の容貌をしている彼女（アメリア）への沈思を記したものなのである。日本の占領期、そして朝鮮戦争に引き続いた赤十字が取り扱ったプエルトリコのGIのなかで、このアメリアと恋におちない人間などいるのだろうか？　しかし、年上で、いまだ魅力と決断力をもった若者で、アメリアが自分の未来を結びつけたのは、このアメリコであったのだ。そしてそのときからわたしはその後五〇年間にわたりアメリコのそばにアメリアをみかけるようになる。

アメリコの世界は、ボルヘスの円環の庭ほどではないが、広範な小区間で経験される様々なものが競合するボーダーランドであった。テキサスとメキシコの境界、戦争で破壊された、アメリカに占領された日本。アストランとのちに神話上の地図で名づけられたメキシコ。アメリコが知っている世界とは終わりのない戦争状態、敵と味方による犯罪、狡猾さと偶発性によって生き残る男たちの反乱の世界であった。そしてアメリアにとっては、それはテキサスのオースティンでアメリコの境界区域の中心にとどめられていたようだ。そこは彼女が子どもたちを育て、つつましい所帯を持ち、夫の学者的な探求心を助ける場所でもあった。彼女の思いやりのあるやり方はこのチカーノを、この男の上品な見せかけの下にある情熱的な怒りを抑えながら手なずけていったことに疑いの余地はない。しかし、アメリコ・パレーデがチカーノ研究の権威であると知られるときまでには、アメリアは自身のボーダーランドを発見したともいえる。

おそらくアメリアのボーダーランドとは大学から四ブロック歩いた、大学と米国テキサス州の州都の間から始まっており、そこはアメリアが政治的な力をもつその扉を彼女の母親としての怒りで撃ちぬいた、オースティンの地形を背景にしたドーム状の建物なのである。そして時が経過するにつれて、アメリアは障害者やハンディキャップの人々のためのオースティン州立学校で、自立した生活の質を手に入れるには困難であったり不可能な子どもたちから派生していくボーダーランドを占拠していった。わたしはそんな彼女についていったのだが、アメリアのこまごまとした介護や、絶えることのない過度の擁護、自分自身では何もできない子どもの身体や頭脳となっていくその人生の意味を、完全には想像することができなかった。しかし、こうしたことが母親であることでないのなら、他の誰にそのようなことができるのであろうか？　アメリアが戦争の後に見てきたものとは、退役軍人や、市民の、不具にされ、形が損なわれた生のありさまであった。彼女はアメリカ憲法第一四条の正義の嘆願に賛同した。つまり一九七三年に制定された障害者法、一九七五年の障害をもつ子どもすべてに対する教育法、一九八〇年の公民権法、一九九〇年の障害をもつアメリカ市民法といったものだ。そこにはいかなる動向においても施設にいる人間に対するこのアメリアの存在をみることができた。そこでは共同体のメンバーとして、スポークスパーソンとして、代筆人として、そして草の根的な請願者としてのアメリアがいる。しかしアメリアはそんなリストをつくるにはあまりに忙しすぎたようだ。

そしてアメリアとアメリコは、重なったボーダーランドを通して、お互いに離れて生活していた。そしておそらく長年もの間、お互いの妄想癖をからかいながら、どちらかの関心事に完全に傾倒してしまうのをさけることを理解していたのだ。わたしはこのパートナーシップに対する感傷的な自尊心、公的に互いに立場を維持すること、そして個人的な罪悪感や嫉妬などを認識してもいるが、結果的には、死が病の薄弱性を黙し、忠誠心を祝福し、忘却させるということもわかっている。

アメリコ・パレーデは死の境界区域において絶望的に孤独になり、その墓から愛するアメリアの名を呼び、そのわずか二ヵ月後に彼女は従順にその後を追った。しかしその境界の道は神秘的で、アメリアとわたしはオースティンからバスで出て、拘束力のある境界を降りていき、リオ・グランデからブロンズヴィルへ続くすべての道に桜を落とし、コリードス（メキシコの詩）に追われ、アメリコの強く優しいセレナーデに取り憑かれていた。「日本人、日本人だ」とわたしたちの背後で誰かが歌をうたっている。「おまえは自分の苦しみに微笑さえする。その東洋（オリエンタル）の腕の中で私の流浪は和らげられる」そしてブロンズビルから、ニューオリンズへ向かうボートに乗った。マルディ・グラの後の何回目かの水曜日の光が木々を照らすことでまだらな影をおとす春の朝、わたしはボルヘスと一緒にいるマリアをカフェ・デュ・モンドで見つけた。コーヒーとチコリを啜り、甘いベニエのドーナツ生地に歯をたてて、唇とあごが粉砂糖にまみれながら。そのときには、アメリコの東京で奏でたギターはキング・カーティスの絶え間ないサックスの間奏曲と、ジョン・レノンがその歌詞「君は生きなくては、愛さなくては、何者かにならなくては、押し進まなくては、でもそれはあまりに難しい」というフレーズにとって代わられる。するとアメリアの優しい目はわたしの方を向いて昔のつらい出来事に微笑んだ。「もう一人の」と彼女は続けた。「これはヨーコ・オノというもう一人のわたしに起こったことである」と。わたしたちの心は戦禍の東京へさまよい戻っていった。シェルターや地元の避難所から出てきて、まだ幼いその困惑した少女の顔を心にとめる。わずか一二歳で、手押し車に積んだ持ち物、そしてその不確かな未来は瓦礫と敗北から形づくられている。二〇年間――格式高い学校教育、二回の結婚、ジョン・ケージとアンディ・ウォーホールに慕われた芸術家としての経歴――その後にわたしは彼女と共にロンドンのギャラリーで梯子の下に立って、その横棒を上がっていくリバプールからきた裕福なビートルズを見ており、その上でわたしたちの虫眼鏡をとおして、ＹＥＳというメッセージを解読するために不格好にバランスを取っていた。特権とは、恐るべき反抗と共に戦争から生まれるもので、焼けただれた土くれの一握りをとり――それは再生の行為であるが――ヨーコの拳によって、自由の宣言になっていった。まだその土くれは八世紀にぐるりともどることができるかもしれない。それでその『グレープ・フルーツ』は辛辣に舌を刺激し、『枕草紙』の形をなしていったのである。概念上のマップピースは、迷うために地図を使えとさえ読める。だからわたしたちはそうしたのだ。そしてウォークピースには、「よく混ざるようにペニスで頭の中をぐるぐるまわして。（そして）散歩にいく」と書かれてある。だからわたしたちはそうしたのだ。

わたしはジョン・レノンによって世に知られることになった世界へ向かうヨーコへついていった。ヨーコとレノンの平和な概念的国家であるヌートピアへ。そこは土地や境界線、パスポートなどなく、もし仮に法律があるのならば、それは宇宙の法のみである。わたしはダコタのニューヨーク大使館で、外交官免除特権を宣言しながら、ロックグループを追いかける集団の一人のように彼らの周りにいた。

わたしはジョンとヨーコの物語詩でできた鏡の中に住んでいた。なぜなら公にならない彼らの人生の親密なる関係性などなかったから。体のいたるところを見せてしまっている裸の二人。平和を機会(チャンス)にする白いシーツの海のハネムーンのベッド。訪問者の中には、ティモシー・リーリィ、トミー・スモーザーズ、ハレー・クリシュナ、目が見えない人々の代表などがいる。プラスチック・オノ・バンドにおいて西洋は東洋と出会い、初めてみる驚異的経験を求める東洋の反復楽節となる。「恋人よ、わたしたちの世界ですべてが明らかになった」そしてジョン・レノンは彼女の名前を呼ぶ。「ああヨーコ、ヨーコ、僕の愛が君に火をつける」

あらゆる運動をリサイクルする公衆の異常な熱狂において、レノンのヨーコに対する執着は、この東洋の恋人に対する過度の従順になっていった。彼の絶えることのない解答を求めること、サージェント・ペッパーの足元に偶発的に放棄された魅力、マハリシ、そしてプライマル・スクリーム。そしておそらくレノンが、自分の本当の相手に出会ったということは真実なのだろう、それは自身を主夫、パンを焼く者、介護者へと変化させる父性やフェミニズムの知識であった。これはレノンのたどりついた悟りであり、平和的なる革命であった。しかしそれは誰が誰に対して提示したものだったのか？　その間、ダコタから仕事場へのいつもの道をわたしはヨーコと一緒に歩いた。ジョン・レノンとヨーコ・オノになるという仕事をし、伝説、金、そして記憶の重圧に人知れず用意をしながら。

そしてブエノスアイレスの逆の季節で、マリアはやっと五月広場にボルヘスの図書館を開いたが、あまりに何年もの間それをするようにとの指令をうけて、今となってはその開館は遅すぎてしまっている。

彼の銃をもってわたしは引き金を引いた。倒れたのが八〇代の年老いた男かその半分の年齢の若者であったのかはわからない。またそれが学識高い中国文学の学者であるのか、メキシコの民族学者であるのか、わけのわからない言葉を話す抒情詩人であったのかわたしは知る由もないのだ。その人物が、その目が見えない状況を通して、その境界線を通して、自分の心のユートピアを通してわたしのことを結果的にみることができたのかどうかわたしにはわからない。それは彼の銃とポップ・ミュージックだったのだ。彼の近視の眼鏡の破片が散らばっている。わたしのプライマル・スクリームは、勝手に判断を決めつけるメディアによって閉じこめられ、古く黄ばんでいった。

わたしはわたしたちのうちのどちらがこのページを書いているのかわからなくなる。

Bibliography

Borges, Jorge Luis. *Labyrinths: Selected Stories & Other Writings*. New York: New Directions, 1962, 1964.

——. *La cifra*. Madrid: Alianza Editorial, 1981.

——. *Sei Shōnagon: El libro de la almohada*, ed. and trans. María Kodama. Madrid: Alianza Editorial, 2004.

——. *Un ensayo autobiográfico*. Barcelona: Galaxia Gutenberg/Círculo de Lectore/Emecé, 1999.

Borges, Jorge Luis, and María Kodama. *Atlas*. Buenos Aires: Emecé Editores, 2008.

Henitiuk, Valerie. "'Easyfree Translation?' How the Modern West Knows Sei Shōnagon's Pillow Book." *Translations Studies* 1, no. 1 (2008): 2–17.

Lennon, John. *Imagine*. Apple/EMI, 1971.

——. *In His Own Write*. New York: Simon & Schuster, 1964.

Ono, Yoko. *Grapefruit*. New York: Simon & Schuster, 1964, 1970, 1971.

Paredes, Américo. Between Two Worlds. Houston: Arte Publico Press, 1991.

——. *The Hammon and the Beans and Other Stories*. Houston: Arte Publico Press, 1994.

——. *"With His Pistol in His Hand": A Border Ballad and Its Hero*. Austin& London: University of Texas Press, 1958, 1973.

Saldívar, Ramón. *The Borderlands of Culture: Américo Paredes and the Transnational Imaginary*. Durham: Duke University Press, 2006.

Sheff, David. *All We Are Saying: The Last Major Interview with John Lennon & Yoko Ono*. New York: St. Martin's Griffin, 1981, 2000.

キティのキス

Kiss of Kitty

失踪した人間を探す最近の典型的な方法でグーグルを使って、私はロバート・ハンマという人物を追跡している。一九二〇年九月二四日に生まれ、二〇〇九年四月二日に亡くなっているロバート・ハシマという人物がおり、どうやらこれがそれであるようだ。私が探しているハシマは、この人物にまつわる話や意見が、あのルース・ベネディクトの『菊と刀』の著作を世に知らしめることになったという帰米のことである。C・ダグラス・ラミスという、日本に住んで教鞭をとっていた作家兼政治思想家は、ハシマにインタビューをして、軍事政権下の日本以前に学生として生活していたハシマの見解が、どれほどベネディクトの考えに影響を与えたにちがいないのかを書き記した。このハシマが二〇〇九年に亡くなったのなら、私はこの人物に出会えなかったことを残念に思う。まあ、この人物以外にも知ることができない方法で、重要な多くの人々に私が会い損ねているわけでもあるが。でもグーグルサーチにもどってみると、ハシマの写真は多分「イメージ」の箇所にでてくるが、私がそこでみつけたものとは、アルカトラズを思い起こさせるリアルな残骸のイメージの航空地図や写真の類だった。ハシマ島、あるいは軍艦島、グンカンジマとも呼ばれ、それは長崎の沿岸のどこかにある。私は写真を吟味して、そこが007シリーズのスカイフォールの最後のシーンのロケ現場であることを認識した。ブロンドのハビエル・バルテムが殴り合いをし、屋根を飛び越え、細い縦じま模様のシャークスキンのスーツを汚したり破いたりせずに爆撃や銃弾をさけるダニエル・クレイグと対峙するというアレだ。でも一体どうやって007が、壊れがかった監獄や石炭鉱業の建造物の廃墟となった要塞の島へ乗り込んでいくことができるのだろうか？　そこは戦時中三菱重工が、何百もの韓国人と中国人の捕虜に労働を強いたところでもある。まあ、ここがその地理的設定ではなく、CGIの背景なのだろうが。今でも私は、石炭の黒く豊かな鉱脈を掘り起し、海底深く細長い空間で狭所恐怖症になりながらヘルメットの下の顔がはい回っているのを想像することができるのだ。でもこのことがあのロバート・ハシマとどう関係があるのか？すべてが関係しているとも全くそうでないともいえる。

両親によって教育をうけるために日本へ送られたボブ・ハシマの、その若き日系二世として経験を抽出したベネディクトの文化人類学的に関して、私はこんなふうに考えているのである。ハシマは一九四一年以前にアメリカへ帰国し、他の日系アメリカ人と共に収容され、戦時情報局においてベネディクトの助手となった。ベネディクトに明らかに印象付けたのは、夏目漱石の『坊っちゃん』におけるある事柄に意味を与えることのできるハシマの日本語能力であった。日本に行ったこともないのにこの小説をハシマと共に読むことでその意を解することのできたベネディクトを賞賛すべきである。ベネディクトの本においてハシマの名は、註、翻訳、そして謝辞に引用されている。私は両親がベネディクトの『菊と刀』を読んでいたことを知っている。書斎の蔵書にはつねにそれが置いてあった。私もこの本を読んで、侍のように——使命、義理、そして恥——の複雑な範疇とともに、美しく、暴力的という、日本人であることの意味を理解する権威書(バイブル)として考えていた。私が日本を訪れ、生活するまで、こうしたことすべてがどれほど真実であり、同時にばかげたことであるということがわからなかった。現在に至っては、私はベネディクトの功績がどれほど文学批評と作り物の混在であったかもしれないのかなどと考えることなどは決してない。私自身が小説家だけに、作り事によって人々を支配することは何か心を惹きつけるものがある。しかし作り事かそうでないのかなどといった議論をすることなどに構わないでおこう。私を引き付ける文化人類学的プロジェクトの思索的諸相とは、実際に文化の調査なるものが、その人間の反応や物事の成果を予見するのかということなのである。ベネディクトは未来を予見し、したがってそうした未来を占拠するために雇われたのだ。

それならばベネディクトはゴジラの存在を予言できたか？　最初の『ゴジラ』（Godzilla あるいは Gojira）は一九五四年に映画化されたが、それはアメリカの日本占拠後の二年後に放映されたものである。ゴジラシリーズのうちの一つ一つを見ただけで、東京、あるいはどこかの国際色豊かな都市で、その下部構造が石器時代の崩壊にもどったかのように思えるだろう。これは絶対的に必要不可欠な見方ではあるが、『ゴジラ』の第一作目を見ると戦時中の焼夷弾を浴びている最中の東京の場面そのものをみることができ、他の『ゴジラ』のどんなものでも、いかなるB級の安物であっても、それは戦争における壊滅的損失とトラウマの再演であるにちがいないのである。占領者はその映像に存在しなくても、この巨大な虚構の龍に関する映画の中に再現は隠されているのだ。

ハーマン・メルヴィル協会が、東京において国際学会を開いた際、この学会のマスコットでもあるグラフィックな形の記章(アイコン)は、白鯨モビィ・ディックのいる同じ海から上がってくるゴジラであった。実際に、帝国主義的フロンティアと明白なる運命として太平洋を想像するとゴジラとは一〇〇年後のモビィ・ディックの最も驚異的で、新しい生命を吹き込まれた代用品に違いないのだ。クジラを追撃するのは、精製した油となるその脂肪のためである一方、このゴジラを追い求めるということは、核時代、すなわち私たちの現在を示唆している。大いなるリバイアサンと偉大なる龍／恐竜は、科学技術と人間の全能性、そしてその傲慢なる不確定さに対する逆説的な太古の有史以前の暗号なのだ。ベネディクトはこのゴジラを、繰り返される戦争のトラウマとしては予見できなかったが、メルヴィルのように、巨大な白鯨が日本へと続く謎をたどってはいたのである。

つい最近ではあるが、著名な理論物理学者のスティーヴン・ホーキングがテレビで地球が崩壊していく未来を予知していた。彼はBBCでのインタビューで以下のように述べている。「完全なる人工知能の開発は人類の終焉をまねくことになる。人間は、緩慢な生物学的発達によって制限されており、そのうちにそれと競争することができなくなり、人工知能にとってかわられることだろう」このことを考えると、そしてもし日本がＡＩや人工知能といった技術の最前線に立っていることから、私は国際メルヴィル学会で、以下のように提唱したのである。ゴジラとなった現代の白鯨モビィ・ディックとは、いまや非常に異なった、さらには温和な、あるいはかわいらしい姿になっているのだと。大いなるリバイアサンはもしかしてこんなものになっているのである。たとえばサンリオのハロー・キティといったように。そして、これはベネディクトが予見したかもしれない転機なのである。メルヴィルの一九世紀の発見の最後のものとは、あのプラスチック製の人形なのだ。まあ、おそらくそうなのだ。つまり美（菊）と暴力（刀）という矛盾が人々を支配するなら、その人々は再び刀によって傷つかないように、菊を演じてみせているのである。

ジャパニメーション、あるいは、二次元の漫画の世界であるアニメーションは、空想的な逃避の世界であり、奇天烈なあるいは苦痛をあたえるような性的快楽で、魔獣で、ロマンチックな未熟さを意味し、お稚児趣味で、変化自在の戦士であり、未来、英雄そして幽霊の代替的な宇宙なのである。もし前世が永遠に変化し、自身の消滅を経験するならば、この種の逃避は不可欠だろう。ジャパニメーションは今や再生産され、ベネディクトの持った矛盾を超えた美と暴力の二律背反をもつ海外の聴衆に売られ、消費されている。そのアニメーションの表現が単一性的でプラスチックなものであっても、消費はそうではない。たとえばパフォーマンスアーティストのデニス・ウエハラがハロー（セックス）キティ——車輪につながれたマッドアジアンビッチショー——を作成した際、私は（懸命にとまではいかないが）東京でハロー・キティのディルド（人工ペニス）を手に入れようとし、そうしたものが存在していることは確信的であったと言われた。サンリオのハロー・キティ、マイメロディやキキララの消しゴムから時計（あるいは人工ペニス）までのあらゆるものを購入し消費している際に、東京のもう一方のセックスに関する商品は、ロリータからギャルにいたるまでどぎついコスチュームを着た生きた人形となっている。前回日本で音楽CDを購入したとき、それはAKB48（秋葉原の四八名の歌ったり踊ったりする少女たち）のガールズバンドのものであった。近くでみると女の子たちだが、彼女たちの大半は二〇代で、ピンクのふわふわがついた膝までのソックスをつけ、ピンクの皮のメアリー・ジェーンを履いている。そしてセンターにいるアイミ・エグチは処女でないだけでなくCGだったということがのちに判明する。そして私の友人によると、アイミ・エグチは実際の人間ではないにもかかわらず、自分が本当の人間でないということに対して、彼女の架空のファンにテレビで謝罪するために現れたということだ。

偽物が謝罪する。これは不思議に思うことだろう。少なくとも私はそう思う。なぜなら私は、常々自分の学生に書いたものに関しては、それが虚構であると言い訳することができたとしても、書いたものに対し責任をとる必要があると教え込んでいるから。作家は死ぬことなど決してなく、自分が死んだとしても、批評家がいて自分のことを性差別主義のテクノオリエンタリストであるとさえ言う。いやこう言おう。批評家は作家の書いたものが性差別主義のテクノオリエンタリスト的であるというかもしれないが、そうであってもそれは自分の死んだ（変更のきかない）書き物なのだから。自分の作った登場人物が謝ったからといって窮地を脱することなどできるだろうか？

世紀の変わり目の後の九・一一後のあるとき、『セーラームーン』がライブ形式のテレビ放映になった（つまりアニメが実写版になったということであるが）、私は母親の麻子を夏のお盆の二世ウィークフェスティバルのために、サンノゼのジャパンタウンへ車で連れて行った。これは全国すべてのジャパンタウン、日本町、リトル・トーキョー、日系アメリカ人文化会館、教会、そして寺における日系アメリカ人による八月に祝われる祝祭であるはずであった。でもそこへ行くと、すでに午後になっていて、麻子は到着したのが遅かったため少々イライラして、私たちはパレードやダンスのようなものをみることができなかったらしい。五番街とジャックソン通りの近くのテーブルで、仏教の寺を向かいにした舞台の前の席に麻子をすわらせた。おそらくそこでは空手や剣道の演武があったり、演歌歌手が歌っていたり、盆栽のレッスンや太鼓があったりして、少なくとも麻子に対しては、こうしたイベントはヒッピーなサンタクルスから私たちの日本文化への貴重なる旅であると思わせる「何か」だったのである。私は食べ物を探しにでていき、出し物をしている出店から出店へとびまわり、そして自分の目を疑った。日本食がないのである。おにぎり、照り焼き、天ぷらうどん、ウナギ丼、スパムむすびさえない。まあかき氷やイチゴのショートケーキはあったが、饅頭はない。私は叉焼包、ピザ、ドイツソーセージ、そしてパスタの皿をもってもどってくると、麻子は私を「何これ？」というように見た。その後彼女は五回も「遅すぎたのよ」と私に言っていたことに気づいた。本当の（日本食）のために二世の時間の感覚で早く到着しなくてはならなかったのだ。そこにいるみんなは日本食をたくさん作って、そして食材がしまいにはなくなって閉まってしまったのだ。使い物にならないし、もう営業終了しているのだ。

私は舞台を見上げると、そこに二人の女子高校生がいた。一人はラテン系でもう一方は白人である。ラテン系はブロンドの鬘をつけて、白人は地毛でおさげにしていた。両方ともベビー・ドールの恰好をして踊り、マイクに向かって歌っていた。

麻子は前のめりになって聞いた。「何語で歌っているの？」

「日本語よ」と私は答えた。

「違うわ、あれは日本語じゃないね」と彼女は得意げに笑った。

私はそれに反対した。「ううん、本当よ。漫画からのものなの」

麻子は頭を振って、ピザをむしゃむしゃ食べ、あごに溶けたチーズの塊をつけていた。

私は日本太鼓を探したが、この棟にはそんな気持ちの私を救ってくれるものなど何もなかった。代わりにセーラームーンの恰好をした小さな女の子たち、おそらく三歳から七歳の間ぐらい、の集団が舞台に上がるようにと言われていた。司会はおさげの白人の高校生で、日本語で歌い、日本語のかわいらしいアクセントで英語を話していた。「ハロウ、ぼういずあんどがーるず、えぶりばでぃ、かむあんどじょいんあすおんすてーじあんどれっつだんすとげざー」私は今度は母の麻子にこの女の子が何語で話しているのか聞いてみたくなった。しかし麻子はもう興味を失っている。この子たちが少なくとも着物を着ていたならと思う。音楽が始まって、セーラームーンのイントロが始まり、それは明らかにみんなが練習してきた類の特別なダンスだった。私は長年こんなふうに感じたことはなかった。どういうことかというとこれはLAのすし屋へ入り、その客すべてが白人であったと感じたときと同じものである。まあ、これはずっと、ずっと前の話ではあるが。これはある世界のもう一つの側の先端に違いなく、すべての物事がパラレルワールドの中に吸収されたようなものなのだ。注意を払っていないと、私は消去されてしまう。私は安心させるために麻子を見るが、彼女は消去されることなど決してないだろう。私たちは明らかに単に遅くこのフェスティバルに到着しただけである。これは見当はずれの、ショーの後の祭りなのだ。

かわいらしい白人の女の子がアクセントのある英語でたわごとを話している。私は気をつけてそれに耳を傾けている。そのシンタックスは完璧である。でも作り物のアクセントなのだ。嘘ならこれは無礼きわまりないことではないかと思う。でも実際勇敢なる抗議をする三世の世代全体が、アジア系アメリカ人であるエスニック集団としての権利に対し戦わず、日本人のふりをする日本町が存続していくことに対しても戦わなかった。私は頭がもやもやとなり、姉のジェイン・トミは、もし仮にここに隣に座っていたならこれを聞いていて、寄り目をしてこう言っただろう。「これってめちゃくちゃね」と嘲笑うことだろう。まあ、私たちは古い三世なのかもしれないのだと思った。私たちは言ってみるならポストアジア人であるが、虚構はしていない。でもジェイン・トミと私は、昔のやり方を守るために、ダイナミックな三世になることはできるだろう。「さあメイク・アップして!」私たちは舞台裏にいるかわいいおさげの女の子に会って彼女たちを仏教の寺の遊び場にある鎖のついたフェンスに押しやって、本当の英語を話させることができるかも。戦いたいんでしょ、セーラームーン! 三世ムーン! そのとおり。それで私は謝罪を要求したいんだから。

でも明らかに、ここではすべて終わってしまっていた。セーラームーン。AKB48。ハロー・キティ。私は麻子に二世ウィークに遅れてしまったことを謝り、日本のアクセントのある日本町ファンとの想像上のいさかいを演出したことをわびた。何年も前に、私は日本人になろうと努力したが、このようなことは他の世代、あるいはロボットにとってのみ可能なことなのだろう。

日本のロボット工学者である森政弘は、「不気味の谷」と呼ばれる現象を理論化し、これはコンピュータの、あるいはヒューマノイドロボットが、より人間的になっていくにつれて、不気味さを喚起させ、本当の人間の嫌悪感を刺激するというものである。森はこれを「不気味」と名づけ、それは嫌悪や邪悪といった言い方の丁寧な言い回しであるように見える。OK、私たち本物の人間はかつては本当でない機械人間とかかわらないようにしたのだ。より好むらくは、R2-D2やC-3POであるかもしれないしそうでないかもしれない。なぜなら、日本人がこのまさに本物のようにみえるセックス用の人形を肉体的な喜びのために作ったり売ったりしているから。それにAKB48とさっきのアイミ・エグチもいる。あるいは、自分の顔の外形を外科手術でつくりかえることもできる。ボトックスや鼻形成術や眼瞼形成出などで。あるいは最近のやり方でメイク・アップするというものある。顔を黄色くしてね。しかしこれは美しいのかあるいは不気味なのか？

でもコンピューター理論の専門家のアラン・チューリングが提唱した、人間とは違って知的姿勢を示すことを見極める機械のチューリング・テストはどうなのか？　チューリング・テストとは最近放映された『エクスマキナ』という映画にでてきており、その中で主人公自身がロボッーか人間かを区別することができず、自分の肉体を切って、自分がロボットかそうでないのかを見分けしていた。驚愕し、むしろ嫌悪したのは、見ている側（私）の『エクスマキナ』は女性すべてが青髭のデジタルでできた城の楽園の中のロボットで、そこには言葉を話すことはないが踊る日本の家政婦兼愛人、キョウコというロボットさえいたということである。

もちろん『エクスマキナ』のキョウコがアジアのロボットとして映画に主演したのではない。言ってみるならば、これは『スタートレック』のミスター・スポックとデータが不気味で、コンピュータソフトウェアのアジア系ロボットのバージョンであるということと似ている。リドリー・スコットの『ブレードランナー』のレプリカントであるレイチェルはどうだろう？　彼女の父親は中国人ということになっている。「サイロン、ナンバー8」と『バトルスター、ギャラクティカ』の多くのコピーで、グレース・パークによって演じられたものもある。そしてテレビシリーズの『ヒューマンズ』の家庭内の合成物アニタの幻魔ちゃんもチェックすべきだろう。ロボットの動きをするために「不気味な」訓練にいく人造俳優に関する記事もあるくらいだ。あるいはヒロシ・イシグロのウェブページに行って、オリザ・ヒラタのドラマチックな劇に俳優として参加しているヒューマノイドを見ることもできる。アジアのサイボーグとクローンは私たちのメディアや文学に満ち溢れている。それでは森の「不気味」には何が起きているのか？　映画のロボットが人間の俳優であるだけのことではない。人間とはまるで菊の栽培のように、完全なものとなりうるというのが今の私たちの想定である。成田から全日空0172便で離陸したとき、みんなそろった格好をしたフライト・アテンダントたちが全く同じジェスチャーで、同じ笑顔、同じ声でお辞儀をする。私は気が動転したが、これはすべて本当のことらしい。「不気味の谷」現象は、『エクスマキナ』のデジタルの楽園のように隠蔽されている。ここではチューニング・テストは必要のないものだ。

『フューチャー・オブ・マインド：心の未来を科学する』において、ミチオ・カクは、日本人は「神道、つまり魂はすべてのものに存在するということ、そしてそれは機械ロボットの中にさえ宿るという宗教にはいりこんでいる」と述べている。そして「不気味の谷」で評判の森政弘は『ブッダ・イン・ザ・ロボット』を著した。そこではロボットは仏陀的資質を保つ可能性があると提唱している。つまり以下のように考えることもできる。サンリオ・ピューロランドのハロー・キティが神殿に立って、菩薩となっているところへ来訪することもできるのだ。これに対しルース・ベネディクトはどう言うだろう？

そしてボブ・ハシマは、このことにどうコメントするだろうか？　私の父の相棒でもあるハシマを追いかけて、私は幽霊の住む廃墟の島の城塞を見つけた。こんな島で働く労働者の次の世代は、不気味なロボットということになろう。そうしたロボットは使命、義理そして恥がプログラムされているのだろうか？　自分が本物でないことに対し謝罪するのか？　刀がその頭蓋をたたき割るとき、彼らは死ぬのか？　彼らは仏陀的悟りに到達できるのか？　私は不気味になった以外これが何を意味しているのか確心がもてない。本当にただ不気味なだけなのだ。

小春日和（インディアン・サマー）

Indian Summer

九月一一日、その後の危険など知らずに私はニューヨークのJFK空港を朝六時に出て、サンフランシスコ空港へ向かったが、それで、私の後に起こった大惨事の影響から辛くも逃げることができた。そしてかろうじて逃避できたことで頭がいっぱいで、私の旧友や知己のいくつかの悪い知らせで絶望しながらも、私はずっと以前から考えていたニューヨークを離れて、カリフォルニアはモントレー湾の北半島にあるサンタクルスの中心にある海岸の町で新しい人生を始めることを決意したのである。到着すると、私は無造作に荷をほどき、清潔な家具付きの貸家で、秋の季節に断続的に存在する涼しさが点在する日の光の中に照らされて、その暖かく、乾燥した風と旋回する熱風に身をゆだねた。こんな日々は「小春日和」と呼ばれており、おそらくそれは昔の先住民が、その天候に対する英知でもって暦にその印をつけていたものと思われる。これに対して、八月から九月にかけてヨーロッパを旅行したばかりで、私はイタリアのフィエーゾレでも、秋の涼しさが夏の暑さにとって代わっていることを気づかされていた。それは八月三一日から九月一日にかけてで、季節を解説することは、ヨーロッパ人が時の経過を予想するようなものであった。

私はそのときアメリカの建築とアーツ・アンド・クラフツ運動のテーマで芸術史の講演を依頼されていた。私が焦点を当てていたのは、フランク・ロイド・ライトのデザインと、タリエシン助成金でできた建築物、そしてその日本の美学への転換と応用のされ方であった。カリフォルニアに到着したとき、私はこの海岸沿いの街に関してはほとんど何も知っていなかったのだが、この無知に対する私の推測は結果的に覆されることとなる。以前にカリフォルニアへ行った際には、その滞在は短く、すべて行く場所が決められていたものだった。サン・シメオンのハースト・キャッスル、パシフィック・グループのアシロマ、そして様々なYWCAセンターとサンフランシスコと東海岸——オークランドとバークレイ——にある優雅な家を含むジュリア・モーガンの作品ツアーといったように。古風で趣のあるヴィクトリア朝でパステル色に描かれた女性の出窓の下を走る路面電車はとても魅力的であったが、私は今回は近代的なものに目をむけた。それはコンクリートと自然の石を使用し、巨大なセコイアのむき出しになった梁、海沿いのセイヨウヒノキが湾曲して、風にさらされて、自然光へ向いているガラスを超えて、夕焼けや霧を通して揺れているものだ。フランク・ロイド・ライトの愛弟子であるアーロン・G・グリーンのサンタクルスでの建築物のサンプルを発見して私はうれしくなった。五〇年代にアーロン・グリーンはサンフランシスコで独立し、西海岸の「ライト」とまでなった代表的なる人物だ。このグリーンの建築物に私は偶発的に出くわしたのだが、それは幸運と不幸が混在したものだった。つまり私の研究にとっての幸運と私の健康状態からくる不幸によるものである。

サンタクルスに到着したすぐ直後、セコイアの生えたキャンパスを通り抜ける水路の上にある木の橋を通り教室へ向かうとき、突然のめまいにみまわれた。そして私は講義中にふらつき、しばしの間、バランスをとるために教壇をつかみ、自分と、自分がこの状況を何とかできるのかと私の災難を心配し始めた何人かの学生に状況を納得させるのに葛藤していた。しかし私は即座に自身の関心事を、何年も授業で使用しているコダックの回転式のプロジェクターに向けさせ、この異常事態を忘れ、その日の講義のテーマ——それはインテリアや名匠の家具、あるいは水を自然な滝や小さな池にする方法、そして水の音のようにみせる方法といったものだったとおもわれるが——に戻れると悟った。それで、確かにそう行動したのだ。大学での講義を終えると私は医者の忠言をもとめ、一連の血液検査のために病院の検査室へ行った。検査室は低い屋根の建物の医療センターの中にある。私は待合室に入ると即座にその建築様式を認識した。椅子のすぐ上にある格子窓、レンガの暖炉の方向にむいた作り付けのカウチ。狭い窓が、琥珀色に着色され、ごく僅かな光をとりいれ、その光はガラスで囲まれている日本庭園の玄関広間の中心をとおって、待合室へと投射されている。そんな待合室は医療検査室としてけ、通常完全に調和などしないものであるが、実際には全くのところうまくいっており、それは私が知る限り、フランク・ロイド・ライトの影響をうけたアーロン・グリーンの建築デザインで、一九六四年に作られたものだ。私は数えきれないほどこの待合室へ頻繁に足を運び、年月を通してデザインの当初の意図を改変しゆがめることになる微細なる変化に気づいたものであるが、それは世代と年月によってしだいに変化していき、忘却はさけられぬものだった。

あなたは大会議室のテーブルの真ん中にある建築モデルのまわりを歩き回り、ほほえんでいる。日本庭園の玄関広間をここに置いて、あなたの未来のオフィスの場所を心に留めているのだ。上から、ミニチュアサイズのカエデの木、石、苔むした池を覆う低い屋根のあるあけ放った広場とあなたは見ている。そして広場の中心には薬局が、作り屋根の売店のやり方で巧みに設置されている。それは低いひさしと巧みに回転する駐車場が美しくそなえつけられた建物だ。その後あなたは同僚と一緒に、その栗色のロールスロイスでサンフランシスコまで行き、ハイウェイ1の岸を上がっていく愉快なドライブの一日を楽しんでいる。あなたは甘美な自信に満ち、服装はカジュアルだけれど垢ぬけていて、赤と金色の絹のスカーフは、あたかも小旅行へ行くかのごとく爽快に首に巻き付けられているが、それはあなたの当世風のキメた格好だった。あなたと医者の同僚、契約者の建設業者、そして建築家は近くのチャイナタウンで食事するのだろう。あなたは彼らのために注文する。中国風チキンサラダ、ローストダック、豚豆腐、ガイラン（キャベツやブロッコリーの類）、椀に入った白米、同僚にはビール、そして自分にはお茶を。ダイニング・ホールを通して赤い漆でできたトグロを巻いた龍が回転している。あなたはまわりに控え目にこうほのめかした。山側の土地を手に入れることができるなら、その場所を訪ねてみることに興味はあるのかと。まわりを囲んでいる鏡に無数に映った自分とその隣に座っている建築家をあなたは見つめている。

まず初めに私は研究所の採血専門の医者に呼び留められた。彼女はデスクの背後から大声で示唆するその場を指揮っている女性で、そのデスクはチェックインのカウンターで、半分開けたドアの背後に座っている。「保険証は?　メディケア(老齢者医療保険)入っていますか?　医者の指示なし?　あなたの主治医は?　今空腹ですか?　ここから出ていく前に水を飲んでおいてくださいね。何?　尿検査まだなの?　今おしっこ出ます?　じゃあ、これを家へもって、おしっこを入れてもってきてくださいね」私は、これは一人採血医ショーだと実感する。患者を受け入れて、事務手続きをし、列に並んだ人々全員の採血をする。効率性と正確さをもってこの作業をなんとかやり遂げることが仕事ができる証拠となっている。彼女は私の腕を軽くたたき、肘の上にゴムの筒形容器を締め、静脈を見つけ、針でそこを刺し、ほんの数分間で五つの筒形の容器に私の血を採血する。でもこんなことにもかかわらず、この人物は彼女の犠牲者の名前、それとおそらく血液型、心身の不調すべてを覚えていて、彼女が不定期にいなかったりすると、私は本当にむなしくなるのである。そして彼女の代理は私を哀れに思う。「ええ、そうなんです。『長官』は本日休暇をとっておりましてね」

そんな「長官」の効率性にもかかわらず、私はその第一日目に学生のレポートの山、これは待っている間の余った時間に成績をつけるつもりのものであるが、とともに待合室におそらく四五分もいた。そして学生のレポートの返答に興味を失って、私は自分の空間に境界線を施しそのまわりに目をやった。暖炉はもう使われておらず、その中には鉢にはいった植物が入れてあり、レンガの暖炉の中の上には煙と煤の跡が黒くくっきりとついている。薪をいれるためのこぢんまりとした空間には何もなかった。庭に向かった透明な仕切りの壁の背の高いガラスの羽目板の方へ私は歩いていき、覗きこんだ。そこには流れる水で作った小さな滝の池があり、金魚が泳いでいて、池は草や苔、そして花開いたツジでかこまれている。小さなカエデの木がその場所に影を落としている。一方には五人の名前が刻まれたセメントのブロックの上に銅でできた勲章がある。どうも庭はこれらの人々の記念であるらしい。よく見てみると、私は不可思議な悟りの感覚に見舞われたが、それは突如起こる、かつて知っていたものに対する感覚でもあった。席にもどり、バラバラと滑って落ちそうな学生のレポートの山に、神経質な自分の手を置いて、「長官」が私の名前を呼ぶのを待つことにした。

あなたは凸凹した道を、建築家を背後に上がっていく。あなたは最近購入した一〇エーカーの丘の斜面の区画を指し示す木々と印を指さした。歩いていると、ある地点であなたはくるりと逆を向いて下にある町と湾を見下ろす。日の光が青い波をきらめかせ、湾の輪郭は地平線を超えてみずみずしい清澄さを伴ってその姿を現し、その日一日の眺めは素晴らしい。建築家も喜びを伴った共感でうなずき、南側の方向に気づき、これは完全なる広々とした眺めであると賛同する。障害物除去のために伐採されたり、取り除かれる木々などないのだ。あなたは土地の測量や構造工学の評価を要するだろうが、建築家は土台構造を安定させる擁壁や土台の鉄塔にはなんの問題もないと思っている。建築家は、あなたの生活空間と一致する家を作るという意図、それは地面に近く人目につかないもので、家の優雅な空間に自然な輪郭をあたえるというものであるが、そのことを理解している。師であるフランク・ロイド・ライトに対する賞賛をその考えに取り入れているのだ。シカゴの近くに住んでいた際、あなたはライトの家のサンプルに敬服していた。ライトの建築物に魅了されていることをあなたは自認している。自転車でオークパークを通過し、あなたは通りの家を一つ一つ見ているからだ。でもあなたはその当時医学生でインターンであり、現実の事柄はあなたの芸術的な追求から注意をそらしていた。あなたの趣味は家具であり、それは職人の美学をなぞるものだった。その計画に含まれるもので、家から離れたところに大工としてのスタジオを欲しいとおもっていた。それは医学から退去する場所でもあった。あなたと建築家はイサム・ノグチやジョージ・ナカジマの作品に関して意見を交換していたが、あなたは、もちろん、こうしたことは趣味の域であり、忙しい医者の業務とうるさい家族から離れる時間のようなものと取り澄ましていた。

私は「長官」の命令に即座に従い、彼女の「兵舎」へ移動し、指定された席におとなしく座った。「長官」はじっと見て、私のうなだれた顔に頭をかたむけ、目をのぞき込んだ。そして詰問で私を驚かせる。「こっちに倒れ掛かってくるつもりですか?」私は頭を振って、その警告でハッとなった。もし自分の病気の根源がわかっていたなら、そのときの一連のめまいに身を任せてしまうことなどなかっただろう。「長官」は初めに私の採血をしなくてはならず、そしてその後私が気絶してしまうと思ったのだ。採血の針、ゴムホース、そして筒状の管から目をそらさせて、「あっち向いていてください」と彼女は命じた。私はこれに気分を害した。血を見ただけで自分はそんなことにはならない。私は意図的に採血における自分の強靭さと決意を見せ、わざと興味をもったように彼女のあらゆる動きに目をとめた。

サイフォンにある自分の血が、「将軍」のゴムホースを通ってガラス瓶をひとつひとつ満たしていくのを見ていた。しかし最後の瓶の時点になると、私はふと自分の不快な記憶の源を知った。視界に若い女性の顔が浮かび、それは二〇年以上の間考えもしなかった人物のものであった。

徐々にではあるが、あなたと建築家は親しい間柄を築いている。建築家はあなたの家具のデザインに関する考えを知りたがり、それをインテリアに組み入れたかったのだ。そしてあなたはフランク・ロイド・ライトのタリエシン奨学金に関して本ですでに知っており、建築家にこの名匠との個人指導に関してすぐに話してもらっていた。戦前に建築家はライトと共に研究しており、ライトとの共同制作は民主主義への尽力であると宣う良心的異論者なのだ。建築家はライトの有機的建築物への哲学、すなわち自然的空間と個人の教育が連動する建築物に関する強い熱意に関して解説している。あなたの食卓のテーブルの上に建築家は、最初の下書きの計画を広げて見せる。ライトと共に作り上げた建築は強い衝動によるものだが、一九四一年に太平洋戦争がはじまると、この建築家は空軍へと志願していった。あなたは空軍にまで建築家との友情の絆を伸ばしていく。だってあなたとあなたの兄も空軍で一緒に飛び、兄は落下隊員であったのだから。兄は生き延び、帰郷し、学位をとって訓練にもどったが、五一年のドイツのバイエルン上空を飛ぶジェットパイロットでその後一年で亡くなってしまったんだとあなたは言う。戦争はまだ終わっていないとあなたは推測する。民主主義とは冷徹な恋人なのだから。あなたに最後に割り当てられた仕事とはオハイオ州デイトンのライト・パターソンでの眼科学に関するものであった。戦争が終わると、家族である妻と四人の子ども、二匹の猫、そして三台の車、いくらかの家具をヴォルクス・ワーゲンのワゴン車に詰め込んで、サンタクルスの田舎道を運転していた。妹のところで一時滞在し、その後自分の仕事を再開した。戦争、人種差別といった一連のことすべてにもかかわらず、アメリカではまさにその国民によって正しいことがなされており、あなたの両親が夢見ていた成功する機会を与えてくれるものだとあなたは信じて疑わなかった。あなたは家の周りにある土地に関する計画を凝視する。その地形、スイミング・プール、池や小さな滝のある庭などを……。建築家は一緒に仕事をしたいと思う日本人の造園技師や庭師はいないかとあなたに尋ねる。

私はこの上のない美と完全なる欧亜混血の容姿をもつこの女を今でもはっきりと覚えている。それは一九七六年のことで、コロンビア大学の大学院で建築学の勉強を始めていた年だ。そのとき私はソロモン・R・グッゲンハイム美術館で上へあがるエレベーターの中にいた。上層へ上がっていくこの箱の中で、様々な顔や身体の中でも私は角にいる彼女を、羞恥心にかられながらも、一種の平静とうれしさを伴った無知で、こっそりのぞき見していた。エレベーターのドアを通過する彼女の後について、用心深い距離をたもって彼女の周りをうろついていた。時の感覚と目的を忘れ、あたかも殴られたかのようにぼうっとして、美術館の長い午後すべてをそんなことに使っていたのだ。当初はフェルナンド・レジェのある作品、そしてピカソに匹敵する絵画を観て、その建物の構造のデザインを気をつけて記憶し、午後の授業に滑り込むという予定であった。しかしその代わり私は部屋をさまよい、ぶらついて、そこに展示してあるアレキサンダー・コールダーの作品――静かに重々しくうごめいている赤血球のような群れがある盤のようなオブジェ――を観て、この近くにいる彼女の肢体の「下」の方へナメクジのようにゆっくりと目を移していった。彼女は当世風のジーンズ、ベルボトムでブーツカットを身に着けており、オーバーサイズのピンクのアイリッシュ・フィッシャーマンのセーター、おそらく思うにそれは手編みのものだろう、を身に着けていた。頭には使い古された茶色の革の帽子をつけており、ある時点で彼女はそれをぱっと取ってみせた。重々しい髪がはらりと、その顔と肩に優雅な川のような流れをして落ち、私はそれに息をのんだ。そのとき私はコロンビアで、歴史的保存に焦点をおいた建築物を研究していた。博物館を通って、くるくる回る自分の衰弱する感覚をともなって、エレベーターに乗っているこのときが、わたしがすべての方向感覚を失ったと思える、無秩序で苦痛を伴うときの始まりとなった。

あなたは外科医のもつ極端な正確さでもって建築計画を従順に実行していく。仕事を進めることにおいて、完璧さは必要条件だ。基盤の構造的な統合性から塗装のわずかな陰影の使用にいたるまで、あなたはあらゆるディテールを凝り性なほどに操作する。建築家とその建設業者は、あなたが親切である限り、懐柔されていた。しかしあなたは独断的で、自分の命令を鋭い観察や独立した研究による穏やかな要求にしてみせた。つまりあなたは推薦する前に、あなたは本にあたり、その事象を研究し、認知をもって臨む。権威をわが物にすることは軍隊で学んだことだが、それはあなたにとっては穏やかさをもって戦時中の病院のベッドで養成されたものだ。しかしそう簡単に説明つかない虚構は他にもある。あなたはモンタナの小さな田舎町の、そこにごくわずかしかいない日本人の家庭に生まれた。あなたの父親は世紀転換期にアメリカへやってきて、ノーザン・パシフィック鉄道——ミネソタからスポケーンまで——を完成する鉄道工事の現場監督としての仕事をしており、あるときあなたの母親となる人である写真花嫁の渡航にみあうほどの収入を得た。あなたが成人すると、あなたと家族は、あなたが決して知ることのない場所にいる敵であるとみなされてしまった。両親の小さく閉鎖的な日本の漁村と、あなたが育った凸凹の山間にあるカウボーイの街を比べることなどは、二つの異なった、異国情緒的な土地に関する民話を想像することでもあった。それが本当に民話であって、嫌悪に満ちた区画を通過した航路でなかったならばではあるが……。真珠湾攻撃のあった後の数ヵ月以内に、二〇〇マイルしか離れておらず、ワイオミングの境界を超えて、西海岸から立ち退かされた一万人もの日系アメリカ人が、この同じく壮観で荒れ果てた風景で、あなたがずっと自由でありつづけたその場所へと収容されたのである。しかしあなたのは危険な自由で、特に敵性外国人とされたあなたの移民の両親にとっては殊にそうなのだ。したがってあらゆる動き、行動、顔の表情がトラブルを防がなくてはならないものとなり、そして不確かな未来を予想していかなくてはならなかった。モンタナ出身の他のいかなる子どもたちと同じく、あなたの兄は軍隊を志願した。母親は兄の制服の下におとなしく身につけているその絹の腹巻に千本針を縫った。護身のお守りである。だから兄は帰還し、戦争ではなく平和なときに殺されたのだ。あなたは決して完成しないものを完成するかのように兄の道をたどる。でもあなたはしだいに成功の道へ駆り立てられていく。昼食をとらずに、患者たちを置いて石でできた上り坂を正午に見に行くためにあなたは車を飛ばした。それはアリゾナの石切り場からとった六五〇トンもの石で、太平洋に、そのニヤッとした石の歯を光らせ、その壮大な仕草で不確かな未来に対峙する場所でもあった。

私は彼女がガラスの扉をでて、地下へ消え、ダウンタウンの地下鉄に乗るまでの五番大通りから八六番通りまで追っかけていった。衝動的に、そして不注意にも私は電車に飛び乗り、アスター・プレイスへ出て、クーパー・ユニオンまで彼女の後をつけ、突然デッサンと想定される授業の教室へ入っていった。ちょうどいいことに私はカバンからデッサン用のタブレットを取り出し、目立たないように後ろの席に着き、自身の建築用の描画をぱらぱらとめくり、鉛筆と炭筆を手にとって他の学生の真似事をしていた。しかしその後驚きと悲痛のもとに、私は自分が求めていた対象そのものをそこで見ることになる。その対象は今はローブを身に着け、真ん中の台座へ裸足で歩いていく。白い絹の着物がその体からするりと落ちて、そこにはあの彼女が立っていた。ピンクのフィッシャーマン・セーターなしに、あのジーンズやブーツなしに、そしてあの革の帽子なしに。私の欧亜のアフロディーテがそこに忽然と姿をあらわした。私は狂ったように、出来のわるい絵を次から次へと描いた。キュービズムのモンタージュ画の胸、乳首、腰、肩、臀部、鼻、恥丘、目、私の心臓は早鐘を打ち、心は破裂せんばかりに煮えたぎり、そのすべての感覚は装填した拳銃のようであった。

あなたは自宅でパーティーを開いた。建築家は何日か前に電話してきて、招待されたことを喜んでいた。彼は『アーキテクチュアル・ダイジェスト』に投稿する作家も呼ばれているのかどうかを尋ねる。作家はおそらく写真家と一緒にやってくるだろう。気前よくあなたはそれに応じた。その日はちょっと肌寒かったが、パーティーには完璧で、でもここはサンタクルスなので肌寒いのはいつものことである。時間の前にやってきた来客たちは、湾の広がりの全貌を見渡すことができ、石のベランダに座って、落ちていく夕日が静かなオレンジの色彩に光を放っていた。あなたの妻はこのパーティーのためにケータリングを頼んでいる。大皿に盛られた寿司、串にさした照り焼き、優雅なパステルカラーのプチフール、酒のカクテルやシャンパンを。あなたは家族全員を集めた。あなたの母親はモンタナから、そして義理の母親はイリノイからわざわざ飛行機で飛んできているほどだ。あなたの二人の息子はつれてきた友人と一緒に自由気ままに家に出たり入ったりしている。二人の娘はすでに一〇代で、彼女たちの友人と一緒にあなたの前に現れたり、いなくなったりして、今晩使用する個人のベッドルームに関して色の選択とその装飾に関してあなたが聞くと、丁寧にうなずいていた。あなたの妻がガラスのドアの向こうの室内の光を通して見えている。彼女のブロンドのセットした髪は光輪のように輝いている。あなたはシャンパンのグラスの脚を撫でまわし、招待した作家のコメントにうなずいていたが、あなたの心は、あなたが妻に初めて出会った日をさまよっていた。あなたが体験したはじめの不確かなもの。こんな美しい白人の女性の心を射止めることができるなんて考えもしなかった。はじめの息子を亡くしたときはつらかったが、あらゆる困難を乗り切って、年月がすぎるごとに妻はより美しくなっていく。あなた方は申し分のない夫婦で、完璧な家族で、この家こそがそれを確信させるものなのだ。写真家はうねうねと体をねじりながら、こそこそとニコンのカメラを指さし、いろいろな角度からあなたの家と室内の装飾設計をとって、それをこれらの美しい人々の背景にした。プールの水を通して、あなたは遠くでだれかが何かを言い争っているのがわかる。それはヴェトナムの爆撃のことで、あなたはその方向へ、大きく微笑みながらふらふらと行きつつ、この完璧な晩をダメにするようなことは何もすまいと思っていた。このパーティーであなたの存在まさにそのものが人々の不同意を消し去り、彼らは話題の転換をし、家に対する賞賛、そして「あなたのような日本人は真に自然を理解されているのですね」といった意見などをまき散らす。あなたは今一度火のついた暖炉の方を見やったが、そこは、他の人々とは別にあなたの親戚があなたの母親と身を寄せ合ってたむろっている。他の部屋ではあなたの妻が、最近彼女がとりかかっている織物の作品を自慢していた。彼女はクッションのために、自然に繊維を染めて織物を作っていた。あなたの心は幸福感に満ちてはりさけそうに感じた。その間、建築家は恩師であるフランク・ロイド・ライトの話をうっとりと聞きほれている聴衆に転じていた。ライトは二番目の妻のためにウィスコンシンの家族の農地にタリアセンという名の屋敷を建てた。しかし悲劇にも、ライトがシカゴへ出張している際に、この妻と子どもたち、そして彼の四人の愛弟子は、家政夫の男に殺害されてしまったのだ。そのバルバドス島出身の男は屋敷に火を放ったのである。

小休憩で二〇分ぐらいたってから、私は教室からトイレへ逃げ込み、トイレの小部屋の中で立って、膝のガクガクする震えを沈めようとした。そして顔に冷たい水を振りかけ、自分の投影とは思えずに、鏡に自身を映してみせた。三時間の授業の間、その休みごとに同じことをしたが、自分を振り切ることはできなかった。授業の最後で、だらだらとして、彼女が衣装部屋から出てくるのを待っていた。若い男が部屋へ入り、私の心を消沈させるのに十分に、服を着た彼女に男は挨拶して、一緒に建物を出ていった。その頃になると、もう夕方であった。ちょっとした霧雨が暗くなった通りを湿らせていた。私はこの二人が一つの傘の下で一緒になって、車の光やネオンのくもりの中にいる雑踏へ消えていくのを見ていた。この日を顧みると、これはハーレムの自分のアパートへそのまま戻りコロンビアで勉強を続けるべきであったと思う瞬間であった。しかし私は知ろうと確信している自身の運命の意匠に捕らえられてしまっていた。次の年は、愚かしくも私は医学のコースワークと研究をすべて放棄し、仮及第期間にされてしまった。私は友人を忘れ、彼らや同僚と連絡をとることをしなかった。もし彼らが関心を示したなら、彼らの質問に肩をすくめ、自分の秘密の計画を誰にも話さなかった。私はこの間正確にあるいは時系列的に自分がやった詳細なる行為、そしてこの間にどうやって生きていたのかを関連づけることができない。覚えていることといったら、私のそのときの常勤の仕事は、探偵のそれであり、自分で自分を雇っているようなもので、あの若い女性の日常や、逐次の詳細をなんの報酬もなく知るということだった。私の好奇心はこの*のぼせ*であることは自認するが、これは終わることのないものであった。

つまり彼女に実際に出会ったり、関係を持ったりするものではないということである。その後朝早くから、建築学の下書きの紙を、図画用の机の上に何枚も何枚も取り出して、熱病にうなされたかのように様々な構造を描き、百合の咲く谷やごつごつした絶壁にある家を工学的に作り出してみた。驚くほど荘厳な滝の隣で、固く降り積もった高原の雪の下、竹林の間や、熱帯や砂漠の気候においてである。探偵として過ごしているときと同様に、私は地理的で、気候的、そして環境的研究に巻き込まれ、自然の空間や地元の素材の側面に関心をもった。私は自分のデザインの美しさ、その場所と構造に編まれた有機物に驚愕していた。そしていつもあの彼女が、私の無数の下書きの上を亡霊のようにさまよい白い絹の着物からすっと立ち上ってくるのであった。

あなたが建築家と最近話したのは電話でのことだった。建築家の声は震え、そしてその後怒りの鋭さを伴って自信をなんとかとりもどしている。恩師のフランク・ロイド・ライトが生きていたら、これに対してなんと言うであろうかと思った。マリン・カウンティ・シビックセンターはライトの最後のプロジェクトであった。一九五九年に亡くなり、この建物の最後の落成式を見ることは決してなかった。この仕事を完成したのはこの建築家である。センターのあらゆる側面は――その広々とした優雅な外観、中庭にかかった天窓の屋根、遠くにある丘が柔らかく見えるアーチ型の窓、革新的な監獄のデザイン、細心の注意を払って研究された法廷そのものの形状――ライトの民主主義的空間への希求を奨励している。しかし今はこんなことになっている。真ん中の法廷で人質をとりおさえ、そこで銃撃戦があり、囚人や裁判官の死があり、しまいにこの法廷自体が爆撃されているといったような。ウェザーマンとよばれるとある極左テロ集団が、この犯罪をおかしたのだと述べている記事をあなたは新聞で読んでいた。

あなたは建築家の混乱と憤慨を不憫に思っていた。建築家とあなたが信じていたあらゆるものが論争の的になり、すべての価値が真っ逆さまになっていく。

はじめ私は、こんなふうに町をダンス教室から撮影会へと意気揚々と歩く彼女は、不死身の人生を送っているのかとさえ思っていた。私は彼女が向かうニューヨークの芸術的な場所へあえてついていったくらいだ。そこではヨーコ・オノやイサム・ノグチ、ナム・ジュイン・パイクやテレサ・ハッキョク・チャのように若手の新鋭芸術家らが特集になっている、あるいは招待客の中からそうした人物がでてくるようなレセプションや展示会であった。若いにもかかわらず、彼女は有名人の間を気楽な、しかしエレガントな物腰で移動していった。いつも流行を追った装いで、シックでありながらもカジュアルな身振りで「もちろん」と言っているようなデザインのものを身に着けていた。アートのクラスでモデルをしていることは、クーパー・ユニオンで以前ついていた師に対する、彼女がときおりやってみせる心づくしの副業であったことがわかる。職業として彼女は有名な代理会社で働いており、二、三例をあげるなら、ラルフ・ローレン、イヴ・サン・ローラン、ハナエ・モリやスティーブン・バローズといったデザイナーのランウェイを気取って歩くその姿をちらっと見ることができる。そんな成功にもかかわらず、私は心理セラピストのオフィスへ毎週行く彼女について行ったりもする。一時間して終わるのを辛抱強く待って、毎回のセッションの結果を認識しようとした。しかし結果はなにもわからずじまいだったが。私は彼女の『ヴォーグ』や『エル』といった雑誌からの写真をハサミで切って、私の小さなワンルームのアトリエのありとあらゆる場所に貼り付けた。夜になると古布団で寝ながら、写真を貼り付けたテープが、うまく貼り付けられなかったために壁からはがれ落ち、雑誌の写真が秋の落ち葉のように床にはためいていた。ある特に雪が多く降った夜、冷え切った私のアパートへ入り、暖房装置のレバーをがんと動かし、粉のような青い炎の下に血のようなオレンジ色の塗料のゴミに気づき、それは壁に燃え移り、彼女の色とりどりのイメージは部屋一面に広がった。私は、このひどい古アパートの冷たい空気の中で自分のはく息を見て、涙を流した。

あなたは銃をもった男をじっと見つめている。その人物は、ありがたいことに今ははるかかなたのニューヨークで勉強していてあなたのそばにはいない長女とさほど年齢がちがわない。男は環境に対する犯罪であなたを糾弾しているのだ。この人物をあなたは知っていると思っている。この長髪の男、でも当時はみんな長髪で、あなたさえも当世風に髪を伸ばしていたくらいだけれど。彼は結膜炎の血走った目でオフィスへやってきたようだ。男はこのオフィスのど真ん中にある庭をどれほど好んでいて、こんな庭のあるオフィスなどみたこともないと言っていた。その目は感染しているため、ねばねばした粘液で上下の瞼がくっついてしまいそうだったがこの庭を見ることはできる。しかし、と彼は続けてこんなことを言った、こんな小さな庭に、仮に日本人は住むことができたとしても、あんたは住むことなんてできないと。とにかく自分は現在山の上の森林に住んでいて、そこには多くの部屋があり、そこは神に近いところなのだと。人工的なものは何もないのだと。あなたは言っていることに賛同した。日本庭園とは、芸術的にかつ自然な形で、距離や広大な広がりの感覚を作り上げるミニチュアな展望なのである。園芸は芸術なのだ。あなたはモンタナの父の庭を考えていた。今あなたの目の前にいる男はこのこと（自然）を考えていて、自分の芸術は独創的で、野性的であることを好むのだと言った。盆栽などこの男にとってはナンセンスで、それはもちろん決して日本などへ行ったことがないからだ。そしてそんなあなたも、アメリカへ帰郷する前に立ち寄った沖縄の米軍基地での短い慰労休暇以外、日本へ行ったことなどない。自分の時計と人で混みあっている待合室を見て、こんなことに返答することに配慮できないことがわかった。この若い男は国民保険に入っておらず、結膜炎の治療に対し支払う金をもっていない。あなたは彼を見送って、受付にこれは例外（料金を支払わなくていい）のケースであると言った。受付の女性は顔をあげたが、「またこの人も例外ですか」と言っているようであった。男が出て行ったときに郵便物が届き、受付は小さなカードと共にある箱を手渡す。あなたはカードを開いた。「博士、おれの白内障の目の病気にしてくれたことに対する、これはちょっとした感謝の気持ちだ。確かに今はまたはっきりと物を見ることができているよ」あなたはSEE社のキャンディーの箱を受付の女性にもどし、待合室を指さして、「みんなで分けてやってくれ」とでもいうような仕草をした。これはあのさっきの髪の長い男のものではないかもしれないが、あなた、あなたの妻、二人の息子そして受付の女性はそれで今日死ぬことになるだろう。

ある一〇月終わりの日、歩く道すがらジャック・オー・ランタン、魔女の帽子、黒猫、骸骨でいっぱいのハロウィーンの仮装で飾られた店の窓をあちこち見ていた。私は、窓の装飾の仕方や脇道のハロウィーンのディスプレイといったように雑多な方向を興味をもって見たりして、何気ないふりをしていた。とある店で、彼女が私の背後の脇道を通過しているのを知って、私は骸骨のマスクに興味をもっているふりをした。すぐに私は彼女をつけていき、目を合わせていないので、おそらく彼女は私の存在を知ったり感じたりすることはないと思っていた。しかしこのときは、何等かの形で、彼女は振り向いて私の方を見たので、さっきのマスクを通して私は彼女と目があってしまった。この嫌悪感と恐怖を私は見て取った。彼女はよろめきながら、さっきの地下へ走り去っていくことまではしないにしても、いそいで歩いていった。私はマスクを捨てて、狼狽しながらもついていき、自分の目の照準をその白いトレンチコートと、下り坂の私たちの興奮した隙間にたなびかせている彼女の赤と白の絹のスカーフに合わせて彼女を追いかけていった。八六番通りに向かいあう形で、彼女は五番街大通りへ素早く歩いていくが、そこはセントラル・パークの秋の様々な色彩が光を放っていた。そこは彼女のよく行く場所であることがわかっているので、私は歩をゆるめた。ルネ・マグリットの『偽りの目』のシュールレアリスティックな空の眼をのぞき込むのが彼女の習慣であった。私はこの日これを予想すべきであったのだが、自分自身の傲慢さ、自身の芸術的な才能、詩人そして予言者としての度を越した確信に取り憑かれていた。その日、円形の広場（ロトンダ）からガラスのドームを通して一〇月の日中の最後の日の光を見あげたときのことであった。ライトの見事なオウムガイの建築物の頂上から彼女の体が投げ出され、その白いトレンチコートが羽ばたき、その黒髪は、赤と金色のスカーフが風ではためくのと同時に絹の房のように舞い上がり、アレクサンダー・コールダーの朱色の荘厳なる雲の静謐なるオブジェを通りこして、周囲に異常な動揺を押し付けながら落ちていってしまったのだ。

カトリック教徒として葬られたとしても、あなたは仏教徒としてその過去をさまようことになる。その苦悩を消滅させることはできないのだから。今あるこの場所の美しさなどあなたを裏切っていくことになる。殺人と放火の後、彼らは完全に新しい建築物を建てたが、あなたの妻や子どもたちのように、それはあなたを愛してくれず、永続し、光を放つ美の殿堂として存在しているにすぎない。本物の日本人が、常に木々を切りそろえ、植樹して永遠に美しい状態で庭を保つように雇われ、岩の上に木の葉や色あせた桜が舞い落ち、流れる水がこの上もなく優雅な流れを作り、それらは朽ち果てることはない。赤、金、そして白の鯉が水を跳ね返し、混沌とした池の中でその体軀を翻し、液体のような沈黙の中で優雅にうごめいている。あなたの血の池の、鉛のように淀んでいる暗い魚の群れが泳ぐその下に、あなた、あなたの妻、子どもたちそしてあなたの同僚たちの体が横たわっている。小春日和のある夜、私はあなたの家に向かう丘をのぼり、そこであなたに出会う。その生あたたかい夜に、私はあなたが父親、恋人、医者、建築家、芸術家、そして予言者と変化自在であることを知る。そして私はそばに留めてあるロールスロイスへあなたを連れていき、一緒に車にガソリンを入れて、ガロンごとにあなたの愛する建築物の最も無防備なる角にガソリンをふきつけて通過していく。

註：これは実際に起きた出来事をベースにしたフィクションである。
以下の方々に感謝する。UCSCのマックヘンリー図書館の書誌学者のフランク・クレービアー、モンタナ州リビングストンのイエローストーン・ゲートウェイ博物館の所長、ポール・シェイ、そして研究助手のルーシー・アサコ・ボルツ

結腸・内視鏡

Colono:Scopy

あなたは日系三世。かつてはやりたい放題で、若々しく、そして、はっきり言わせていただくと、見ていて癪にさわるほどだった。いまだにそうなのかもしれないが、まわりの人間はそんなあなたに我慢しているふりをしている。なぜなら、そう、あなたが年をとったから。五〇にもなると、人生の折り返し点のお祝いの会を、黒い風船をもってきてみんな祝ってくれ、この後の半世紀に関してあなたをあざけるのだ。でもこれはあなたがこれからうけいれていく一〇〇年における後半部の始まりにすぎない。これからはしたいことを結果的になんでも話すことができ、おそらくここで話している仲間の中でもだれよりも長生きできることから、同世代に対してもそんなふうに話しかけることができるのだ。しかしここであなたはブラジル人が「わたごと」("the merda")と呼んでいる、これから起こる三つの重要な物事へ突き進んでいくのを知ることになるだろう。①本を読むのに眼鏡が必要になるということ。②「サンドイッチ世代」に属し、それはやたらと助けをもとめてくるわけのわからない子どもたちと、こちらもやたらと助けを求めてくるわけのわからない親との間でどうしようもない存在になっていくということを意味する。そして③結腸内視鏡検査をしなくてはならないということ。

第一番目はちょっとした不愉快な思いにすぎない。なぜならすでに視力が衰えてきているから。五〇年代のコーラの瓶底のような眼鏡からコンタクトレンズになって、高校時代の友人は検眼医になっているくらいだ。第二番目はあなたの両親があなたに覚悟させておく準備ができているかということ。つまり親孝行のことだ。あなたは卵と鶏どっちが先かと説明する教えを受けておらず、いまとなってはそれはデビルドエッグ(ゆで卵を縦に切り、黄身をマヨネーズ・香辛料と混ぜ合わせて再び白身につめた料理)になってしまっているぐらいだ。だからこの卵と鶏のなぞかけは的外れになっている。一〇代の不安と老年の認知症に挟まれ、いつも三世の態度へもどるという自己正当化と、リピートトチードの静かなる二世の記憶をうけいれていくことになるだろう。結果的にここはアメリカなのだ。人生はどんぶり勘定のような雑なものではない。真面目な話、第三番目が本当の人生の分岐点かもしれない。

経験豊富なあなたの親である年配者が流動食と浣腸に関する裏事情を教えてくれる。そして彼らがトイレからはなれないでくれと言うとき、それはトイレという部屋から出るなということではなく、トイレの便器にいる自分を置いていかないでくれ（後始末を全部やってくれ）ということを意味している。まああなたの読んでいる本や雑誌、アイフォンやノートパソコン、そしてネットフリックスをトイレに持ち込んで、仕切りのない共同の便器を一緒につかわなくてはならないレベルではないのであなたはまだよかったと思える。そうなるとあの日系アメリカ人の悪魔的な言葉「避難」が完全なる新しい意味を帯びてくるだろう。

消化器専門医は通常の麻酔か鎮静剤のどちらが必要かと聞く。つまり検査過程において、完全に意識がないか半分意識があるようにしたいのかということである。意識があるのを経験した人は、それは映画『ミクロの世界』をみているようだったと言っている。それは一九六六年の映画で、ミクロ化した宇宙飛行士たちが赤血球の中を旅する。でもあなたがこの映画で覚えているすべてはあのラクエル・ウェルチだ。あなたの巨大な体内をラクエルが泳いでいるというのは悪い想像ではない。特に彼女のために中をきれいにしていたならば……。そう。あなたはその結腸内視鏡の挑戦を受ける。

明らかに五〇にはなっていない目の前の消化器専門医は、悲哀と興味の混ざった目であなたを見つめ、自分が結腸内視鏡を何百回もやったことがあるのだと安心させている。その悲哀とは、癌のポリープが見つかる可能性に関わっていくものである。そして興味とは、自分の臀部の肉を通してラクエルと一緒に泳ぐという欲望に関わるものだ。ラクエル・ウェルチってまだ生きているんですか？　と消化器専門医はあなたに聞く。あなたは最近のきらびやかなハリウッド役者気どりで、ラクエルとは見劣りがするその複製のような集団を心に浮かべた。オリジナルのラクエルはセクシーな洞窟に住む銃をもった女性で、西洋、そして紀元前の世界を征服した。フェミニストならそんなことにあなたが夢中になることは決してないのだが、あれ？　彼女ってまだ生きていたっけ？

左側から、あなたは胎児のような恰好で、素材の悪そうな青い木綿のガウンを着させられ、無礼にもあなたの背中の下の部分を消化器専門医がパカっと開くと、あなたはその専門医が手術着の帽子とマスクを身に着けているのをちらっと目にする。半分意識がある夢のような状態で、この専門医は、どこかの部族の先住民のように見えた。もうラクエルなど忘れてしまえ。だったら、この専門医があの「良いインディアン」のサカガウィアであると考えよう。彼女は直腸に内視鏡をいれている。内視鏡は先にカメラと光源がある四フィートの長さの管である。ニーニャ号、あるいはサンタ・マリア号かもしれない(サンタ・マリア号、ニーニャ号はクリストファー・コロンブスが新大陸航海に使った船の名前)。でもまずインドをさがそう。

あなたはモニター画面をじっと見て、内視鏡の管があなたの知らない、地図には描かれていない領域へ忍び込んでいくのを見ている。横にいる管を担当する専門医が、あなたのきれいで光沢のあるピンクの壁をうなずきながら承認し、腸がとてもきれいに洗浄されているのを喜んでいる。ゆっくりとした正確さで、カメラは洞窟探検をする。遠い暗闇で、腸の幾重にもなった弛みの中で小さな細い物体が見える。光があたると、それはなんと散歩する犬を連れた白髪の混ざった女性であった。あれはダナ・ハラウェイじゃないか？　ＯＫ。犬は単なる動物ではなく仲間の類である。ダナは不思議そうにあなたの洗浄された内臓の壁を指さしている。その内臓とは、たいていはあなたと共生している何千もの種類の生物によってできている細菌のエコシステムなのだ。そして前の日に、あなたはその微生物を、トイレで「隔離」されている間に体外へ排泄したのだ。あなたはダナに悪いと謝罪した。でも彼女は科学者であり謝る必要などない。ただ、誰と前のトイレを一緒に使用したのかを覚えていればいいのだ。突如彼女のシェパード犬がダナをチューブのところへつれていき、不思議の国のアリスがウサギの穴へおちるように転がって消えていった。一体何がおこったのか？　管を担当する医者があなたのドリームチームに指示を与えている。明らかにあれはポリープだ。一部切除して、その後の状況を見てみましょう。まあ救いなのは、それは良性のものに見えます。

検査はすすんでいき、角を曲がったところへゆっくり行った。おや、これ見て！　憩室です（消化管などの一部にできる袋状の病理変化した組織）。憩室とは結腸にある袋で、食物がそこに集まり、定着してしまうことで、憩室炎を起こしてしまったのだ。あなた、ちゃんと野菜を食べていますか？

私はアジア系だ。とあなたは反発する。もちろん野菜を食べてきているんだ。実質上アジア系移民は野菜を開発していたくらいなんだから。

カメラはいろいろな箇所に焦点を当て、画像を撮る。あなたの憩室は記録されている。それをのぞき込み信じられないようにあなたは瞬きする。とある憩室の形状は一九世紀の機関車に乗った白人の男たちの集団に見えたからだ。目を細くすると、それはセントラル・パシフィック鉄道がユニオン・パシフィック鉄道と出会い、ユタ州のプロモントリー・サミットの大陸横断鉄道の落成式を行なっているところだった。いやちょっと待て、とあなたは抗議する。鉄道を建設した中国人はどこへ行ったんだ？

そうです。と自分たち先住民の土地がすべて奪われているサカガウィア士がそういう。

でも、とあなたはまだ続けた。中国の奴らはどこなんだ？

サカガウィアは別の角度から向けて映像を映し出した。あなたもこの画像の中に入りたい？　この先住民の大虐殺の共犯になりますか？　私の招待客になってみてはいかが？

ちょっと待て。私は中国人ではない。

日系であるこの私が加わるなんてなんというアジア的連帯感の強さだ。

グーグルマップを調べてユタ州の真ん中へ行く。そう！　そこだ！　ユタ州のデルタである。私の日系の関係者はここの収容所で隔離されたんだ。

「エーン（と泣きまね）」と専門医のサカガウィアは言う。そもそもそこで隔離されたなんて、でもあなたには関係ないじゃない。

私の一族である先住民は、強制収容を正当化するスパイ活動や諜報活動の一つたりとてない状態で、人種差別と恐怖のなかで自分たちの家から退去させられたのよ。

国家に対する忠誠心といったたわごとを聞かされたんです。そしてあなた方は人々の人生をみじめにさせるモデルなんです。今向かおうとしているこの道を考えてみて、この憩室は結果的に同化し、ネオリベラル化し、炎症を起こしているのです。とても苦しそうでしょ。

でも聞いてくれ、とあなたは言う。私は野菜を食べているが、自分の食事療法は変えていない。憩室に反対する食事の多様性！　そう言ってあなたは麻酔の作用で弱々しいが反抗的な右の拳を上げた。

サカガウィアはおどけたように返答する。あなたの食餌療法のことではないの。最近では多文化主義が、使い古された表現ではないにしても、過大評価されているんです。あなたの遺伝子にあるようにね。

憩室が一つ、二つ。袋は？　うあ！　これは前のよりもっと大きいが、サカガウィアはあまりおどろいていない。結腸が本当に素晴らしく、本来の状態になっている先住民の種族もいるんです。

本来の状態？

外国の植民者の場所ではありません。サカガウィアは他の画像をとるためにカメラをとった、あなたのは、まあ、ねじれていて（アメリカ的な習慣で）変容していますけど。

あなたは二番目に移し出された映像をじっと見て、憩室へ沈んでいく戦艦のようなものを見て取った。なんてことだ、冗談だろ。一体これは？

ＵＳＳ戦艦アリゾナです。

真珠湾か？

見てください、私たちはこの不名誉を考案したわけではないのです。ハワイの最後の女王リリウオカラニを退位させ、プランテーションのシステムを建て、軍部を配置し、戦争を始めたのです。

この戦争は私の失態だというのか？

高繊維質の食餌療法でこれを回避することができたでしょう。あなたスパムむすびが大好きですね？

待ってくれ、これは私の結腸だ。私の結腸なんだよ！

みなさんそう言うのです。でも事実に直面しましょう。あなたは「占領」されているんです。この混乱状態にどうやって責任をとるつもりですか？　あなたの習慣は、何百もの文化をもつ先住民である人々の習慣を破壊しているのです。

もう一度見ると、そこには紫の勲章のメダルをつけ、沈んでいくアリゾナに腕を振っている正装したダニエル・イノウエがいた。さよなら、ダン。そして黒い煙とサイレンを通して、混乱したイエス—イエスやノー—ノーのトゥーリレイク収容者を乗せている小さい船、アメリカ陸軍情報部の人々、「あたってくだけろ（ゴー・フォー・ブローク）」、共産主義の反ファシズム傾倒である日系二世の芸術家、といった人々を乗せた人命救助用のボートがあり、その背景で、あの中国系アメリカ作家のフランク・チンが管をもって水をかけている。すべてが約束の地を求めて真珠のような湾からさまよいでてきているが、まさにこれはあなたの大きな、広い結腸にあるものではない。

最後に内視鏡はポッポッと音をたてた。盲腸のドッジ（車の銘柄）の方へ、それはあなたの小さな腸の先端であるが、あなたは希望をもって、検査がしようとうその最後のほうに向かっていると思った。ここはインドだろう。金とスパイスの土地だ。でも駅のプラットフォームでは、開きかけているマッシュルームのキノコがピンクのオーラを背面から漂わせているのを見た。ジャーナリストのウォルター・クロンカイトの声が、言葉を話す盲腸を通して、正式な実況中継をしている。そして冷戦がマッシュルームの周りを狂ったように回っている。ウォルターが言うように。「あなたは今まさにそこにいるんです」と。

まるで占領の実況中継をしているようなものですね。とサカガウィアはこの状況を精査している。これから先、と彼女は言う。私たちはこういった核廃棄物の後始末をするためにナノドローンをとりいれます。でも今のところ、私たちは旧式で、相手の先制を封じるための外科手術をしなくてはなりません。覚えていますか？　あなたはあの契約書に署名しているのです。私たちがあなたの承諾免除で手術を進めていいという拘束力のあるあの契約書に。

あなたはこう尋ねる。「なんで私なんだ？」

クール・エイドの飲みすぎです。それは精製されたプランテーションの砂糖でできています。だからあなたは自分の運命における共犯者で、協力者で共謀者ということになります。

あなたは手術で取り除いたポリープが、ゴジラの年代を追ったいくつかのバージョンへと変化していくのを見た。それは廃棄された記憶と再生された歴史で、チューブの空洞へとうなり声を上げていった。あなたの尊厳である最後のポリープをあのサカガウィアが取り除くことなど気にしないでいい。彼女はあなたのこれから五〇年の命を救ってくれるだろうから。命が短くなる方を選ぶ必要などない。幸運を！　使い捨てのフェイスマスクから彼女は鼻息荒く言った。土壌に生えた野菜、どんぐりのような穀斗果、マツタケ、飼料用のブラックベリーのみの厳格なる食事療法を推奨します（これはサカガウィアの言葉）。

内視鏡は取り出され、入れたときと同じ強度な正確さをもって通った道をもどっていく。憩室、腺腫、そして癌はなかった。良いこととは、検査範囲は四フィートもあり、カメラ以外はなにも繋ぎ止められていなかったこと。そしてなによりもサカガウィアの判断では、そのことは信用しもらっていいとのことだった。サカガウィアは五年ごとにこの検査を繰り返すようにと推奨した。これからもう五〇年生きるとすると、サカガウィアは、あなたが死ぬまでに、一〇回以上あなたをむち打って結腸を迅速に良くすることになるだろう。

コン・マリマス

Kon Marimasu

大衆文化とそれに対して感じる不満の関係は、それにかかわっている関係者以外極秘である。これはあなたが大衆文化から超越している存在だからなのではなく、歴史ある過去と憶測の未来にかかわりあってしまっていて、今の状態に目を向ける時間がないからだ。過去の大衆文化についてあなたが知っていないこととは、終わりのない二つに分かれた舗装されていない道のようなものだが、未来に対して何か手掛かりを与えてくれるかもしれない。だから未来に追いつくように絶えず過去に走って戻るのだが、今現在の状況に追いつくことは不可能である。OK。これは大ウソかもしれない。でも一般的にあなたは五里霧中で、いつもすくなくとも一〇年は後ろをのろのろと歩いている。たとえば息子に『ザ・ワイヤー』のシーズン2をみているとあなたは言う。対して息子は「すごいな、母さん」と励ますように言う。そしてあなたは「すぐ前のシーズンはとばしているの。わかっているもの。ドラッグのことでしょう。ボルチモアのフレンチコネクションみたいなものね」と言う。彼は「ううん。ちがうよ母さん。それぞれのシーズンは違っていて、全員新しいキャストだよ。全部みないと、意味は全くわからないんだ」「へえ」とあなたはちょっと考えて、そしてこう言う。「それはちょっと前のものね」と言ってDVDボックスの年月日をさがしている。シーズン1は二〇〇二年だ。息子はおそらくこう言いたいのだろう。「何言っているんだよ」でも実際にそうは言わない。息子はいい子だから、そしてそれは、『スター・トレック』を見ていたあなたの世代の初代のものと同様に二〇〇二年の『ザ・ワイヤー』は息子にとって初代のものなのだ。初代スタートレックであったものをあなたは見ていない。あなたはこのDVDを現在の意識にいきわたらせる、さもないと他のみんなが「(テレポーテーションで)移動した」とき、残された自分が愚かしい存在に見えてしまうからだ。

姉があなたの家にやってきて、あなたが掃除をしていたり、物を捨てていたのを見つけると、マリエ・コンドウと保管物に関することに関して何か言い出す。あなたは尋ねる「マリエ・何？」「コンドウよ」と姉は言って、あなたはコンドウという名前の三世をかつて知っていたかと思ってしまう。そして姉はこうも言う。「彼女が誰だか知らないのね」そして刷り込むようにこう言った。「彼女の書いたものはおそらく現在四〇ヵ国語に訳されて、世界各国で出版されているの」「それっていつのこと？」「まったく……。ここ数年の間よ」。姉は「大丈夫？　あなた今までどこにいたの？」とまでは言わなかった。言うこともできたのだが知っているのだろう。こんなゴミと一緒のところにいるってね。

姉は『ニューヨーク・タイムズ・マガジン』を開いて、ピンクの背景で、指を上にあげて、一方の脚を後ろへ蹴り上げるように上げているかわいらしい日本人の女の子を指してみせた。これは「Jのポーズ」で「喜び」と訳すことができるのだそうだ。姉とともにあなたがやっていることは漢字の喜び(joy)というポーズである。記事を読んでみる。片づけに関する本？「偉大なる文学作品よ」と姉。あなたはニヤニヤ笑う。「あのね」と姉はあなたに思いださせる。「この子はこの本で儲かって笑いがとまらないそうよ」。確かに私が銀行からもどる途中で笑いがとまらないほど笑ってたのっていつのことだったか？　それであなたはこう言う。「で、その本読んだの？」「ええ」と姉は言う。「九四九円でコストコに積んであったのをとってきたの」

三〇〇万部完売。NYTベストセラー。タイトル文字のフォントを大きくしてある。『人生がときめく片づけの魔法：整理整頓に関する日本人の技術』すべてが小文字で、ひらがなで書かれているようで日本人のJのみが大文字であった。キャシー・ヒラノによる英訳。いままでどこにいたの？　うたたねしている間に、日本人は片づけの技術を生んでいるのだ。そしてこれは単なる芸術ではなく方法でもある。コンマリ法だ。つまりそれはスズキ法のようなものだ。あるいは公文法、数学の方式のようなものなのだ。それは禅のようなもので、コンドウが神道の巫女である以外「後は言わなくてもわかるでしょう」という芸術なのだ。ここで毎二〇年ごとに完全な形で改築される神道の社のことを考える。これの何がいけないのか？　変化に対する完全なるセット。はじめのページで、あなたはコンマリ法に満足した信望者が自分たちの生活方式や生活観が劇的に変化したと実感していることを発見する。それはあらゆる変化に関するもので、なかには離婚するために一〇パウンド体重を落としたとかいうものもある。コンドウの信望者が捨てたものの平均的な量は、一人につきゴミ袋二〇から四〇袋までにもなる。三人家族では七〇袋である。ある時点で、コンマリは信望者たちによって廃棄されたものすべては、二万八千袋で、一〇〇万をこえる多くのものであると報告する。日本のゴミのコレクションを知ると、唖然とするような袋の数でめまいがする。これはどこへ行くのか？　東京湾へ棄てられるのか？

この研究の領域の一角をあなたはちらっと目にするが、それは東京湾で、手紙、写真、工芸品でいっぱいの箱、そして補助的な文献――つまり家族の記録と呼ばれるものの巨大な棄却場所なのである。父方の兄弟全員の死によって、あなたの従兄弟が、保管された記念の品物の最後の効力をコンマリして、あなたに郵便でそれを送ってくるのだ。あなたは地下室のかび臭い空気を発する箱を上げて百年もの埃をはたく。一一五頁で、コンドウは以下のように書いている。「『家』に送った箱を人々は再び使用することなど決してない。一度送ったら、その箱は開けられることなどないのだから」と。写真に関しては、コンドウはアルバムから写真を取り出し、一つ一つを見て、そして捨てるようにと推奨している。あなたは旧式の、時代遅れのアルバムのボロボロに壊れた背の部分に手を触れて、これらの箱を決して開けたくないという気持ちを理解してはいるのだが、それは間違いないのだ。家族の歴史に関する高尚なることの保管物の存在に賛同しているのでしょう？　それにそれらには彼らの宝物があり、家族の秘密から失われたコードまである。あなたはその日付によって昔の書簡、それは五頁ほどの長さになった手書きのものであるが、それらを照らしあわせ、自分たちのもっているものだけでも、一族が収容所へ連れてこられた時代を通して読むことができる。コンドウは言う。「加えることよりも、手放すことがより重要です」しかし誰もこのようにいわないということもよくわかっている。キャンプへもっていくことができないものすべてに対してさよならをする前に、「私にこんな喜びをあたえてくれてありがとう、あるいは私はこれが大好きです」とね。

あなたはロードアイランドのプロビデンスへ飛行機で飛んでいく。そこはあなたの姪のルーシーが、八〇年もの間に得た所有物を七つもの大きなUPSの箱に詰めてLAへ送った場所だ。ルーシーのホンダ・フィット（ハンチバックの小型自動車）の後ろは、さらに多くのものでいっぱいになっていた。絵画の入った手製の木枠、裁縫道具を入れたUSPS指定のプラスチックの箱、パンをこねるための巨大なステンレス製の鉄のボウルなど。コンマリの喜び（Joy）のひらめきに関してあなたが尋ねることなどないものの、もしあのボウルをもっているなら、それを感じることはできるとわかるだろう。ルーシーのホンダのフィットにはあなたのキャリーバッグ（バックパックのリュック）、炊飯器、そしてあなたが入る空間がまだ残っている。あなたの姉は十あるうちの七つの日系アメリカ人収容所をとおるアメリカ横断の経路の計画を立てた。最終目的はフィットとルーシーを家に連れ帰ることだが、あなたはこれを「収容所のロードトリップ」と呼んでいる。

第一番目の停留所：ワシントンDC。あなたはノリコ・サネフジ、スミソニアン・ナショナル・ミュージアムのアメリカ史のセクションの専門家に出会う。ノリコは二〇一七年の年次追悼式に予定されている大統領令九〇六六：日系収容と第二次世界大戦の展示会を企画推進している。ノリコはルーシーとあなたに、そこに収容所の展示物が入る予定の、現在はグアノ（糞化石）を展示している部屋と廊下を見せ、博物館の制限された空間、情報の流通、そして展示物同志のポリティックスに関する現在の問題含みな状態を説明する。そして博物館の後部の部屋と「アメリカの屋根裏」として知られている地下室へと続く特別な入り口へ到着する。ノリコは展示しようとしているあるものをテーブルに一列に小さくならべてみせた。黒手袋をぐっと引っ張って、何年ものあいだ着古された子ども服のピンクのかぎ針編みのドレスを気をつけて撫でている。このドレスは収容所で母親の手によって編まれたものである。にわか作りの建物の家の前に格式張って並んでいる大家族とともにこの服を着て立っている女の子のポートレートの写真が一緒に飾ってあるのだ。ノリコは他の展示物を取り出したが、それは一〇〇〇もの赤い結び目で刺繍された木綿の布で、糸にはニッケルやダイムが固定され、そこには「神の祝福」という言葉がある。これは一世の母親がこの千人針を自分の息子に、戦場での自分を守るために腰に巻いて身につけるようにこしらえたものである。おのおのの展示物は、手袋をはめて取り扱われ、保護用のセロファンと無酸紙にくるまれて箱の中に保管されている。あなたはコンドウの方法の儀式的観察、そして、捨てないものを保管する彼女の実用的な提言を思い出す。物は吊るさず、畳んでおくこと。「畳むことは楽しいことです」とコンドウは七四頁に書いているではないか。「日本の人々は洋服を畳むことで感じる喜びを、あたかもこの仕事が自分たちの遺伝子的に組み込まれているかのように、かみしめているのです」あなたは千人針の、その一つ一つが、黄色く着色されて畳まれて、戦場での汗と垢、その兵士の生存中における語られぬ話、そして母親の祈りで思いおこされているのに気づく。

DCから外へ行く道すがら、緑に覆われたバージニアの高原を横切る際、ルーシーはどこからともなくこう叫んだ、「ねえ！　私が六五になったとき誰が一緒にロード・トリップに行ってくれるか知りたいわ」。おそらく彼女はＮＰＲのポッドキャストやトニー・ホロウィッツの『屋根裏の南軍兵』のオーディオのテープか、グーグルマップとあなたの姉がマーカーで記したＡＡＡの地図を比べて、ある山の背に車を止めさせられたのかもしれない。あなたはルーシーの懸念は真実であると感じてはいるが、一体全体これはなんなのだと笑う。「私が六四になったら」という歌をつくったのは誰だっけ？　これは大変、これって年をとるということに関する懸念なのか？　ルーシーはまだ二六である。ロード・トリップは、おそらく、あなたの世代の痕跡の一つとなるであろう。ルーシーが六五になるときそれ（ロード・トリップ）にとって代わるものが何であるのか。おそらくそれは何か仮想的なものだろうが、あなたはそんなことを考えることができないのだ。二六歳が四〇年後にロード・トリップで望むものって何なのか？　私たちはまだそこに存在しているのか？　認識できることの一つとは、ルーシーが歴史の真実に対して小うるさいということであり、あなたがやっていることはとにかく作り話なのである、百聞は一見にしかずかもしれないのだ。

あなたの収容所の第一の停留所はミシシッピ川とマクギーをそっているアーカンソー州の南東の端、昔の列車の駅がジェローム・ローワー資料館となった地元の街である。スーザン・ガリオン、この博物館の学芸員で主催者は、サザンホスピタリティによって、ルーシーとあなたをジェロームとローワーの収容者たちとその末裔の話であなたを迎えることになる。ルーシーは「神はいらないものを作りだすことはないのです」というスーザンの南部の言い回しの正確な内容をおそらく喚起するのだろうが、あなたにとっては、これはこの長いロード・トリップのＧＰＳのようにあなたについてくるフレーズとしか記憶されないだろう。つまり収容所の博物館から博物館へと続く、その背後に残された人間のつくったガラクタを精査することである。ローワーでは、綿花の草原にできた砂利道に立っている小さな監視塔のリメイクの周りを歩いて、ジョージ・タケイ（別名スル氏）の実体のない声を聴くために、プラカードのボタンを押す。そこではタケイが一九四二年ごろの生活とその少年時代から現在の土地の荒廃との関わり、そして収容者によって開拓された、蛇や蚊が多く生息する河口についてあなたに語ってくれる。あなたはこんなふうに思っている。どうか今あのスタートレックのビーム光線で移動できるならと。でも（実際）あなたは砂利道を、この過酷で、焼けつくような湿気を気にしないようになんとか歩いて墓地に向かって下っていくしかない。石碑は戦争において置き去りにされた人間と犠牲になった人々が記されており、彼らが埋葬されたその周囲には、パピーという名の犬の名前が記されてある。ジョージ・タケイが、今まで人間が到達したことのない最後のフロンティアへ宇宙船でいく、深淵なるシュールな声で語りかける。「神はガラクタをつくってなどいないのだ」と。

もう一〇年間以上、あなたは家族の所有物であるガラクタを、これから書く本のための便利な研究資料となりえるかもしれないと考えて収集している。どんな本、どんな話になるかはわからないが、書くということはそういうものだ。もしそんなことがわかっていたら、そんなに難儀な思いはしない。ルーシーのところへ行くロード・トリップを提案したときには、その本のほとんどを書き終えていた。でもロード・トリップとは言い訳で、実際はプロジェクトを終わらせるといった類のものである。手紙や写真で読まれたものを実感し、経験するということなのだ。おそらくロード・トリップを以前に行なっているならば、本は何か違ったものになっていただろうが、状況は古文書館を本物らしくし、実際の場所をシュールレアリスティックにさせている。あるいは過去と記憶に対して深く考えることは、書かれた本という作品となるが、収容所の場所にいるという実感は、最終的には本能的なものであり、文字化することなどできやしないのだから。

ドッジ車から文字どおりに、そして比喩的に出て行って、あなたとルーシーは信頼できる日本製のホンダ・フィットへ逃げるように乗り換えていき、コロラド州の東端のグラナダという静かな町へカンザス州の境界線を越えていく。アマチ博物館はゴフ大通りとアーウィン通りの角の小さな家で、穀物倉庫の向かいにある。あなたは「アメリカを保存せよ」という、博物館の外にあるインフォメーションサインをじっと見る。そしてルーシーはドアにある番号に電話する。五分後にジョン・ホッパーが出て、アマチ保存協会はジョン・ホッパーと彼の高校の生徒の一団となる。でもそのときジョンには生徒はおらず（その日は学校がある日であるので）その解説はワンマンショーのようであった。彼は一人で校長、コーチ、地元の高校のＡＰの先生、前の市議会の議員、そしてアマチ保存協会の主任をしている。博物館は地元の高校のプロジェクトとして始まった、そしてジョンは市議会にかけあって、アマチ収容所跡の九九年間におよぶ土地の借地契約を保証した。ジョンは、生徒たちは草刈りのためにトラクターを運転したり、道を舗装すること以外はすべてやっていたと言う。「道の舗装は危険すぎる」と彼は言う。彼自身もその仕事をしてここの整備員でもある。もしこの場所が自然公園サービスになるなら、彼らはすべてそれをそんなふうに処理するだろう。大いなる損失とは、生徒が収容所のコレクションに実際にアクセスできないのだが、ジョンによると「私は退職せねばいけないので」どうしようもないということだ。ジョンの今の精力を考えると、とてもそんなふうには思えないのだが。

　博物館の中は、小さな家になっていてそこはアメリカ中の至るところの日系アメリカ収容所における最も大きな、そして多様なる工芸品のコレクションと、ジョンが言っていたものでいっぱいになっていた。常日頃、ジョンの生徒が、ジョン、そして大学の学者陣によって訓練をうけて、訪れた人々をガイドし、展示物の管理をし、その場所の考古学に加わることで博物館を運営している。ジョンは最近手にいれたもの――ダーク・グリーンの一九四四年のアマチ高校のセーターの入っている箱――を開ける。収集者の一人はジョンに連絡をとって、千ドルをこのセーターを売るために申し出ており、ジョンが賛同しないなら、それを買いたいと思っている第二次世界大戦の収集者を知っているとも言っていた。ジョンは、そんな金はもっておらず、三五ドルでどうかと言った。これに対し生徒たちは怒った。彼らはキャンプ内にある高校の計画された展示物のためにそれが必要だったのだ。結果的にジョンが疑念をもつように、売り手は、手ごろなもっと下の金額をもってやってきた。でも、博物館の他のものは、売り物ではなく寄付されたものである。「いかなるものも受けいれを拒否することはできない。私たちに送ってくださるなら、その物は物語と意味を持つのだから」収容者によって使用され、地元で蒸留された酒を入れたということ以外はいかなる甕とも大差ないガラス製の甕を観察し、あなたはその写真を撮る。

北へ向かい、二日後には、ハート・マウンテン資料館に到着しダーリーン・ボスに出会う。彼女はあなたとルーシーに、再建されたキャンプのバラック、そしてそれはL字型の牧場の入植政策のものになっているが、その一つにあるコーディという場所の近くで自分が育ったのだと伝える。あなたはそのバラックが、全室が前から後ろへ一直線でつながった家や納屋のように、様々な地域にひろがっていくようなものであるとわかる。そしておそらくこの場所は何かに取り憑かれている。つまりこのダーリーンが興味をもってこの歴史を研究し始めてから、ハート・マウンテン収容所跡での仕事に結果的につくまで歴史的に呪われていると思うのだ。今や彼女はこのセンターのマーケティングと開発の管理者である。子ども時代から、アメリカの退役軍人である父親と議論していたと彼女は言っている。資料館が最終的に落成したとき、彼女の両親は瞑想の庭を建設することに精力を注ぎ、しまいに父親は彼女に以下のように言ったのだ。「お前は正しい」と。彼女は、父親のように訪れる人々を観察し、彼らの心が変わることを望んでいる。「私はこの仕事を愛しています」と彼女は言う。

ハート・マウンテン資料館は厳重に管理されており、余分な時間をとることを気にする訪問客に対し、その歴史を小さく凝縮した空間にして文献や口承された話の幾重にもなる深淵なる層にして詰め込んでいる。ロビーで、沈黙の庭を窓から見れるということから、訪問客は、七夕まつりのように有刺鉄線の柵のレプリカのような収容者のネームタグにここに来た感想や願いを書いたものを通して飾る。ここを出るときには、ベンチの上に個々におかれた（涙を拭うための）クリネックスティッシュの箱に気づく。

このロード・トリップでわかることとは、これらの資料館はあなたの家族の歴史古文書のより大きな性質のものであるということだ。そしてそこでは過去の話が一つの博物館のプロジェクトから次にいくことで包括されていき、管理され、評定されるということなのである。おのおのの博物館とそのコレクションは異なっているものの、同時に同じものなのである。つまり保管するという衝動において、歴史化し、教え、その価値を付加し、入館させるという点において。本や博物館はほとんど同じようなものなのである。あなたのこの収容所のロード・トリップは、他のロード・トリップと同じように、目のまえに広げられた物理的な本である。あなたは他の人々の足跡を注意して見直し彼らの発見、喪失、そして、災難の立場に立つのである。まさに本と博物館は、出来事と真実のバージョンである物語を管理するのだ。

ハート・マウンテンを出てから二日、イエローストーンを通ってアイダホ州ミニドカを訪ねる。そしてあなたとルーシーはホンダのフィットでユタ州の方向へ南に向かい、デルタと呼ばれる町へ行き、砂漠の宝石、トパーズという名のキャンプの場所へ車で向かう。そこは完全なる砂漠地帯である。容赦ない太陽の光と熱風が澄み切った青い空の地平線をくっきりと際立たせる。塩の匂いのする砂漠の低木とグリースウッドの景観を横目でみながら、案内役のジェイン・ベックウィズが、ひどい土埃でカラカラに干からびてひびの入った土壌に足を沈めていく。彼女のその確かな足取りにあなたはついて行く。ジェインは、ジョン・ホッパーと同様、デルタの地元の話を教え、その人生の情熱的な尽力の賜物である。そしてトパーズ博物館を創設するまで、自宅に収容所の工芸品を保管していたという、今では職を退いている教員である。ジェインは六ブロックの六―三―Fの庭と敷居を記す岩と石でできている枠を指さした。そして目には見えない想像上の扉を通って、あなたを案内する。あなたは二〇と二四フィートの区画の、家族が拘束されていた場所、そして一九四二年から四五年まで一三人の人間の家となった場所を歩き、さび付いた釘や木の断片、セメントの土台の壊れたかけらの残骸の周りを（室内履きのスリッパで足をすらせながら）歩く。ジェインは岩をひろいそれらを地質学的に識別するが、学ぶこととは、あらゆる岩や石は、もうすでに消失しているが、収容者たちが庭をつくる場所のために持ちよったということだ。そこにあるすべての岩や石をである。陶器のかけらや家族が捨てたワッフル用の鉄製のさび付いた機器などをあなたは見つけたいと思うがそれを見つけたとしても、その場所からもっていくことは禁止されている。だからその場所にある破壊された過去、廃棄された物、あらゆる岩や石のすべては、手で触れるものではなく、天日にさらされ、風雨にさらされ、地に塵としてかえっていく。そこは記憶のすたれた表面がいまや聖なる記念堂となる考古学的な場所となるのだ。散らかった状態は元あったところへ戻すことができなかったことを意味するというコンドウの訓戒と簡素とミニマリズムに対する彼女の主張、こういった類のことすべては、日系アメリカ人の以下のモットーを思い起させる。「前の状態よりもきれいにして残すこと」とコンドウは書き記し、「かつてのものがどれほど素晴らしいものであっても、私たちは過去に生きることはできない。私たちが今ここで感じる喜びや興奮がより重要なのである」。でもあなたはこの「素晴らしい」を「すさまじい」という言葉に置き換えたいという衝動にかられながらその場所に座り、涙する。

コンドウを公平に評するならば、彼女はあなたの娘になりうる（いや、これは公平ではないかもしれないが）年齢で、大いなる特権をもって資本主義の消費社会で育った四世なのだ（戦争、難民船、大量虐殺からの亡命、涙の道、地下鉄道、大恐慌、戦争の勲章などにたいして目をむけることなどなくしてね）。そうではあっても、彼女は長きにわたる戦後の寵児なのである。四〇ヵ国語の人々がコンドウの提言から何を必要としているのかとあなたは疑問に思う。モノをためこむ人間のトラウマは、服、本、文献といった様々なものが秩序正しく儀式的に名誉あるゴミとなっていくことで無くなっていくものなのだろうか？コンドウは以下のように言う。「何を所有したいかという問いは、実際には人生をどのように生きたいかという問いなのです」と。これは最も簡潔な範疇分けであり、仏教とマルキシズムの統合であり、あなたが予期している革命なのだ。ほら、ね！

コンドウはあなたの家族の記録文書のこれと、すべての収容所の博物館のこれは、新しい旅を始めるうえで、分けへだてられなくてはならないものだと言っているようにもみえる。あなたは喜びが物事を引き起こすと考えており、木の断片から作られる単純な家具、ピンクのかぎ針編みのセーター、千人針、高校生のグリーンのセーター、酒をいれる甕、収容所へいくときに、家族が持ち物の中に忍ばせたワッフル用のフライパンのことを考える。あなたの家族が貴重な卵、ミルク、バター、小麦粉、シロップを集め、バラックのフューズが飛ばない電気機器を使うために、アイロンをかける部屋へ集まっていたということをあなたは知っている。小さな祝賀パーティーのすべてが、こんなキャンプのワッフル用のフライパンだけで特別に作り上げられていたかもしれないのに。

ジェイン・ベックウィズは、最後の物語をするためにたちどまった。トパーズキャンプ跡を訪ねるために教室の子どもたちをつれていき、そのうちの一人の男の子が特に乱暴で、飛び上がったり、騒音をたてて走り回ったりしていたのを思い出している。するとその子と同じぐらいの年齢の女の子がクラスの子たちに「静かに」と戒めた。そしてこう提言した。「あなたわからないの？　彼らはここにいるのよ」

あなたはとうとうインディペンデンスとローン・パインの砂漠都市の間にあるシエラ・ネバダの下にあるマンザナーも訪問することになる。あなたはカリフォルニア州にはいると以下のようなことを思い起こす。あなたとルーシーは、これらの赤い左翼主義に傾倒する州や共同体を通過して旅行しているが、そこは、当時の大統領と、その大統領の移民と難民に対して人種、そして宗教をベースにした法律に票をいれた共同体である。日系収容に関するあらゆる遠い方の場所において、記念碑、資料館、博物館、実際の人々、ボランティアでそこで働いている人々、案内する人がおり、そのすべてが、不当に市民や正直で勤勉なる移民の家族を収容した人種差別主義、憎しみや恐怖を非難していることをあなたは思う。これらの場所とそれを保護している人々は、証拠、責務、抵抗、そして希望の場所として存在しているのだ。

あなたとルーシーはやっと家に到着する。ルーシーが車のガレージをあけると、七つのＵＰＳの巨大な箱、そしてポーチには彼女の自転車がはいった狭い箱に出くわす。ルーシーは次の計画とは家族の保管ユニットにあるものをしらべることなのだとアナウンスした。あなたはあなた個人の東京湾、それはあなたがすてることができなかったゴミでつくられた空間のことであるが、そこへもどっていく。一つ一つのものをもっていることができないことなどわかっており、それに対し喜びの光輝を感じる（ここで足の裏をそり上げて、指を喜びの方向へ上にあげる）。そんな喜びが存在するなら、それはつらい喜びだ。ルーシーが大半のものをあのスタートレックのビーム光線でデジタル空間にもっていき、ウェブ上の話へ再構成していくという考えに浸る。それこそ新しい旅だ。そしてジェイン・ベックウィルとジョン・ホッパーそしてあなたの収容所のロード・トリップでの歴史を管理したり、保管したりするあらゆる人々のことを思いだし、ものを維持し、保管することもあなたの人生を変化させることであるかもしれないとあなたは思う。

三世レシピ

Sansei Recipes

カレン・マエダのフリカケポップコーン

茶さじ二分の一の醤油をテーブルスプーン三杯のバターにいれる。ポップコーンの袋にフリカケミックスと辛い煎餅をいれてその上にかける。前述した醤油とバターをまぜたものをいれてふる。映画を観ながら、食べる。

テレサ・ヨコヤマのゴマ醤油フィラデルフィアチーズ（J. A. Brie）

茶さじ二分の一の醤油をフィラデルフィアクリームチーズの厚切りの上にかける。その上にゴマをかける。電子レンジで一分温める。クラッカーとゴンップでどうぞ。

ギャレット・ホンゴウのボルケーノ・ポケ

特上マグロとマカジキの切り身、玉ねぎのみじん切り、細かく切ったエシャロット、酢漬けした海藻を一緒にする。醤油をまぶし、ワサビで絞り込むように混ぜ、ごま油を振りかけ、塩をふる。皿にポンとおいて、酒とビールと一緒に出す。トランプをする。

トシ・タナカのメキシカンバオ

バオの生地を混ぜる（イースト一袋と茶さじ二杯の湯、三カップの小麦粉、一カップの水）、一時間イースト菌が膨れ上がるのを待つ、生地をたたきつける。千切りにした玉ねぎを塩とテードか油で炒め、調理した豆と一緒に潰し、なめらかになるように水を加える。削ったチーズと一緒にその豆の塊を四インチほどの丸く平たい生地にして、まとめる。蒸して温かいうちに食べる。

ブッダヘッドのスパムむすび

スパムを長方形にスライスし、茶色くなるまでフライパンで焼く。ゴマをふったスパムのスライスしたものを米の間にはさみ、海苔で包む。プラスチックのおむすび型があると最もうまくいく。

ポール・ヤマザキの納豆丼

チリの缶を温める。青ネギとサイコロ型のスパムを軽く炒める。醤油とコールマンのからしと納豆一個をかき混ぜる。米をいれた温かいどんぶりの上に以下の順列で並べる。チリ、軽く炒めたスパムと玉ねぎ、納豆、生卵。新鮮な切った玉ねぎを添える。サラが家にいないときに食べる。

ジェイン・トミのアボカド/カッテージ・チーズと納豆

カッテージ・チーズ、アボカドのスライス、そして生卵をまぜた納豆を層のようにならべる。コールマンのからし、醤油を入れてまぜる。そうやって食べる。本当にそう。

カレン・テイのカニ味噌卵焼き

カニ味噌（カニの内臓）のある状態でカニをおいておく。卵を甲羅に落とし、それがやわらかく調理されるまで焼く。スプーンで食べる。アジア的テイストの度合いを試すために来客にふるまう。

ジョニーの孫アサコのお墨付きの豆腐ユー

切った玉ねぎと小口切りの豚肉とスライスしたショウガを軽く炒めておく。腐乳（豆腐を発酵させた中国の食品）を醤油、水、コーンスターチで混ぜ、その後にさっきの軽く炒めた豚肉を加え、水分が抜けるまで調理する。正方形に小さく切った豆腐のブロックをいれて煮る。青ネギをそえる。ご飯と一緒に出す。

キャロル・オノの焼き寿司

マヨネーズカップ二分の一をサワークリーム、カップと混ぜる。カニ、切ったエビ、乾燥シイタケを切ったもの（みりんと醤油と水でつけてもどしたもの）、青ネギを切ったもの、シログアイを切ったもの、そしてきゅうりの細切りと一緒にかき混ぜる。蒸し焼き鍋にフリカケを振ったご飯をいれて、その上にさっきのまぜたものをのばす。泡を吹くまで五分間、グリルの下に置く。紅ショウガを添えて、海苔、トウモロコシの巻きずしとして出す。

アサコの日本町コーン・ビーフとキャベツ

コーン・ビーフとキャベツをいつものように沸騰した湯でつくる。ジャガイモと人参を加える。ご飯とコールマンの辛いからしと一緒に、塩味の汁で出す（汁を捨てるのはもったいないので後で使う）。

タミオ・スピーゲルの味噌マヨサーモン

皮を上にした鮭を油を敷いたフライパンの上に半切れおく。表面が泡立つまであぶり、焦がす。ひっくり返して、味噌とマヨネーズを鮭の表面に塗り、表面が焦げるまで焼く。ご飯と一緒に出す。

最後に、これぞ、層になった、ジェロの、ありあわせのキャセロール料理

たいてい野菜かなにか緑色で複雑な層がいくつかあるもので、カッテージ・チーズがその中にはさまってあるもの。

ロスアンゼルス／ガーデナの日系年表（厳選された）

A Selected L.A./Gardena JA Timeline

＊ロスアンゼルス／ガーデナに重点を置いたもので削除したものに関してはご容赦ねがいたい。

年	日系アメリカの出来事	アメリカの世代	日系の世代
			一世／帰米／二世／三世
一八六八	明治維新		初期
一八八二	中国人排斥法通過		
一八八四	シゲタ・ハマノスケ（チャーリー・ハマ）がリトル・トーキョーとなる近隣の一番街に初めてレストランを開業する		
一八八七	リトル・トーキョーにはじめの下宿屋が開業		
一八九六	ロスアンゼルスの日系メソジスト米国聖公会の使節団が創設される		
一九〇二	カメサカ・オダがモネタ（ガーデナ）にイチゴ畑を一エーカー購入	GⅠ世代 1901-1927	
一九〇三	羅府新報の新聞社がLAに創設		

（厳選された）ロスアンゼルス／ガーデナの日系年表

一九〇三	風月堂の和菓子屋がリトル・トーキョーに開業
一九〇三	ツネコ・オカザキがカリフォルニア州で初めての認可された日本人の産婆になる
一九〇四	日露戦争
一九〇五	はじめの仏教の寺（のちに本願寺と命名）がＬＡで創設
一九〇五	モモジ・ヤナガがガーデナバレーに五エーカーの農地を購入し、クロンダイクに苺の様々な種類を紹介
一九〇五	ジンノスケ・ユウジロ、そしてカメキチ・コバタ（兄弟）がガーデナに園芸のための土地を購入
一九〇六	モネタ苺栽培協会がガーデナで構成される。
一九〇六	ウェラー通りのリトル・トーキョーに寿司屋第一号店が開業
一九〇七	サンフランシスコにある学校が人種差別を撤廃したかわりに日本人移民を紳士協定が制限
一九〇八	一〇人の日本人の学生が南カリフォルニア大学に出席したと記録される。内二人はカリフォルニア工科大学である
一九一〇	羅府柔道道場がリトル・トーキョーに創設

中期

初期

一九一二	南カリフォルニアに生花市場が創設
一九一二	モネタ学園日本語学校がガーデナに創設
一九一三	カリフォルニアの外国人土地所有法は、「外国人は市民権を得ることができない」ため土地所有を禁止
一九一四	ガーデナバレーバプティスト教会が創設
一九一七	タガミ兄弟がサン・ペドロにホワイトポイントホットスプリング（温泉）ホテルリゾートを建設
一九一八	日系ユニオン教会がＬＡに創設
一九一八	フクイ葬儀場がＬＡに創設
一九一八	南カリフォルニア日系漁業協会の集会所がターミナルアイランドで開かれる
一九二〇	ロサンゼルス日本セミプロ野球クラブが創設
一九二二	ケーブル法が、婚姻上の関係にかかわらず、日本人女性に市民権を約束
一九二二	オザワ対アメリカ――日系は白人ではないという最高裁の法
一九二四	移民排斥法終わる。日本からの移民がやってくる

（厳選された）ロスアンゼルス／ガーデナの日系年表

一九二五	ウメヤ煎餅会社がＬＡに創設
一九二九	日系アメリカ人市民連盟が創設
一九二九	日系病院がボイル・ハイツに創設
一九三〇	ガーデナ市が併合
一九三一	『加州毎日新聞』がセイ・フジイによって刊行
一九三二	トーヨウ・ミヤタケがＬＡに写真館を設立
一九三四	リトル・トーキョーで二世ウィークフェスティバル第一回が開催
一九三七	南カリフォルニア日系園芸協会が作られる
一九四一	真珠湾攻撃——アメリカは第二次世界大戦に突入
一九四二	大統領令九〇六六 西海岸にいる日系アメリカ人すべてに対する退去と収容を執行
一九四五	ヒロシマ／ナガサキの原子爆弾投下 第二次世界大戦終結
一九四六	マトバ一家がリトル・トーキョーにアトミック・カフェを開業

サイレント世代 1928-1945

ベビー・ブーム世代 1946-1964

後期

中期

初期

一九四六	ジョージ・アラタニが国際貿易ビジネス、オール・スター交易（ミカサとケンウッド）を開始
一九四八	日系アメリカ人強制退去宣言法通過
一九四八	セイ・フジイはボイル・ハイツの一区画を購入し、カリフォルニアの外国人土地所有法を試行する
一九五〇	グレースパン屋がＬＡのジェファーソン通りに開業
一九五一	アメリカの日本占領が終わる
一九五二	マッカラン・ウォーター法（移民国籍法）通過、形式的にはアジア系移民排除、そして市民権の基盤となる人種を排除することになる。
一九五三	（難民緩和法）通過
一九五三	国際シアターがＬＡのクレンショー通りで開業
一九五五	ＳＫウエダデパートがリトル・トーキョーに再建される
一九五五	南カリフォルニア園芸連盟設立
一九五六	カズ・イノウエが加州不動産会社をＬＡに設立

（厳選された）ロスアンゼルス／ガーデナの日系年表

一九五七	ジョン・オカダの『No-No Boy』がチャールズ・E・タトルから出版
一九五七	ミヨシ・ウメキが映画『さよなら』でアカデミー賞受賞
一九五七	セッシュウ・ハヤカワ（早川雪州）が『戦場にかける橋』でアカデミー賞ノミネート
一九五七	ジョン・アイソがロサンゼルス最高裁裁判官に任命
一九五八	ホリデイ・ボール（フットボール）がクレンショー通りで開催
一九五八	パット・スズキが「ハウ・ハイ・ザ・ムーン」をリリース
一九五九	ジェームズ・シゲタが『クリムゾン・キモノ』で主演
一九五九	リチャード野球クラブのサウス・ベイ・フレンズが設立
一九六〇	日産（ダットサン）自動車連盟アメリカ支社がガーデナに設立
一九六一	ケイロの老人ホームがＬＡに設立
一九六一	リトル・トーキョー共同体再建顧問委員会形成
一九六一	『フラワー・ドラム・ソング』のミュージカルが映画化
一九六二	西武デパートがＬＡのウィルシャー通りに開業

一九六二	メリット貯蓄貸付組合がLAに開業
一九六三	フェアー住宅法通過
一九六三	日系アメリカ共同体サービス——アジア連携（JACS-AI）がリトル・トーキョーに設立
一九六四	ポール・テラサキが抗HLA抗体検査法をUCLAで発明
一九六五	出身国によって年間割り当てられる移民法のシステムを廃止
一九六五	イースト・ウェスト・プレーヤー（演劇団体）がLAに設立
一九六五	ワッツ暴動
一九六六	「モデル・マイノリティー」という言葉が『ニューヨークタイムズマガジン』に、社会学者ウィリアム・ピーターソンによってはじめて紹介される
一九六六	ジョージ・タケイがスター・トレックに出演
一九六七	マコが『砲艦サンパブロ』でアカデミー賞ノミネート
一九六七	トーマス・ノグチがLA地区で検視官主任に任命
一九六七	ラヴィング対ヴァージニア州裁判が、異人種婚禁止に対してストライキをおこす

ジェネレーションX世代
1965-198

（厳選された）ロスアンゼルス／ガーデナの日系年表

一九六八	ユージ・イチオカが「アジア系アメリカ」という言葉を作る
一九六八	四九七八人の国籍放棄者の日系最後が、弁護士ウェイン・M・コリンズの二〇年間の訴訟によって市民権を回復
一九六九	ハリー・キタノが『日系アメリカ人：そのサブカルチャーの進化』を出版
一九六九	ＬＡのジェファーソン通りの店頭に第三世界活動家団体が設立
一九六九	イエロー・ブラザーフッドがウェストＬＡに設立
一九六九	アジア系アメリカ研究センターがＵＣＬＡに設立
一九六九	『ギドラ』新聞発行
一九六九	第一回マンザナール巡礼
一九七〇	ヴァーチャル・コミュニケーション設立
一九七〇	トリティア・トヨタKNX-AMにラジオ・リポーターを採用
一九七一	『ルーツ：アジア系アメリカンリーダー』がＵＣＬＡアジア系アメリカ研究センターから発行
一九七一	リトル・トーキョーでアメラジアブックストアーが開業

一九七二	イースト・ウィンド、マルクス＝レーニン主義左翼思想政治家団体が、LAに設立
一九七二	ケン・ナカオカがガーデナの市長に選出
一九七三	ポール・バンナイがカリフォルニア州議会（下院）に選出
一九七三	ジーン・ワカツキ・ヒューストンが『マンザナールよ、さらば：強制収容された日系少女の心の記録』を出版
一九七三	リトル・トーキョー人権協会が設立
一九七三	『グレインズ・オブ・サンド：アメリカのアジア系の音楽に対する葛藤』を発行
一九七四	バンド・ヒロシマ結成
一九七五	ジャック・ソー（ゴロー・スズキ）が『バーニー・ミラー』のショットコムに出演
一九七五	ウェンディ・ヨシムラ公正裁判委員会が結成
一九七六	三菱電機トレーディングとジョン・C・ポートマン協会のウェスティン・ボナヴェンチャーホテルが開設
一九七六	カリフォルニアのS・I・ハヤカワがアメリカ上院議員に選出

一九七六	ロバート・タカスギがセントラル・ディストリクトオブ・カリフォルニアの連邦裁判官に任命
一九七七	アイヴァ・トグリ・ダキーノがフォード大統領によって恩赦
一九七七	ワカコ・ヤマウチの『そして心は躍る』がLA演劇批評サークルアワードで、新作最優秀賞を受賞
一九七八	ジャパニーズヴィレッジプラザがリトル・トーキョーに建設
一九八〇	戦時中の市民の転居および抑留委員会が一般の人々のヒアリングによって形成される
一九八〇	日系アメリカ人の文化そして共同体センタービルディングがリトル・トーキョーに開設
一九八〇	デュアン・クボとボブ・ナカムラが『ヒトハタ：垂れ幕を上げよ』の映画を監督
一九八二	ヴィンセント・チンがデトロイトで日本人と間違われ殺害
一九八三	コーラム・ノビス裁判：ゴードン・ヒラバヤシ、フレッド・コレマツ、ミノル・ヤスイ
一九八四	パット・モリタが『ベストキッド』に主演

ミレニアム世代
1981-1996

中期

一九八八　市民自由法HR四四二条調印

一九八九　リチャード・サカイが『シンプソンズ』の最初の製作者の一人となる

一九九〇　（日系収容に関する）補償の謝罪と支払いが始まる

一九九一　スティーブン・オカザキがドキュメンタリー映画『収容所の長い日々：日系人と結婚した白人女性』でアカデミー賞受賞

一九九二　ヒサエ・ヤマモトの短編集が『ホットサマーウィンド』としてPBSのアメリカンプレイハウスで上演

一九九二　全米日系人博物館がリトル・トーキョーの西本願寺の史跡に開設

一九九二　ロサンゼルス暴動

一九九四　ミカワヤ和菓子店がモチアイスクリームを製造

一九九五　ランス・イトウ判事がO・J・シンプソン裁判の議長を務める

一九九九　チューズデイナイトカフェの mic series がリトル・トーキョーに開設

二〇〇一　9・11

後期

ジェネレーションZ
1997-2009

二〇〇五	シンシア・カドハタの『キラ-キラ』がニューベリー賞受賞
二〇〇七	ナオミ・ヒラハラが『蛇革の三味線』でエドガー賞受賞
二〇〇八	ウォーレン・フルタニがカリフォルニア州議会議員に選出
二〇一〇	カレン・テイ・ヤマシタの『Ｉホテル』が全米図書賞のファイナリストに残る
二〇一一	ジュリー・オオツカの『屋根裏のブッダ』が全米図書賞のファイナリストに残る
二〇一三	ケビン・ツジハラがワーナーブラザース・エンターテインメントの最高経営責任者に就任
二〇一四	ハロー・キティが全米日系人博物館に初めて展示
二〇一五	ヴィジラント・ラブがイスラム恐怖症（差別主義）と戦う組織を形成
二〇一九	最高裁でコレマツ対アメリカ合衆国事件で判決を翻す。しかしイスラム教徒の旅行禁止は弁護
二〇一九	ツル・フォー・ソリダリティ（平和デモ）で移民の子どもたちを抑留するフォート・シルにプロテストすることに成功

ジェネレーション アルファ
2010–

後期

Ⅱ　多感（ＪＡストーリーズ）

Sensibility (JA Stories)

「多感」に関する著者の覚書

以下の話は私の死後に出版されたもので、私が落胆する前に様々な私たちの私生活に対する推測を不可能にするために、ありがたくも家族の書簡をすべて処分してくれた私の姉に捧げるものである。なのでここで私たちがやっていること、そして言っていることはあなたがたにとって全く関係のないことである。つまり、ここに晒されている登場人物たちの想像上の人生は、第二次世界大戦後の日の光の下で、かつては小さな地方の島国のようであった日系三世の人生の縮図を示しているのである。

謹んで、

J・A（ジェイン・オースティン）

しかたがないともったいない

Shikataganai & Mottainai

むかしむかし、これから話すこの小さな世界には、茶室とアザミと松の盆栽の上品な庭があった。そこにはふっくらと膨らんだまだらのライム・グリーンの苔、静謐なる池の上には漆でできた橋が渡され、その下には水蓮の影に潜んでいる水玉の豊満な姿をした鯉が泳ぎ、斜めに体を傾けた赤い楓や紫の藤の木があり、岩にはゆっくりカッタンと響かせる添水（ししおとし）があった。木の橋の上で鳴り響く下駄と衣擦れの音が、若い三世の姉妹の楽しそうな話声を背景に聞こえていた。彼女たちは小さな手編みの籠から鯉の餌を玉のようにしてばらまくためにやってきたのだ。バナナのように黄色い蝶々のはためきが、彼女たちの明るい色の着物からさまよい出て、池のまわりに散りばめられるようであった。しかしそこに突如巨大な白い鯉が水面に現れ、そのアルビノの唇と喉元を広げ、カッと中を開くと、飛んでいる蝶の最も大きなヤツを、おそらくそれは小さなカナリアぐらいのふてぶてしい人きさであったにもかかわらず、手際よく呑み込んだのである。姉妹は蝶の繊細なる羽が折りまげられ潰され、鯉のピンクの目が瞬いて水中に姿を消すのを見た。

「なんてこと！」とマリアンは言った。彼女は二人のダシモリ家の下の方の娘である。「姉さん、今見たでしょう！　またやったわ！」彼女は不機嫌に口をとがらせて下駄を橋の上でならし、その音は橋の下にいる鯉を散らせた。「ジョンに今晩言って、あのずっと前から家にいる怪物を捕まえて刺身にしてやる！」

「そんな刺身、私いやよ。それにモビィ・ディックはハリーのお気に入りだし。そんなことしたらファン・ファンが許さないでしょう」

しかしこの三世の人生のはじめの部分に説明を加えさせるため、ここで一旦話を中断させていただきたい。牧歌的で小さな町であるジャパニーズ・アメリカーナは、郊外の陽の光の中で小さく身を潜め、誰にも邪魔されない場所であった。先代のジョン・ダシモリ博士は、戦後に西海岸に戻るとすぐ、検眼治療を開業し、遺伝子的にはすべて近視になっていく日系アメリカ人の街で唯一の眼科治療院で、即座に有名になり、裕福になった。息子のジョン・ジュニアは都合よく父親にならい、結果的に稼業を継いだ。まだ早い段階で先代のダシモリ夫人は亡くなり、やがて先代のジョンは秘書と結婚し、それで自分の血族に二人の娘をくわえることとなった。そして次第に治療院を息子にまかせ、引退後は自身の広大なる日本庭園の裏庭を広げていったのである。そこには七つの寝室、五つのバスルーム付きの平屋があり、プール、道場、そして多くのガラス製のスライド式のドアがあった。

このはじめの場面の時代設定では、ダシモリ夫人二世は先代のジョン博士の死を悼んでいる。先代は巨大なツツジの生垣の、その豊かなガーネット色をした塊に両腕を投げだして倒れているところを発見されたのだ。そして息子のジョン・ジュニアはというと、スコッチをキッチンでちびりとやり、息子のハリーがティンカー・トイの城を建てているのを見ていた。そしてジョン・ジュニアの妻のファンファンは義理の母であるダシモリ夫人二世とその二人の腹違いの姉妹に自分たちの家を見つけるように頼む時期にあるとジュニアに議論を持ち掛けているのに耳を傾けていた。

「でも」とジョン・ジュニアは言った。「父さんと約束したんだ」

「約束？」

「そうだ、それは会話でのことだったんだけどね。お前もわかっているようにこの家の家長であることに関してだ。父さんはあまり話さなかったけどな。何か意味があったにちがいないよ」

「それは多分何かなんでしょうけど、遺言書には何も約束されていないわ」とファンファンはピンクのネイルをじっと見て、こう続けた。「あの子たちの生き方を実現可能にさせるのはあなたなんです」

「エリナーとマリアンは交代で治療院の受付を担当している。患者とも折り合いがいいし」

「仕事を辞める必要はないの。ただあの子たちは……」とファンファンは一時話すのを中断し、正しい表現を探し、とここで唇をすぼめてグロスを塗った。「もっと独り立ちする必要があるわ」

ジョン・ジュニアはスコッチを一口あおって、グラスの氷が音を立て、琥珀色のそのグラスの残りのスコッチの澱（オリ）を見た。そして突如として話題を変えた。「僕の配送物は届いたかい？」

「車庫に置いておいておいたわ」とファンファンは手を振った。

ジョン・ジュニアはすぐにその場から立ち去った。車庫の金庫で、彼は大きな木製の仕切りケースをこじ開け、一九世紀の侍の鎧兜の完全なるひとそろえを見るために、パッキンになっている紙切れを気をつけてわきへよけた。中から兜を取り出して横に置き、鎧とその他の防御用の武具、肩や足を守るものも同様にとりだし、それらの匂いを嗅いだり、撫でまわしたりして、あたかもパズルのようにおおきな毛布の上にそれらを広げていった。一日中、ジョン・ジュニアは車庫から茶室へ行ったり来たりして、鎧を運び、それを磨いたり埃を取ったりして、一つひとつを漆の入れ物に並べていた。この作業が終わると、彼は息子のハリーを探しに行った。ハリーは三輪車で走りまわっていた。ジョン・ジュニアは後でご褒美を約束するからと言って、息子を自分の鎧の遊び道具から注意をそらさなくてはならなかったが、それでもハリーは不本意にもスニーカーをズルズルとひきずりながらこちらへやってきてしまっている。

「ほら！」ジュニア博士は恐ろしい面がまえをした仮面をつけて椅子に堂々と座っている侍を指さした。兜から大きな角が生えている。

ハリーはこれを一回みただけで、ヒステリックに叫んで逃げ出してしまった。土でできた道を通って、ファンファンの弟のエディが友人と一緒にやってきた。逃げ出してきたハリーはむき出しになった木の根につま先をぶつけて、体が宙に浮き、エディの連れてきた友人につかまえられたが、友人は腕にハリーを抱えて後ろへ倒れてしまった。ハリーは、あたかもそこにはいない誰かと戦うように、その友人につかみかかり、そして両方ともこう叫んだ。「おい、おい！　なんだよ！」エディはかがんで、ハリーの激しく暴れる体を離した。「ハリー、一体どうしたんだ！」

その時分にはジョン・ジュニアとファンファンは二人ともやってきて橋のところに一緒にいた。ファンファンは彼女の夫に一瞥を与え、手でハリーをつかんで家へ一緒に連れていった。

エディは両肩をすくめてファンファンの方を指さした。「あれが僕の姉さんだ」彼はジョン・ジュニアをみた。ジュニアは倒れている男を引っ張りあげていた。

「ウィリー、これが僕の義理の兄のジョンだ」とエディは言った。

「ジョン博士」とウィリーは言って小さな小石や木の葉を飛ばし払いのけながらこう言った。「お会いできてうれしいです！」

この後、エディとウィリーは毎日のように午後にダシモリ家にいて、サッポロビール片手に、ハッピと鉢巻をしてプールの周りにいた。そんなときはいつも煎餅をいれた大きな椀、巻き寿司の皿や照り焼きの焼き鳥をもってファンファンは彼らの前に現れたものだった。第一にこの男たちは二人のダシモリ家の娘たちがガラスの扉から現れ、着物をするりと脱ぎすてるのを見るためにここにいるのだ。エリナーは木陰にいて、コパトーンの大きなボトルをもって、日焼け止めを体にこってり塗って、日向ぼっこをして、本を読んでおり、一方マリアンはしぶきをたてずに青々とした水へ飛び込み、すべすべしたアザラシのようにプールを横切ったりしていた。日がゆっくりとたつにつれて、みんなビリヤード、ピンボール、ミニチュア・ゴルフそしてカード・ゲームをした。あるいは、姉妹は家の中にある道場の剣道や柔道の試合をして楽しんだりした。男性群はというと、しばらく自分たちはこれらの試合を複雑な武術の演武にしていた。すると姉妹たちの方は、すがい物の美容体操を見せあいながら互いに感心しているふりをした。エリナーはいつ彼らが材木やレンガを素手で割ることができるのかとマリアンに尋ねたりした。「あなたよくそんなこと提案できるわね」とマリアンはやきもきした。「リィリーはあんなきれいな手をしているのに」

その背景ではダシモリ夫人二世がやってきてディーゼル・エンジンのある金色のメルセデスに乗って、未亡人クラブの活動へと向かっていった。そのクラブは新しい人生の切り替えをするために極めて有益なものなのだと彼女は言っていた。そして毎週、あの馬場先生が、この家へやってきて夫人に生け花を教えていたのである。夫人と先生は庭を歩き、草花やそれらを伐採することなどで意見を述べ、しまいには形式化された茶の作法を執り行うまさにその茶室で、生け花をしながらその後一時間ほど二人だけですごすことにもなったのである。そしてこの二人の生け花教室はその後、茶室から出て眼科医のオフィスでも行われ、通りに面した視覚的な窓枠の中で、二人の出会いは優雅に飾りたてられたり、受付のデスクでエレガントに見せつけられていたりしたのである。ジョン・ジュニアはこれに対して何も言わなかったが、ファンファンは受付の一人が花アレルギーで、彼女の言い回しによると「全部茂みの中」にいるので患者らが受付をすることができないと報告していたくらいである。

そんなある日、ファンファンは二人の若い女性を連れてきた。ルーシーというブルネットの欧亜と、ストロベリー色のブロンドのソフィアである。二人は谷を越えて遠くからやって来たファンファンの知人である。ファンファンは、彼らがあたかも交換留学生であるかの如く家じゅうを紹介したが、おそらく彼女らは実際にアメリカへやってきた留学生でもあったのだ。そしてジョンはファンファンが何かたくらんでいるに違いないとおもっているのである。まあ、自分の家がいろんな輩で押し合いへし合いし、それでも現状よりもっと混みあうようにさせ、そのことで彼女の義理の母とその娘たちを追い出すべきか否か考えるべきというところなんだろう。

「ジョン、ねえわかっているでしょ」とファンファンは言った。「カタリナにかわいい一戸建ての家が売りに出されているの。あの高校の近くの小さくて静かな行き止まりの所。完璧だと思わない?」

ジョン・ジュニアは茶室から何か他の物を取り出していた。今回はそれは素晴らしい鞘に入った侍の刀だった。彼は増え続けていく自分のコレクションにそれを加えることにした。「わかった」「調べておくよ」と彼はうなずいた。

結果的にエディとウィリーが毎日やってくることで、ファンファンは元気な六名のティーンの集団をもてなすことになった。そして、女の子たちは素晴らしいほどにうまくお互い折り合いがついており、同じ部屋で宿泊することになり、『トワイライト・ゾーン』を部屋を暗くして観て、その後、枕を壊し、中の詰めたものをふわふわ飛ばすお決まりの喧嘩をしていた。ルーシーは「エリナー、箸でご飯を食べて、着物を着るのって、なんてすてきなのかしら」と言った。そしてルーシーとソフィアは、草履と着物でそろりそろりと歩き回るのである。すると男たちもそのあとに続いていくことになる。

マリアンはエリナーにこう言った。「なんだがおかしな気分よ、エリー。ウィリーが変なの。もう車でネッキングを私にしてくれないのよ」

「え？　あなた車の中でそんなことしているの？」

しかしそんなある日、ルーシーはエリナーと鯉の池の近くの竹でできた椅子のところへ歩いていくとき、エリナーに腕を回してこう言った。「あなたに伝えたい秘密があるの」と打ち明けた。「誰にも言ってはだめよ」

エリナーは目をぱちくりさせた。

「私とエディのこと。私たちって二年前にクリスチャン・キャンプで出会って、キャンプファイアーを背景に、粗削りな十字架の下でお互いに結婚を誓いあったのよ。とても重要で、ロマンチックだったわ。だから私、今ここに来てるの」

「何ですって？」エリナーの喉は締め付けられ、心臓が腹部へ落ちていくようだった。

「あなたって、まるで……そうね、私の妹みたい」とルーシーは叫んだ。「私はとっても幸せよ」

エリナーは何とか唇のはじを上げてみせて、笑おうとする気まずい試みをしてみせ、そしてためらった。「ウィリーとソフィアは私たちみたいな感じかしら？」

「いいえ。でもソフィアはウィリーに柔道を教えてもらっているの。気づかなかった？　あの　体を密着させる武術よ」

「そうね」

ルーシーは話を続けた。「このことはファンファンに言うつもり。なぜなら私がハパ（欧亜の混血）なのにファンファンは私のことを気に入っていると思うから。エディは心配しているけれど、ファンファンがこっちについていれば……ねえそう思わない？」

「ファンファンがですって？」エリナーはこれ以上言わずに、次の朝、キッチンからファンファンの叫び声を聞いたとき、ルーシーがファンファンに間違った憶測を試しているのがわかったのである。

その後夜にエリナーは眠りからその身をおこした。エリナーが玄関で見たのは、ファンファンがルーシーの赤いマスタングのコンバーチブルを追いかけて、テールランプにティーカップを投げつけているところであった。ビンゴ！　ナイスショット！　エリナーが最後に見たのは、ルーシーをおいかけてソフィアがそのブロンドの髪の毛がドアにひっかかり、急いで閉めた車の中から引っ張り出しているところと、その際に発したクロム製のバンパーの光った金属から跳ね返り、結婚式の車につけられたアルミ缶のように響き渡る彼女の叫び声であった。もちろん、ファンファンは人種差別主義者やそういったものではないとエリナーは思った。断じてそうではないと。

その午後、エディはファンファンに会いに怒り心頭でやってきた。彼らは互いに二〇分間ほど怒鳴りあっていた。その間、マリアンは外へ走り出て、エディの青いダットサンの助手席の場所の近くに立っていた。隣にいるウィリーが窓を上にあげようとしているのに対して、マリアンは指をその窓にかけていたが、その指はぎゅっと締め上げられて真っ青になり、ほとんど出血しかかっていた。マリアンが窓の隙間から見つめて、ウィリーに涙ながらに嘆願していた。そういうウィリーはまっすぐ冷静に前を見て、コツコツと靴音をたてて、自動車の計器盤をドラムをたたくように指でリズムを取っていた。「行こうぜ、エディ」とウィリーは忍耐力がきれて口ごもるように言った。

「何ていったの？」とマリアンは感情にむせいで言った。

「何だって？」彼は不平を言うように言い返した。

「私たちのことよ」

「僕たちの何がって?」ウィリーはこの問いをいぶかし気に響くようにいった。

エディが怒り狂って家からでてくると、マリアンは叫んで、エリナーの前を走り去って家に入っていった。エディはエリナーの隣に立ち止まった。「悪い、エリー。僕たちうまくいかなかったようだ」

「どういうこと?」とエリナーは冷静に、でも傷ついていないわけではないように尋ねた。

「ああ、君は頭が良すぎるんだよ。僕より賢い。僕がAマイナスなら君はAをとっている。僕がやっとAをとると君はAプラスだ。だからうまくいかないんだよ。意味わかるだろう?」そして彼は青いダッサンのほうへ、わざと堂々と大股で歩いていき、エンジンをふかして二人していなくなってしまった。

ファンファンは、泣きつくために夫を探しに走っていった。彼女は、茶室で侍のいで立ちのフルコスチュームをしているジョンと、同じ鎧兜の小さいリイズを身につけたハリーを見つけた。彼女は畳に突然上がると、彼らが刀をぬいてこちらへ来ようとするのがわかった。「気でも狂ったの?」と彼女は叫んだ。

「ほらママー」とハリーは兜の下からさけんだ。「僕たちは侍なんだよ!」

気を散らされて、ジョンは、ファンファンの方をぎこちなく向いたその突如、ハリーがジョンの腿の近くの武具の開口部に刀を突っ込んでいた。「救急車をよんでくれ!!」とジョンは叫んだ。

その次の三日間というもの、マリアンはカーテンを引いて自室に閉じこもっていた。エリナーは食事を載せた盆を定期的にもってきたが、それは廊下に手を付けずに、あるいは食べかけの状態にもどされており、それはまるでホテルでも経営しているようであった。四日目にエリナーはマリアンの部屋へ入り、カーテンを開け、ガラスのドアを大きく開けた。部屋のじめじめした空気が外へ出ていき、マリアンは泣きはらして血走った目で座っていた。「もう終わったのよ」とエリナーは言った。「元気をだして。ところで」とスライド式のドアの近くに彼女は立って、使用人がプールをきれいにしているのを見た。「ジョン・ジュニアは大丈夫よ。大動脈を切ってしまって大出血だったけど、今は家にいるわ」それを証明するかのように、ジョン・ジュニアは松葉づえをもって足を引きずってやってきた。エリナーはこちらへ歩いてもどり、マリアンにハガキを渡した。「母さんからよ。母さんは出ていったわ」

マリアンはキッチンへよろよろ歩いていき、冷凍庫の中を探した。ファンファンはキッチンにいて、『ライフマガジン』のページを繰って、何も気づいていないようなそぶりをした。マリアンはアイスクリームの箱を見つけて、ガラスのボウルに二掬い入れた。ファンファンは見上げてこう言った。「誰か玄関にいるわ。出てくれない？」

マリアンは、アイスクリームのボウルをもってだらしない恰好のまま玄関で出て行ったが、そこには馬場先生がいた。先生は菊の花のはいったバケツと、ハサミなどの草木の伐採用の道具をいれた籠、先のとがった剣山とその他の生け花の用具を持っていた。マリアンは馬場先生に母親からのハガキを手渡した。先生はハガキをひっくり返してラスベガスのシーザーパレスの写真を見入った。

娘たちへ、

信じられないかもしれないけど、イチと私はここで結婚しました。しばらくそっちへはもどらないわ。ハネムーンはグランドキャニオンへ行くつもり。心配しないで。

「へえ」と馬場先生は言った。「おそらく二世ってのはこんなに自由になりえるんだな。まあ別にそれは悪いことじゃないしね」

「アイスクリームいります？」とマリアンは溶けたのを口にいれながらそう尋ねた。

「もちろん」

馬場先生は自分の持ち物をとって彼女についていった。茶室の出っ張りの端に、足をぶらぶらさせて座り、二人でアイスクリームを食べた。「ミント・チョコレートチップ。私の大好物よ」と彼女は言って、グリーンのアイスクリームをきれいに掬うためにボウルに指を突っ込み、満足そうにそれをなめた。

「僕もだ。31フレーバーって試したことある？」

マリアンは頭を振った。馬場先生のボウルを見て彼女はこう尋ねた。

「それもう食べ終わりました？」


エリナーはプールから鯉の池の近くの影のある場所へプラスチック製の安楽椅子を引っ張っていった。マリアンの手を馬場先生がとって菊の花を正しい位置におくように指示しているのがみえる。エリナーは安楽椅子とポケットブック——そしてそこにはイギリス作家のイアン・フレミングという名が記されている——をもってそこに座った。エリナーは今さっき『ドクター・ノー』を読み切ったところで、その話はあるカリブの島のフー・マンチューの悪役に関してのものであった。それで『007は二度死ぬ』というこの新しい本を開いたばかりだ。ジェームズ・ボンドはイギリス人の秘密情報員で、実在する人間なのである。

しかしフレミングのはじめの一行に進む前に、エリナーは小さなカエルが飛び跳ねたことで気をそらされてしまった。それがポチャンと水に沈むのを待っていたが、その代わりにあのアルビノの鯉のモビィ・ディックが水面に現れて、その緑の生き物を、出っ張ったあごでつかみ、暗く、どろどろと濁った古池の隅に引っ張っていった。暗くどんよりとした水域でその緑の生物は生きていた証がわからないほど甲斐もなく、水面は静かにたゆたっているのだった。

義理と我慢

Giri & Gaman

事の真相とは日系三世はどう考えてもユーモアのセンスをもっているということだ。まあ、こんな仰々しい言い方はしないでも、我々三世とはいつも何かに関して笑っている集団といえる。え？　何を笑っているのかって？　何かおかしいことがあるのかって？　日系二世に関して言うなら、彼らももちろんユーモアのセンスをもっている。でも絶対笑わないのだ。しかしこの説を試すのはむずかしい。なぜなら、日系二世の大半は現在八〇を超えていて、八〇を超えるとなると、①冗談のほとんどすべてをすでに聞いたことがある。②人のいうことを聞くことができないか、あるいは聞きたいと思うことしか耳にはいらない。③認知症によってユーモアを解する心を破壊されている。④笑うと、尿漏れする。それで……。⑤何にも面白いと思うことはなくなる。でも人生が、義務という抽象的な考えに対して自身を犠牲にする忍耐力を試すテストのようなものと考えた場合に、笑うこともあるのかもしれない。そしてその抽象的な考えが、侍のように自身の民族集団に関する郷愁的な考えに基づくものであったならどうなるであろうか？　つまり人種に関する血の理論が、体内に流れる一滴の血で説明されるなら、この集団のあとの残りは、さもしい小作人の群れか三流の商人でしかないのだ。そうだ、いつも嘘ばかり言っていて、借金、厄介な仕事、貧困、太平洋を越えた長子相続法といったものからいったん逃れられるなら、再び侍に生まれ変わることもできるのだから。しかし率直に言おう。三世すべてがワン・ドロップで（日系アメリカ人としての人種的つながりが、わずかながらでもあり）、そして仮にそれがマガイものであっても我々がしなくてはならないこととは、刀や鉢巻を与えられ、日系としての変身を試みている彼らを見届けることではないか。まあこんなふうに回りくどくせずに話にもどることにする。

むかしむかし、ダーシー・カブト二世という人物がいて、三世の女性たちにとって神からの賜物であるとさえ言われていた。ここで神からの賜物とは一体どういうものかというのは、ちょっと説明が複雑になる。なぜって本人がそれに値するということに疑問を感じることもあるからだ。でもとにかく、この「賜物」とは何か？　うーん、つまりこういうこと。ダーシー自身が賜物なのである。簡潔に言うと、ダーシーはフットボール・チームのキャプテンで、クラスの副生徒会長で、クラス一番のイケメン（つまりここでは三船敏郎の息子のようだという意味である）で、投票で選ばれていたりしていたのだ。しかしもっと複雑なのは、このダーシーの親友のベンジー・リーなる人物は学校に草履とマオ風のジャケットを身につけて、ブルース・リーのふりをしており、実際のところ全くのブルース・リーにみえていたということだ。こうした面構えの若い男たちが、三世の女の子たちの女性ホルモンを強烈に刺激するので、おそらく何等かの騒動がおこることは誰にでも想定されうることであるが、まあたいてい誰にとっても、こんなことなどどうでもいいことである。結果的に、この物語の設定は、とある日系二世の不動産ブローカーが政治家となり、その彼らによって適当に改変された郊外である。言ってみるならば、そこはポストキャンプ、実際のキャンプという経験なしにキャンプで成長できるという機会を三世に体験させることができる安全な場所なのだ。そしてダーシーとベンジーは、極めてありふれた輩ではないものの、特別な存在でもないのである。ベンジーは、当時はカンフーのチームがなかったので、体育では抜きん出た身体能力を発揮する順応性のある子どもであった。ブルース・リーのふりをして、体育ができることと以上に、たいていの教科でAをとることに執心していた。で、ダーシーの方はというとあまりに完璧故に、ただの平凡なる退屈なヤツだった。

　こんなダーシー・カブトとベンジー・リーに心なやまされている唯一の女性群は学校の校長、キャサリン・ボーグと、ＰＴＡ会長のベニハナ夫人であった。ことわっておくが、この年配の女性群はこの若い輩に、別に何等かの恋愛感情をもっているというわけではなく、彼女らの関心事とはあくまで自己中心的なものである。公的に秘密とされている私的生活では、ボーグ校長はC・ボーグという偽名の基に、ヤングアダルト小説の作家をしており、この職業は彼女にとっては、秘密調査研究なるものだった。学校の図書館は、C・ボーグシリーズ全巻がそろえられているが、それらが実際に借りられている記録はない。コリンズ氏は、そこの図書館員であるが、ボーグ校長が図書館にやってくるときのために、ときおり適当な日付を彼女の本にスタンプしていた。そして誰もそれに気づかなかった。一方ベニハナ夫人は一〇代の娘を五人もつ母親であった。収容所（キャンプ）では、ダーシーやベンジーのようなかっこいい男の子がいて、ダンスをして、それがどんなに楽しかったかと思い出していた。この五人の娘たちのことを祝福していたなら、彼女たちの青春期を自分のことのように思っていたことだろう。有刺鉄線の外の二代目の若者だ。ベニハナ夫人は胸に手をあてて、ため息をついた。夫人は夫にこんなふうに言っていたものだった、重要なことはこの新しい世代の誰も二世が被った犠牲や、女性で独身生活をおくる苦労を決してさせてはならないのだと。

さて、C・ボーグの最新刊で最も期待されている本が舞台を日本に設定する予定とのこと。ボーグ校長は、結果的にこれは最近自分自身でも考えていなかったことであったので驚いていた。それは彼女が日本、あるいは東洋といわれる場所に行ったことがないということではない。実際のところ彼女は、幾人もの日本の園芸家によって完璧に刈り込まれた、点在する庭のあるこの小さな都市で、日本語学校、文化センターといった場所に身を落ちつかせ、華道や折り紙やそろばん教室、そして蕎麦屋や夏祭りをしている寺などへ出向いていたくらいなのである。そしてそういったことすべての疑問を解消するように、ボーグ校長の下で学ぶ生徒は日系アメリカ人であった。彼女はいわば、調べられることを待ち構えているような実験用のペトリ皿をもつ校長なのだ。昼にはボーグ校長は、彼女のもう一つの作家としての正体を知るコリンズ氏と興奮して議論していた。

「コリンズさん」とボーグ校長は言った。「無駄にできる時間はございませんわ」と彼女は話すのをやめ、カップの中にティーバッグを沈めたり、取り出したりして、この図書館員にいわくありげに目を向けた。「わたくし、ちょっとした援助をすることもできるのよ」

「キャサリン様」コリンズ氏は食べていたボローニャサンドウィッチを下に置き、ボーグ校長に傲慢ともいえる親愛の情をもって話かけた。「どうぞなんなりとお申し付けください」

「言ってみるなら、ちょっとした調査が必要になるかもしれないの。私はこのことを本当のことのようにしてみたいから。わかっているわね。難しいのはセッティングなのよ。わかる？　日本に話を書き換えるということと」

「キャサリン様。あなたの作品に対して敬意を表しますが、あなた様はここにいる子どもたちを、もう何年もあなたの本のネタとして使われているのです。一体全体これはどういうことなのでしょうか？」

「ああ、あのね、私はもう白人のアメリカの子どもに関して書くのが嫌になったのよ」

「だから今は日系アメリカ人の子どもに関して筆をとられるということで？」

「もちろんそんなんじゃないわ！」ボーグ校長は紅茶にふっと息を吹きかけた。「そんな本だれが読むっていうのかしら？」

そのときからボーグ校長とコリンズ氏は、高速ペースの調査で、舞台背景としての日本に関して図書館の資料を嗅ぎまわっていた。

「まあ。コリンズさん、このきれいな庭を見てみて！」ボーグ校長は、どっしりと重々しく垂れ下がっているフジの花が、まだらの緑の苔に置かれた石の小道にふっくらと、そしてあでやかに群れを成しているのを指さした。「ここで決まり。ここが彼らが出会う場所なの！」そしてその間コリンズ氏は、その場面を彼の言葉で表現するなら、陰謀や危険、そして人間の偵察行為といった刺激的な動揺で、生き生きとした登場人物を伴ったものに完成させた。大方これは、コリンズ氏がこそこそと一〇代の高校生の会話を録音してノートに記録するために嗅ぎまわっていたということを意味している。

「キャサリン様」彼はそうさけんだ。「機密書類：庭のシーン」と書かれた封筒の中に気をつけて隠した彼のノートを手渡した。それはあたかも映画『ミッション：インポッシブル』のワンシーンで、書類を「これがどんなに面白いものか決してわかることなんかない」と言って渡している感じであった。

「そういえば」とボーグ校長は言った、「ベンジー・リーのあの妹は、なんという名前でしたっけ？」

「キャロラインだったはずですが」

「そうだったわね。あの子は頭をふわふわに泡のようにしたあの女の子たちの集団の中で一番かわいらしかったわね。彼女とあのカブトの息子は」とボーグ校長は続けた。「素敵なカップルになると思わないこと？　あの子たち同士にとってはほとんど明らかなことだけどね。なんと言ってもあの兄弟と彼は親友同士だったし」

「キャサリン様、なんとあなたは鋭いのでしょう。でもリー一家は中国系で、両親はレストラン経営をしています。この共同体では異例なことで、あの……つまり日系ではないということです」

「まあ中国系、日系、この二つの差がわかる人間なんているのかしら？」ボーグ校長はこう言って手を振って『源氏物語』の平安朝の印刷の頁を繰った。「やらなくちゃいけないのはダンスね。ダンスパーティーという選択は完璧だから、キャロラインはもちろん女王(クィーン)に選ばれることでしょう」

「そしてダーシー・カブトがエスコートですね」とコリンズ氏は推測して言った。彼はこの手のタイプのことは要領を得ているのだ。

「じゃあ」と校長はコリンズ氏を見た。「ほら、あなた何を待っているの?」

「ご自身がその場面を書くということで?」

校長はため息をついた、「コリンズさん、ちょっとした意見の相違があるみたいね。その場面は私が書くんじゃなくて自然に出来あがるということなの」

コリンズは出て行って、おそらくダンスクイーンを決める投票箱に不正票を投じにいった。そして校長は、ダンスパーティーのライブバンドに必要なＰＴＡの基金に関する件でベニハナ夫人に会いにいった。校長は夫人に直接はっきりと以下のように言った。「ケーキがいくつぐらい売れると思います?」

夫人の頭の中は戦時中キャンプでの大がかりなジャズバンド、グレン・ミラーとトミー・ドーシーの音楽、そしてどうやってジルバを躍ったのかをぼんやりと思いだしていた。

校長は、記憶の彼方にあるこれらの音楽に耳を傾け、収容所の遠い記憶の中に居続ける夫人を見やった。夫人は収容所での強制された自由と哀愁を含んだ奇妙な表情を浮かべていた。「ベニハナさん」校長は夫人を夢想から引き戻した。「学生たちはここではなくてロサンゼルスでのバンドを選んでいます。もう運転してずいぶん先へ行ってしまっていますのよ」校長はフリーウェイの距離を示すために腕を振り、そしてあたかも夫人が反対するかのようにこう続けた。「ええ、わかっていますわ。でもこのバンドはとても有名だそうですの。私はそんなこと全く知らないんですけどね。でも、私はいつも学生の側に立っているんです。がっかりさせることになると恥ずかしいことですから。さもないとＰＡシステム(一般的な放送設備)でいつものようにＬＰレコードをかけることになるでしょうからね」

夫人はさっきまで頭の中を占領していた収容所の過去を脇によけて、こういった。「ええ、がっかりさせては私たちの恥になるわ。でもPTA基金はたいてい学術的な内容の活動に使用されるものです」夫人は校長のよく使うキーワードを使ってみせた。

「あるいは」と校長が夫人をさえぎって言った。「学生の手の届く範囲外の機会を利用させることを推奨する活動に関してもね」

夫人は家へ帰り、いろいろな場所に電話をかけ、PTAのケーキを焼く活動部へ行った。娘たちのことを考えて幸福の絶頂で、高鳴る不安に心を躍らせていたのだ。夫人の娘たちは、自分たちの手の届かない機会を手にいれることはないというボーグ校長の提案が夫人の頭に響きわたった。手作りケーキ売りは一〇代の娘たちの人生において決定的な要因になるかもしれない。彼女は公言したことはないものの、当時生まれた三世すべての中で、彼女の娘たちは最も称賛に価すると思っているのだ。一番年上のジェイニーは最も気立てがよく、優しく、二番目のリジー(エリザベス)はやはり年上ではあるが、飛び級するほど勤勉で頭がよく、そのあとの三人はチア・リーダーのメアリー、キティ、そしてリディである。夫人はこの三人を「小鳥ちゃんたち」と呼んでいた。そして彼女たちはチョコレートフロストをキッチンにあるスクープや泡だて器そしてボールなどからくすね、夫人がカップケーキに粒上のチョコレートを振りかけ巨大なチョコレートチップクッキーをサランラップに包んでいる間、チアリーディンクの練習にいそしんでいた。

主人のベニハナ氏はこれらの匂いを嗅ぎながら地下の作業場からやってきた。ゴーグルが額の上に押し上げられている。

「ベニハナさん」と夫人はその埃まみれのゴーグルを指さして自分の夫に向かって叫んだ。「その磁器まみれの埃をキッチンにもちこまないでよ。毒入りにしたくないんだから」

「なんでだい?」とベニハナ氏はクッキーをとって下へ行こうとしながら言った。

彼の妻は物腰がやわらいだ。「まあ、ここにいるなら、コーヒーとケーキを私と一緒に食べないこと?」と彼女は皿の一方に置かれたケーキを指さした。「あの小鳥ちゃんたちは外で飛び跳ねているわ。自分たち自身が飛び跳ねているけれど、体の中も同じみたいね」

「じゃあ」と氏は続けて。「悪いけど私は仕事を終わらせたいんでね」といった。

夫人は夫が歯科用のブリッジと義歯のセットをつくり終えるのだと思った、結果的に彼はそれで生計を立てているのだ。それらを研磨している間、ベニハナ氏はアメリカの思想シリーズのハーバードの講義のテープを聞いており、超絶主義というコンセプトに関して頭を悩ませていたところであった。ベニハナ氏はほとんどの時間を地下で仕事をして過ごしている。様々な段階の治療の状態や製造の段階にある義歯と、テープ第三巻から流れる知の倫理体系を考えながら。戦時中のキャンプを出てから、軍隊では義歯のレプリカを作り上げる技能を彼は多いに活用していた。つまり兵士は戦闘するために歯を必要としていたのだ。他の諸々の機会も与えられて、ベニハナ氏は彫刻家や哲学者にもなった。そして五人の娘たちを育てて、結果的にこの両者を今では引退しようとしているのである。

ベニハナ氏がテープレコーダーの再生ボタンを押したと同時に、コリンズ氏の方は映写室からソニーの似たようなモデルを借り出していた。空のテープをレコーダーに入れる。「テストです。テストです」この後、ソニーのレコーダーは机の下、風呂場、シャワーの仕切り、空のロッカー、昼食のテーブルの下、ジム用のベンチプレスの下、階段の吹き抜けの隙間で、通例キスをする場所として知られる場所に戦略的に配置された。録音されたものは、ほとんどがたわいのない会話や騒音――メタル製のロッカーの開け閉めの音、本を下へドサっと落とす音、物を食べたり放尿したり、ちょっとしたうめき声や、誰かを愛撫する音などであった。しかしコリンズ氏は忠実にすべてを書き写し、マニラ紙製の封筒に入れ、ボーグ校長に「極秘書類」と記して送った。しかしその調査の度が増すにつれて、ある衝撃的な真実を知ることになるのである。つまり彼が考えている、子どもたちがやっているすべてが、CBボーグのヤングアダルト小説の中で作り上げられていたということだ。ボーグ校長に警告する義務を、コリンズ氏はひしひしと感じていた。「キャサリン様、昼食の後でお話するべきことなのだけど、キャロライン・リーとその取り巻きはバスルームBでひそかに喫煙しているようです」

ボーグ校長は途方に暮れていた。「コリンズさん。それってあなたができる最大のことなの?」

コリンズ氏は肩を落とした。なぜならあのタイムマガジンでは行儀のよい日系アメリカ人の姿が報告され、マリファナ、レッズ(reds、別名セコバルビタール、ドラッグの一種)、LSD、セックス、そしてロックン・ロールであふれる前に、校長が妥当と思っている文化的バブルにまだ囲いいれることができると考えていたからだ。

一方ベニハナ夫人は、明治マーケットの外で、PTAの手作りケーキを販売している場所へ向かっているイケメンのダーシー・カブトとその中国系の友人、ベンジー・リーに会って笑いかけた。ビーチサンダルを履いた自信ありげで社交的なベンジーが話し始めた。「ベニハナ夫人。売上はどうです? 僕貢献しましょうか?」ドル札を取り出しピーナッツバタークッキーをいくつか買って、ダーシーに一つ渡した。ダーシーの方はこれにただうなずいただけたった。ベンジーはあたかもそれが不老不死の妙薬であるかのようにほおばった。「夫人、僕何かしましょうか?」

これに対しダーシーは困惑しているようだった。

ベニハナ夫人はここぞとばかりにその機会に即座に乗った。「まあ、ええそうそう、ここにあるものすべてをまとめて家へもってかえるところなの。やってくださる？」彼女はちょっと厄介な顔をしながらふくれっツラをした。「やってくださるわね」

「もちろんそれならダーシーのトラックを使えますよ」とベンジーは言った。

ダーシーはその隆々とした肩をすくめ、駐車してある大きなタイヤの黒光りしたトヨタの方へ威張ったように歩き出した。それでダーシーとベンジーはベニハナ邸へ玄関からまっすぐに入っていくことになった。

夫人はクッキーとコーラをもってきて彼らを座らせ、「小鳥ちゃんたち」はチアリーディングの恰好で彼らにあいさつし、ぴょんぴょん飛び跳ねたりくすくす笑って逃げたりしていた。ベンジーは喜んでダーシーを肘でつついた。ダーシーはコーラをただ飲んで、ぼーっと壁を見ていた。そこには五人のベニハナ家の娘たちが並んで年一回撮る写真があり、着飾って大きなフレームに入れられ、壁にかかっている。

少したってから、ジェイニーとリジーがドアから走りでて、ジェイニーは車のキーをもちリジーは文句を言っていた。「ママ、どこに行っていたの？　車でむかえに行っていたのに、テーブルの食事が全然ないじゃない！」

夫人は笑った。「ええ、ちょっと助けてもらっていたのよ」と言ってクッキーとコーラをもって座っている男の子たちに向かってうなずいた。「座りなさい。お客様よ」

ベンジーは手をふって「やあ」と言った。

リジーは二人に向かって口をとがらせて冷蔵庫のところへ行き、何か見ているふりをしたが、ジェイニーは笑ってこう言った。「ああほっとしたわ」

そしてそのときには、ベニハナ氏は地下から再び姿を現して、なんで二人の若者が家にいるのかの理由を理解した、まあ若い男がいて気分転換というところか。

ベンジーはベニハナ氏に近づいていって、その手をしっかりとにぎった。ダーシーはそのやり方をまねた。ベンジーは、父親のレストランで働いていたので、接客サービスに関しては全く満足のいく存在でもあったのだ。「お会いできてうれしく思います。ベニハナさん」とベンジーは親しげに言った。

「キャサリン様」とコリンズ氏は自分のレポートを作成するために咳払いをしてこう言った。「ベニハナ夫人の娘とベンジー・リーはちょっとしたものと言えますね」

「それで思い出したんだけど、ベニハナ夫人に電話をかけて彼女がどれくらい資金集めしたのか聞くべきね」校長はタイプライターの方へ向いて、ひどくいら立ちながら「どの子？　五人いるけど」

「一番年上のです。天使のようなあのジェイニーという子」

「で、ダーシーとキャロラインの関係はどうなっているの？」

「ああ、全く進展ないですね。ダーシーはベンジーの後ばかりつけているだけで、毎晩ベニハナ家の周りにいる状態です」コリンズは首の後ろあたりを手でかいてみせて「しかし一体こいつらはいつ宿題をやっているんでしょうか？」

「絶対やってないわよ」校長はタイプライターから印字した紙を引きちぎって、びりびりに破いてしまった。

コリンズ氏は、校長の、彼女に似つかわしくない作家ヒステリーの症状から静かに抜け出し、授業の四限を使って最上級生の集まる広場にある昼食を食べるベンチに忍び込み、ソニーのレコーダーをその下に忍ばせた。

しばらくすると、ベンジーとダーシーは、今となっては日課になっていることではあるが、そこで座ってベニハナ姉妹が、ブラウンバッグと魔法瓶をもって通り過ぎるのを待っていた。「今日はＢＬＴ（ベーコン・レタス・トマトのサンドウィッチ）だわ」とジェイニーは笑って言って、男の子たちの間に座り、席の半分をベンジーに示した。リジーはダーシーの前にたっていたが、ダーシーは全く動きも話しかけもしなかった。ＢＬＴサンドイッチも半分も食べなかった。リジーは自分のサンドウィッチからカリカリベーコンをとって、立ってそれをむしゃむしゃ食べて誰に言うわけでもなく以下のように言った。

「『エディプス・レックス』もう読み終わった？」

ジェイニーはダーシーの方を向いた。ダーシーは実際うなずいている。ジェイニーは唇をちょっと哀愁に満ちた形でつぼめ、彼にクッキーを手渡した。

「ありがとう」と彼は言った。

ベンジーの妹のキャロラインはおしゃべりな取り巻きと一緒にぶらぶらと歩き、――まあまちがいなくそうした取り巻きの中の背が高いのは、髪の毛を上に立ち上げているのだが――まさにそのジェイニーに目配せし、ぐるぐると目を回しておおどけたふりをしながらリジーを無視していた。まあこうした目を動かす行為は、瞼が美容整形のためにテープで開いたままになっているので実際には不可能ではあったのだが。キャロラインはやってきてベンジーに「ねえ」と言って、ダーシーに目につくように紙切れを渡した。

ダーシーはそれを手にとってポケットに入れたが、キャロラインやその取り巻きが、ギャアギャア話してる間何も言わなかった。

ベンジーはわずか五口でＢＬＴを食べ終わり、立ち上がってジェイニーの手をとった。「待っている列が短いならアイスクリームのあの列の中に入らない？」

リジーはいまや席の空いたベンチの一角にひとり佇んでいたが、ダーシーとは距離をたもち、それでジェイニーの魔法瓶を倒してしまった。ダーシーはこぼれたジュースをさけるために飛び上がりベンチの上で瓶がくるくると回っているのをそのままにしておいた。そして「おい」と彼は一本調子で聞いた。

「これはなんだ」

リジーはベンチの下にテープで止めてある袋のようなものをかがんでみた。「爆発物かも」と彼女はニヤニヤして言った。

ダーシーはテープを引っ張ってはがした。「盗聴されているな」と観察して言った。彼は自分たちの会話を再生し、さっきの「これはなんだ？」と「爆発物かも」のところまで聞いた。

リジーはこう命じた。「会話を消して元のところに戻したら」

ダーシーとリジーは終業のベルが鳴った後も歩き回り、校舎の死角の周りに隠れていると、コリンズ氏が何も知らないふりをしてベンチに歩いていき、ソニーのレコーダーを取っていった。

一週間後に、コリンズ氏はボーグ校長にいつもの特定人物に関する極秘書類を手渡して、テープのはじめのところを聞くように促した。「コリンズさん、これっていったい何？　これ何語なの？」

「日本語です」

「え！　あの子たちは日本語なんかしゃべらないわ。あの子たちの親だってね。ばかげているわ」

「日本語学校へ行っているのでは？　私だって文化センターの夜のヤツに行っていますよ」とコリンズ氏は辞書を取り出して、喜んで言った。「ちょっとした勉強ですが、ほとんどなんとか全部翻訳できるようになったんです」

ボーグ校長はコリンズ氏の英語に翻訳された書き写しを読んだ。

ダーシー：月に誓うよ。

リジー：月になんか誓わないで。だってすぐ形が変わってしまうから

ダーシー：じゃあ何に誓うっていうんだ？

リジー：誓わないで。物事は全部あまりに早く起こってしまうのよ。それが本当のことかどうかゆっくりと考える必要があるわ。お休みなさい。

ダーシー：僕を満たされないままでいくのか？

リジー：一体どんな満足が欲しいっていうの。

ダーシー：僕の彼女になってくれるっていう約束だよ。

リジー：でもそれってすでにそうなっていることじゃない。いつもあなたに約束していたでしょう。でも今は考えなおしてみて、やっぱりやめることにしたの。

ダーシー：なんだって？　なんでやめるんだい？

リジー：何度も何度もこうやってあなたに約束するためによ。私の愛は海のように深く境界線がないの。でももう行かなくちゃ。さよなら。

コリンズ氏は微笑んでこう叫んだ。「なんたる甘い関係。月に関する部分なんてのは、本に使うことができるのではないでしょうか？」コリンズ氏は考えるためにふと立ち止まった。「あれ？　あのダー

シーの息子が日本語をこんなに淡々と話すなんておかしいな」

校長は頭を振ってこう言った。「コリンズさん。あなた一杯食わされたのよ」

それでもってダンスパーティーの日になって、会場は佳境に入っていた。ジェイニー・ベニバナはダンスパーティー・クイーンに選ばれた。ベニハナ夫人はこのイベントの幕開けになることを自ら提案して、まったく興奮気味で、女王(クィーン)の授賞式、肩にかける懸章や何本もの赤いバラ、そして受賞後のはじめのダンスなどを通して涙していた。ボーグ校長は、肩をすくめたコリンズ氏をいぶかし気にみつめた。おそらく彼はキャロライン・リーに何度も投票した唯一の人物であろう。そしてこれに対しキャロラインはなんとも思っていないようだ。彼女はフロアでは一番盛った髪の毛をしている。そしてLAの日系のバンドであるパースエイジアンのリードボーカルが舞台に飛び上がり、その夜はずっと彼女と踊っていた。校長はライブバンドにご満悦で、バンドはこの郊外の地方色にいろどられた世界観に都会的な洗練さを巧に組み入れていた。このバンドボーイたちは明らかに悪い輩で、すべすべと後ろへ流した黒髪と、黒革、そして先がツンととがった黒い靴を身に着けていた。セットの間には、ラベルのないボトルから何かを飲んでいて、駐車場ではマリファナをやっていた。三人のバックコーラスの男たちは指定された踊りのやり方――くるっと回り、腰をふり、飛ぶというルーティン――で群衆を魅了していた。校長はベニハナ夫人の「小鳥ちゃんたち」は完全にまわりと調和していたことに気づいていた。結果的にその中の一人のリディがLAのバンドの方へわざわざ歩いていって、バックコーラスの内の一人、ジョージ・ワカマと一緒になっていた。そしてそこからリディは、言うならば、もっと素行が悪くなっていって地下にいる集団の方へ消えていき、セックス、薬、そして過激な行動を辿るようになった。べニハナ夫人は夫に向かって涙で訴えた。「ああ、私の一番下の娘がヒッピーになってしまったわ」まあこれは校長の返礼とでも言おうか。校長はコリンズの腕に分厚い封筒を押し付け、「これで終わったわ。陰謀、集団的対立、派閥闘争、そして一〇代の怒り、ホルモン研究……でも」と彼女は指を降ってこう言った。「様式の上で東洋的だけどね」

コリンズ氏は頭を下げた。「キャサリン様。これは傑作ですな」

その舞踏会の夜、地下から上がってきたベニハナ氏は、パステルカラーのシフォンとサテン、ナイロン、ピンヒール、ヘアースプレーをしてクスクス笑っている妻と娘たちを見た。ベニハナ氏は、ぎこちないスーツとネクタイをして、娘たちを外へ連れて行く二人の若者に各々挨拶していたが、ベンジー・リーだけが氏のしっかりした握手に対して手を握りしめた。全員がいなくなったようになり、家が平穏なる静謐にみたされると、ベニハナ氏はリジーが本をもってソファにポツンと座っているのを見た。「ここで何をしているんだい？　あの四四二部隊に従軍していたことをいつも話していた父親の倅のダーシーはどうなったんだ？」

「彼は姉さんをダンスパーティーに連れて行ったわ」

「おやおや」と氏はこのことを考えて、何も言わなかった。「それじゃあ映画にでも行こう」と彼は娘のリジーを誘った。「お前がラジオで聞いたことのあるタイトルのヤツだ。『卒業（*The Graduate*）』というやつだが、実際にありそうな話だろ？」と氏は付け加えソファに投げ出された本を見て言った。「こんなJ・D・サリンジャーなんか放っておくんだな」

モントレー・パーク

Monterey Park

むかしむかしのことだが、カリフォルニア州立大学ロサンゼルス校で経営学の学位と、夏のクルーズ船で学んだ調理師の技術をもった日系アメリカ人のマリオ・ワダという人物がいた。ワダは、クルーズで同乗している快活で大変裕福な中国系アメリカ人のタミー・ウヤと出会い、どうしようもないほどの恋愛関係になった。その恋愛の不可避性はタミーの交際相手に求める必要条件、まあ彼女の言葉を借りるなら、マリオにタミーがテストした「三つの強烈な打撃」をとどのつまりマリオがうまくクリアしてしまったということに関係している。すなわちそれは以下のようなものだ。マリオは他人に対して優越コンプレックスをもっていたのか？ ✓チェック。しかしそうであっても想定されるその優越感に対し自信がないのか？ ✓チェック。そして三番目にマリオは彼女に対する（つまりセックスをしたいという）感情そして身体的な衝動を抑えることができたのか？ ✓チェック。マリオはエスニックのアメリカ人の成功を絵にかいたようなモデルであった。加えてとてもハンサムで、背が高く、シャツを身に着けていてもいなくても筋肉質で、完璧なるシェフでソムリエだった。だからクルーズの終わりには、二人は結婚し、その後すぐに広大な、風水に基づいた家具が配置されたモントレー・パークの丘の上に新居を構えたのである。当時はそうした専門的な用語は存在しなかったが、マリオ・ワダは余生を「トロフィー・ハズバンド」としての役割を極めて快適にやってのけていたのである。その間、マリオはタミーとの間に四人の子どもをもうけた。トミー、エディ、マリコ、そしてジュリアである。そしてマリオの妹のフランシーが白人の夫に捨てられ、二人の子どものシングルマザーとなってしまったときには、マリオは下の子どもで恥ずかしがり屋の一〇歳の女の子に、フランシーが定職をもち安定するまで、その自宅を提供してやったのである。四人の子どもとこのもう一人の五人目がはいり、さらに中国の六匹のパグ（犬）が加わることで、誰にとってもこの一家は何ら問題はないように見えていた。あの恥ずかしがりやの一〇歳の新参者ファニー・ライス以外はであるが……。

マリオはキッチンをクルーズ船のように駆け回り、グリルチーズからセビーチェ（生魚のマリネ）までメニューにあるどんなものも提供した。キッチンにいないとき、あるいは彼のパグの面倒をみていないときには、子どもたちをヴォルクスワーゲンのワゴン車に乗せ、様々な私立学校の前で乗り降りさせた。そしてさらに重要なことは、タミーに計画されている終わりのないクラブ活動、いくつか例を挙げるならテニス、ヴァイオリン、ピアノ、フェンシング、バレエ、乗馬、風景画、弓道、言語レッスンといったようなものの送り迎えにも参加させられていたのだ。ウヤ＝ワダの子どもたちは、タミーが「原始的な伝統」とみなしているもの——ガムラン（インドネシアの打楽器）、バンブーダンス、ウクレレ、ペルーのパンの笛、コンガ（アフリカ起源のキューバの踊り）等に参加することなど決して認められなかった。こうした素朴な伝統音楽は、タミーが言うには魅力的ではあるものの、構造化されていない単純さや繰り返しが多い故に、ドビュッシーのような複雑さに近似するものではないと判断されていた。そしてその文化的差異は、草でできた掘っ立て小屋とノートル・ダム教会堂のそれに相当するということなのだそうだ。同じように折り紙や陶芸のような芸術や工芸は何の役にもたたないものではあるが、タミーは茶道と書道に対しては容認しただろう。まあこの類のものは、老人向けであり決して子どもたちの話に持ち上がることはないのだが……さらにウヤ＝ワダの子どもたちは平民向けの自治体的なストリートのスポーツも禁じられていた。つまりここではバスケットボール、サッカー、フットボール、ボクシング、あるいは国家的な娯楽でもある野球（ベースボール）のことである。カンフーはその中でも唯一の例外であった。しかしタミーによると昇段試験（黒帯をとること）やそれに連関するちょっとした能力区分がなくなることを期待してはいた。子どもたちは流暢なレベルになるための言語——たとえばフランス語、ドイツ語、イタリア語、ロシア語といったもの——を習わされていたが、特に全員が中国語を習得しなくてはならなかった。タミーはスペイン語に関しては習う必要がないと思っていた。なぜならメキシコの州境のカリフォルニア州に居住しているからだという。そしてそれはさらに、メキシコ人が話しているからにほかならない。この発言は驚くべき程エリートの人種差別主義に響き、実際その通りであったのだが、タミーはそれに対し率直に認めてもいた。彼女は長きにわたる中国の母系図を続けるためにその母系的立場を正当化しているのである。中国の母から中国の母へと続くこの継承は、粘土のように柔らかい自分たちの子孫をその世代の最良で最も輝ける職業をもつ人物へと形づくることに成功しているのだ。そして今まさにタミーの番がきているのである。そこには甘やかすという考えはなく、個性を養育するといったあのスポック博士など存在していない。それは自尊心といったものでもないのだ。つまり子どもが何か得意なものができたときに自尊心があらわれるのであるが、そういったものではない。タミーの子どもたちは中国人と日本人であるというまさにその事実によって、そして不平等で歴史的に人種差別主義的な世界にいるため、すべての期待を超えていくものと考えられている。もちろん、それがどういうことかと言うと「それ」に取り組み、成功し、それがどのようなものであってもそれに関して一番になっていくということである。失敗は問題外であり、二番手になることももちろん選択肢にはない。さてマリオはというと、こうした一連のことに関しては、自身はこの一家では単なる付属物であり、自分の子どもたちが日々経験している強烈な競争や苦痛きわまりないトラウマを子どもたちと共に寄り添って耐えるよりも、自分は犬を育てていた方が楽しいのであった。そしてそうこうしているうちにわれらの主人公ファニーがやってきたというわけだ。

ファニーは、犬たちの後にやってきて、あたかもそれはひやかしでついて来たように見えた。ファニーがしたことは、タミーの何の関心も引かなかった。タミーによると、もう一〇歳ともなると公立学校教育のダメージ、機能不全的な子育て、そして人生における目的意識の欠如といったものを修正するには手遅れと思っているからだ。ウヤ＝ワダの子どもたちはファニーに関して様々に文句を言いにきた。「お母様」とジュリアは言った。「ファニーは簡単な地理学の知識も持っていないのよ。信じられる？小アジアがどこかわからないの」

タミーはため息をついてこう答えた。「ジュリア、あなたの受けた教育と彼女のをどうやって比べるの？　一年生になったときに、あなたは全世界の首都を知っていたぐらいなんだから」

マリコはさらにこのジュリアの不満に火をそそいだ。「お母様、ファニーは今微分積分ができていいんじゃない？」

タミーは答えた。「マリコ、あなたが五歳で理論を打ち立てたのは知ってるけれど、ファニーの状況を考えてレベルを下げて考えてあげて。あなたが使っていた古い代数学の教科書あげたらどう？」

そしてトミーがこう質問した。「なんでファニーはマンダリンをはなすことができないんだ？」

「トミー、あなたは三歳のとき、一〇〇の漢字を知っていたの。でもね」とタミーは息子に厳しく目配せした。「あなたのドイツ語の能力は？　七巻までいったことがあるの？」

エディだけが何も言わずに、ファニーをグランドピアノの方へと静かに誘導していった。「この音階をやってみて」と彼は提案した。「この音符をみて？」と練習帳を指さした。「一つの拍子に一つの音符だ。で、音はこんなふうになる」彼はピアノのキーをたたいてみせた。「簡単だろ」ファニーにとってもそれは簡単なことだった。それからファニーはまるでスポンジのようにものを吸収していき、年月が経つにつれ、誰にとっても否がおうにも気づくように、従兄弟たちに追いつくか、あるいは追い越すかのレベルになっていった。そしてそれはそうなっていくことが予想されるものでもあった。

タミーの徹底した教育ママの試み(タイガー・ファイスト)にもかかわらず、ファニーはウヤ＝ワダの子どもたちは結果的に、それにすべてうまく対処するか、逃げるかしていたということに気づいた。一〇代になって機会があたえられて、彼らはモントレー・パークから目の前にある通り、海岸、砂漠、そして山へ点でばらばらに出ていくことが許された。そこでやっていたこととは、一〇代の子どもたちがやると想定されうることで、タミーは怒り心頭となるものの、コントロールできないというわけにはいかなかった。たとえば、トミーとマリコが週末の旅行から帰ってきたとき、タミーは彼らに詰問した。

トミーは説明した。「モハービ砂漠へドライブしていたんだ」

「何のために？」

「野生の花を見に行くためよ」とマリコはそれに答えた。

「花ですって？」とタミーは嘲笑った。

「砂漠の環境学だよ」とトミーは言った「科学的な研究さ。サンプルをもってかえって来たんだよ」

「そうなの」とマリコは断言した。「地質学の岩のサンプルと動植物よ」

「僕は死んだ爬虫類を手に入れたんだ」とトミーはタミーの前に、その硬直した爬虫類を振ってみせた。

タミーは叫び声をあげた。

エディはそんな嘘をつけなくてもっと率直なことを言った。「ハリウッドへ行ってきたよ」と彼は言った。「ウィスキー、ア、ゴーゴーだ」

「あなた方は飲むには若すぎるでしょう！」とタミーは叫んだ。

「飲んでないよ。ただ音楽を聴いていただけさ」

「なんの音楽？」

「ドアーズさ」と彼は言ってこうつけくわえた。「知覚の扉（ウィリアム・ブレイクの“the doors of perception”からとったドアーズの曲のタイトル）だよ」なぜなら「ロック」と言ってしまうとなんだか悪い考えのように思えたからだ。

タミーは仰天した。スズキのヴァイオリンからドアーズへ？　どうしてこんなふうになっちゃったのかしら？

「もしも」とエディは穏やかな目をして懇願した。「その音楽で楽しくなれるならね。ときどきそんな気分になってもいいだろう？」

タミーはバカにしたような態度をとった。「幸せになる権利はアメリカ的な考えよ」

「だって母さん、僕らは今アメリカにいるじゃないか」

「でもこの家の中ではちがうのよ」

ジュリアは認めた。「ねえ、私は海を見るために海岸へ行ったの」

「へえ、じゃあトミーとマリコは砂漠の生態系を勉強しにいき、あなたは海洋学ってこと？」とタミーは咎めた。

「ううん。私はただ裸足で砂の感触を感じて、波の音を聞きたかっただけ。太平洋に夕日が沈むのを見たかっただけよ」

「そうなの？」

「私、気分が落ちこんでいると思うの」

タミーはあきれて目をまわした。「意気消沈とは欧米にのみに存在する心理学的疾患よ」

これ以上議論するのは無駄だった。ジュリアはふてくされた。「私は西部へいきたいわ」ファニーはこうしたたまに起こるちょっとしたいざこざに疑問を感じ、タミーの敷く生活規則に距離を保っていた。しかし、彼女の従兄弟たちは全員アイビーリーグレベルに完璧に物事をやってのけるという役割を果たしていた。タミーのモントレー・パークによって限定された世界は議論の余地のないものであった。ファニーは一番年下で誰も彼女のことを信用していなかった。だから彼女は彼らが何を想像しているのか想像するだけだった。エディだけがファニーと考えを交えるためにやってきていて、それはこの二人が音楽好きでつながっていたからである。エディはファニーにLPSとカセットテープをもってきた。「でもタミーがなんて言うかしら」とファニーはこれに反対して言った。

エディはさわることが禁止されているLPを押し上げてベートーヴェンの交響曲第五番をかけた。

「ダ・ダ・ダ・ダー」とエディは歌った。

そんなある日、メリーとハリーという二人の一〇代の従兄弟たちが、ウヤ＝ワダの家のモントレー・パークに預けられにきた。今回のこの二人は、マニラにいるタミーの二番目の従兄弟の子どもたちである。マルコス大統領が戒厳令のような途方もないことをやる前に、自分の子どもたちがいかなる政治的考えからも避けることができるようにと、親たちは子どもたちをこんな遠くへ送ってきたのである。マリオは五人の子どもたちと犬にこれらの二人を加えて歓待し、彼らがきたことを言い訳にして、自分の下で働くシェフとドライバーを雇うことにした。ファニーはメリーとハリーが自分のようではなく、ハウスキーパー、家庭教師、ドライバー、庭師そしてマリオの下で働くシェフ付きの大豪邸に容易に慣れていっていることに驚いていた。メリーとハリーにとっては、ここの家で自分たちのために何かするということはなかった。しかし彼らは暴力的な抗議、血で汚れた暗殺、マルクス主義と毛沢東主義の革命の興奮する話をして、自分たちは流浪の民なのだと言った。そんな彼らをファニーは心から気の毒に思った。少なくともファニーの母親は今はガーデナの都市の向こう側にいて、彼女の大好きなイタリアのデリカテッセンのジュリアーノという店が、ほんのちょっと歩いていける位置にある二ベッドルームのアパートにいて、彼女の兄はＵＣＬＡで勉強しているのだ。

タミーはこうした政治的混乱の話に耳を傾け、彼女のアジアの保有地を素早く査定しマニラ行きの飛行機を予約した。マニラには祖母からひきついだプラスチック工場があるのだ。何年も前にタミーの祖母はキューピー人形のような玩具を骨とう品店へ供給する仕事を初めていた。タミーはあのビックのライター用のプラスチックのベースを生産する工場の機械を再建しようとしていたのである。これら使い捨てのライターはベトナムではアメリカ兵の間でまるでホットケーキのように飛ぶように売れていた。だから革命や同盟などなしで、あるいは反マルコス政治でさえ、タミーの金になる事業の邪魔にはならなかった。必要であるならば、事業全体をマニラからシンガポールへ移してもいいぐらいに思っていた。グローバル経済のより大きな歴史的な絵図において、彼女はアメリカで子どもたちを育てているが、そこは民主主義、多元主義、寛容性に関わる専門職が子どもたちの露骨な優越感に対し扉を開いていたのである。しかし自身の金のことになると、ケチな偏屈さや同質性なるものが全くもって必要とされる。

こうしたビジネス・トリップはタミーにとって珍しいことではなく、ウヤ＝ワダの子どもたちは、いかなる旅も仕事の経緯に関わる詳細な方法を意味し、家に帰ってくる際のタミーを満足させることができなければ旅行とは名ばかりで、仕事の経緯に関するこまかい指示でしかないことを確信していた。ビジネス・トリップはいつもの仕事（ビジネス）であった。しかしそんなある日、ドアがタミーの後ろで閉じられたとき、あのド・クエブロ家のメリーとハリーが、ウヤ＝ワダ家のＬＡのきらきら輝く丘のある豪邸、腎臓の形をしたスイミング・プール、テニスコート、豪華な庭、店を経営できそうなキッチン、犬小屋、広い部屋といったこの家をかつてないほどのパーティー会場にしてはどうかというありきたりの考えを即座に提案したのである。その晩、ハリーは夕食に蝶ネクタイと白いジャケットを着てこう言った。「夕食時にはドレスアップすべきだとおもうよ。結局のところね」と彼はマリオに恭しくお辞儀した。「シェフをほめたたえるやり方でね」

マリオはバーベキューの照り焼きチキンの長円形の皿に微笑みかけ、ハリーの白い服装を見て、かつてのクルーズ船でのウェイターであった日々を思い起していた。「この醤油がその服にかかったら、ちょっとやばいな」

「マリオおじさん」メリーはこう説明した。「ハリーはジェームズ・ボンドになりたいのよ」

マリオはここでバカにされたのかもしれないが、ハリーの若者の夢を壊すつもりはなかった。

「007（ダブルオー・セブン）よ」とマリコは、おそらく自分の父はそれを知らないだろうと思って、そう付け加えた。

「事実」とハリーは答えた。「僕の夢は映画を作ることなんだ」

この返答に対し、ジュリアは夕食のテーブルから飛び上がった。「ええ！　ハリーは正しいわ。正装すべきよ」と彼女は叫んで「すぐにもどってくるから」と言った。

突如ハリーとマリオ、そして照り焼きチキンの前を通過して子どもたちが、ドタバタとそのテーブルから離れていった。ファニーとエディだけが残され、この二人は混乱してそして空腹にあえいでいた。

「食事が冷めるぞ」とマリオは案の定そう言って、ライスを盛った。

早変わりの芸人のように、三人の少女とトミーが着替えからもどってきて、意匠を凝らした、着心地の悪い恰好で、リサイタルや結婚式などのエレガントな外套とスーツを着てきた。

マリコはジュリアを見てこう言った。「次は」と彼女はジュリアの何もつけていない首元を指して、「ネックレスやイヤリングであなたの恰好を完成させなくちゃね」

ハリーは言った、「ダイアモンドでね」

メリーはゆっくりと強調してこう言った。「ダイヤ、モンドは、永遠、に！」

で、その夜の終わりは、もう００７でキマリということになった。つまり、ダンスバンドをいれて００７カジノナイトをステージで演ずるというもの。三台の車庫がカジノのために開放され、グランドピアノをプールの方へもっていき、テニスコートにロックバンドのための演奏の機材を装備した。

ファニーは従兄弟たちが異常に盛り上がっているのを見た。ハリーは照明からテーブルの音響装置のレンタルまですべてを取り仕切った。トミーはみんなに披露するマジックを練習するのにいそがしく、マリオの犬のうちの一匹を消すやり方を発明しようとしていた。ファニーは、トミーがそれを考えている部屋からかわいそうなマリオの子犬を助け、トミーの方は自分のマジックがうまくいったと驚いて、歩き回っていたくらいだ。マリコはブラックジャックやポーカーを練習していたが、ファニーはおそらくマリコはカードを数えているだけだと思っていた。ハリーはその練習を劇の一部にするためにやってきて、「マリコ」と彼女をほめて「君は生まれながらのディーラーだね」と言った。

「正しい言いまわしは『元締め』よ」とマリコは高慢ちきに鼻であしらって、ハリーは自分が食べていたポテトチップスをポロッと下へおとした。

エディは隠し場所から、エレキギターを取り出し、スピーカーシステムにつなごうと必死になっていた。そして彼とメリーが書斎にいるファニーを探しにやってくると、タミーが普段子どもたちにやらせている練習問題集からファニーを離れさせ、ピアノを弾かせようとした。その間、エディはコードを即興で奏で、メリーは大声で「ゴールドフィンガー」を歌っていた。ファニーは、よるでシャーリー・バッシーさながらに歌うメリーを見てピアノを演奏しているエディを見ながら自分もピアノを弾いていた。ある時点でジュリアが金色のタイツとキラキラ光る金のシフォンスカートを着て部屋に入ってきて、ファニーにダンスの解説をしていたが、それは、ファニーには、芝居じみて床をゆっくり、あるいはこっそり歩いたりするような類の踊りのように見えた。

このときマリオでさえ、天蓋をつくり、この雰囲気を完全なものとするために興奮気味で、フルーツとアイスで作った彫刻をつくり、そこでエキゾチックなフルーツ（マリオはそれを混じりけなしのもの果汁100％と思っている）のドリンクを用意していた。

一方、予想どおり、タミーは時間よりはやく、安価なフィリピン系の移民労働を搾取する仕事を終えて、この壮大なる007狂想曲のまさにその夜に帰還した。タミーはリムジンを家の前に停めた。ダンスパーティーの恰好をした子どもたちが彼女の家の玄関に乗り捨てた何台もの車と競合しながらそこへ自分の車を停めた。彼女は家へふらっと入っていったが、そこはすでに暗い照明やくるくる回る電子フラッシュ、ラバーランプ（粘性の物質が形を変えながら動く装飾ランプ）で飾りたてられた家になっていた。そして女の子たちが濃い化粧をして、胸元がはだけ、高飛車にマーティニのグラスをもって、ずっと向こうのプールにある舞台で演奏しているロックバンドが鳴らすライブミュージックに煽情的に体を動かしていた。タミーはギターを弾いているエディ、ドラムを叩いている他の何人かの子どもたちがいたのを見た。そしてメリーがハンドマイクで大声で歌って、反対側にいるハリーが音響システムをいじって合わせていたのを見た。ガラスのドアからトミーはドラキュラの恰好をして、内側の舞台から光を当て犬を黒い箱にいれて、魔法使いの杖をたたいていた。ファニーはキーボードから目をあげて、タミーを他の子どもたちの誰よりも先に見た。ジュリアは裸足で、プールの飛び込み台の先端で不安定に踊っていた。そしてタミーが自分でも認識できないほどの大声で叫んだとき、そのショックでプールへ落ちた。ドボン！　この瞬間ファニーが覚えていることといったら、これがこの乱痴気騒ぎの終わりの始まりだったということ。タミーへのトドメの一撃は激しく陽気にうかれ騒ぐ車のガレージの群衆のただ中で、まわりを喜ばせブラックジャックを主催している自分の夫のマリオを見つけたことである。

この後即座に、メリーとハリーは荷造りして出ていったが、ファニーは彼らが大胆さよりも恐怖に打ち負かされて出ていくのを目にした。とにかく彼らはすでに「亡命者」なのだ。メリーはサンフランシスコへ向かい、詩人になると言って陽気に旅立っていった。そしてハリーはウヤ＝ワダ家に対して、帽子の先をちょっと触って挨拶し、ショービジネスの仕事を始めるためにラスベガスへ向かった。マリコはすぐにハリーについてラスベガスへ行った。ファニーは、マリコとトミーのモハービ砂漠への旅行は、本当は環境学的な砂漠の研究ではないことがわかった。モハービからマリコはカリフォルニアの州境のネバダへ行ったが、それは彼女の天才的な数学の力をためすためであったのだ。そして実際トミーは塩の平原で車のレースをしていたのだ。こうした嘘が発覚したとき、トミーは友人のガレージに自分の車をいれて、通りで車のレースをし、二年間もの間、車体を低くしたスポーツカーを乗り回す集団とたむろっていたのだ。タミーは「恩知らず」とか「クソガキ」とか「能無し」とか「ろくでなし」とか「ぐうたら」といった罵りを叫んでいたが、トミーは車に乗り込んで、エンジンをいれると、車をとめようともせず出ていった。

いつものようなある日、エディはファニーにこんなふうにうちあけた。「僕は彼女がいなくなってさびしいよ、ファニー」

「メリーのこと?」とファニーはため息をついた。実際ファニーも寂しかったのだ。

「僕は数日中にでていくよ。決めたんだ。で、今僕が思っていることは君のことだ」

「私のことなの?」とファニーは尋ねた。

「自分だけこんなところにいて全然大丈夫だと思っているの?」

ファニーはそれに答えなかった。

「見てごらん」とエディは言った。「僕はこのＬＰＳのコレクション全部を君に残そうと思う。全部君のものだ。どこにあるかわかっているね。タミーに知らせてはだめだよ。捨てられちゃうからね」とエディはファニーの頬にキスをして、キャンプ用の装具一式をもって出ていった。結果的に彼は、サイエンス・フィクション、歌を作ること、そしてメリーギャングの前身をするという生き方を見つけたのだ。

ジュリアに関しては、文字どおり家からダンスをして出ていった。予想どおり、サーフボードをもって南へ行き、そして太平洋を越えた。ときどきファニーは南アフリカやオーストラリア、そして小アジアからサーフィンをしているジュリアのハガキを受け取った。

ファニーはガーデナ以外どこも行くところがなかった。母親の新しいボーイフレンドがゴルフ用具をもって家にやってきていた。だからファニーはタミーのためにその練習問題を（親の言う通りに）やって、快適な設備で広々とした屋敷を楽しんだ。まあファニーと犬たち以外にこの場所は使われることはなかったが。あの００７の惨劇の運命的な夜に、あのマリオは、ケータリングや掃除といったこまやかな準備をした後、自分の犬たちをつれて、それはトミーのマジックショーで訓練したやつはいなかったがそれらと一緒にカタリーナの静かな賃貸コテージへと移っていったのだ。すべてが平穏になったとき、ファニーはマリオに電話し、とどのつまり海岸沿いの屋敷はきれいサッパリになったと告げた。結果的にマリオは、この家の傲慢、精神的不安定、そして自制心の完璧なる三大要素だったのである。マリオはあまりに素晴らしく恵まれすぎていて、物事に夢中になるにはあまりに茫漠としていたと自身のことを感じていたのだ。だからタミーのいうことは全く彼の癪に障ることはなかったのである。タミー、ファニーそしてマリオはこれで、「不吉なトリオ」というタミーがとても大事にするモデルユニットをつくった。そしてタミーの理論を実証するかのごとく、ファニー・ライスはテニス、フェンシングに長け、コンサートピアニストとして優勝するようになり、ハーバード、そして次にＭＩＴへ行き、フランスとドイツで天体物理学の大学院へ行き、五ヵ国語を話し、そこには中国語と日本語も入っていた。そしてベストセラーの移民の回顧録のフィクションを執筆したが、そのせいでときどきどこかへ消え入りたいとさえ思ってしまう始末だったのである。

エミ

Emi

むかしむかしエミ・モリウチという、聡明で、我が強く、恵まれており、それでもって陽気で自信満々で、六〇年代に成人を迎えたという娘がいた。いや、こんなことはたいしたことではない。あなたがた三世のベビーブーマーは、たしかに一〇年ぐらいの差はあるかもしれないけど六〇年代に成人しているのだから。聡明であるとは、環境的に与えられたものだ。我が強いとは、強情で、ズケズケ物をいうということ。そしてそのことに関しては親の二世が常々文句を言っていたものだ。恵まれているとは、それがあなたにとって何を意味しているかによる。たとえば戦時中の収容所の過去をこっそりとすり抜けて三代目の世代に行くということは「恵まれている」と解釈されうることだ。特にその後随分たってからでも真実を語られなかったのならね。それでそれはエミの陽気で肯定的な態度の要因になっているらしいのだ。冷戦なんかほっておけ。世界は彼女にとって泡みたいなものなのだから。

ヘンリー・モリウチは収容所のキャンプに、ボロボロの人生だった頃の、死んだようになっている自身の所有物をおいていった。そして打ちひしがれてはいるが、いまだ断固とした決断力をもって、三人の娘の父親でもあった彼は、南カリフォルニアの南部にある、子ども時代にいたことのある寂れた農園へ帰還した。父の老モリウチのところへ戻るという考えは彼あるいは、今や老齢になっている一世たちの考えではないが、戦争がすべてを変えてしまったのである。ヘンリーはある日、自分の父親がこの何もない砂漠で、庭園のようなものをつくろうとして大きな花崗岩の丸石を、そのゴツゴツした素手で動かそうとしているのを見た。ヘンリーは、父の死ぬ間際の所作や息づかいによる嘆願、そして細かい埃がその白く、汗で湿った眉に降りかかっていたことを決して忘れることはなかった。ところでその日のほんの一日前のことであるが、ヘンリーと妻はタッド・フクヤという親友の娘のところへ行った。戦時中にタッドの妻は結核でキャンプの外で治療を受けており、そして彼女が亡くなった際には、タッドも戦争へ行き、ヨーロッパで命を落としていた。ヘンリーと妻はフクヤの娘のアンを養女にむかえ、自分たちの娘のイザベラと共にキャンプで彼女を育てたのだった。戦争が終結に向かい、ヘンリーは自分の妻を父の横に埋葬したが、その場所は、しだいに雪が先端につもることで、冷たい青空を切り裂くようにそびえるシエラネヴァダの動かすことのできない山の輪郭の下にあった。アンはそのときわずか一五歳であったが、毎日キャンプの病院ですごし、生まれたばかりのモリウチの赤ん坊のエミを布でくるみミルクを上げる方法を学んでいた。

以下は老モリウチがカリフォルニアへやってきて砂金をして財を成したという話である。そしておそらく財は成したのだろうが、息子のヘンリーはそのことに気づいていなかった。老齢の一世が財を成したとしても、一九一三年のカリフォルニア州外国人土地法以前の話なので農園のほんのちょっとした土地しか購入することはできなかったからだ。彼は自分の土地を正しいやり方で所有しているほんのわずかの一世の一人であるに違いはなかったが、当時は彼が言うように、対等なる扱いなどない不平等な時代であった。ヘンリーは三人の娘たちと新しい生活をするために、今にも壊れそうなこの農場の家へ帰還したのだが、土地を所有することがすべてであったということをヘンリーは悟ったのである。ロサンゼルスの大都市がゆっくりとその都市の範囲を広げていくにつれ、ヘンリーは、郊外の場所や建設現場、そして二世の家族が好む不動産関係のビジネスの中に、その青々とした、まだ始めたばかりの草花やイチゴのビジネスをとり入れていったのである。老モリウチの土地は、しまいにはヘンリーが都市に寄贈した綺麗な日本庭園と公園となったが、これらはそれ以前に記念としてヘンリーに与えられた場所でもあった。

ある八月の午後、エミと彼女の姉妹たちは木綿の夏の浴衣を羽織って、老モリウチの記念式典の会場のまわりを、浴衣の柄に合った日傘をもってポーズをとり、カメラに向かって微笑んでいた。ヘンリーは杖に向かって前かがみに寄りかかり、その場面を見てうれしくて涙を浮かべて瞬きしていた。今ではもう一四歳のエミは父親を捜してこう叫んだ。「父さんも、この写真に入って」

ヘンリーは頭を振ってその申し出を断わったが、そのとき若い男が前へでてきた。ジョージ・キシである。ジョージの弟のジョンはヘンリーの娘のイザベラと婚約していた。「モリウチさん。エミの言うとおり。どうかお願いします」と彼はヘンリーを、娘たちの間へ連れていった。するとジョージはそのフレームからひょいとでていき、写真を撮るためにニコンのカメラを固定しているジョンに手を振った。

「いち、に、さん、チーズ!」

地方都市の雑誌や日系アメリカ人専用の新聞社からきたレポーターやカメラマンは、ヘンリーの話をききたくて彼を部屋の片隅へおいつめた。エミは父親の近くに立って、それを興味深く聞いていた。誰かがエミに向かって言った。

「おじい様を覚えていらっしゃいますか?」

「いいえ。まだその頃は生まれていなかったからイジーやアンにきかなくてはなりませんわ」

「あなたはキャンプで生まれたんですか?」

「キャンプですって?」エミは取り乱して唇をかんだ。「ええ、あの、そうだと思います」

ジョージ・キシは日陰の下のピクニックテーブルからこちらへ歩いてきた。そのテーブルには、串状の照り焼き、おむすび、巻きずし、メロン、パイナップルそして苺が串にささったもの、餅菓子、クッキーそしてお茶がアンとイザベラによって用意されていた。ジョージはエミにピクニックの食事のセレクションを頼んでいたのだ。エミは照り焼きの串をとった。「とってもお腹がすいてしまっているのに、この身につけている帯が死にそうに苦しくて。キッすぎるわ」エミはその広い帯のベルトの下に指をギュっといれた。彼女は歯で照り焼きを引き裂くように食べ、ペロペロとそのタレを舐め、そしてこう尋ねた。「ジョージ？　私ってキャンプで生まれたの？　でも、それってどういうこと？」

アン・フクヤはイザベラとエミにとっては姉であり同時に母親代わりであった。一つ向こうの街にある大学に行っているときでさえ、アンはこれらの自分にとっては血のつながらない妹たちの面倒をみるために週末には家にもどっていた。そして彼女たちのために買い物をし、宿題を見てやっていた。教員免許を取った後、アンは地元の幼稚園の仕事を見つけモリウチ家の人間と一緒に過ごしていた。ヘンリーはもうずっと前から、この若いアンに自分がしなくてはならない母親的な責任のある仕事を任せっきりだった。それは確固たる指導力と大いなる愛情でアンが彼らを見ていたからということだけではなく、しばらくの間、自分の父親や妻、そして親友が生き残れなかったのに、自分だけが何で戦争を生き抜いたのかわからなくなっていたからだ。エミが自身の出生の環境に関して知らないのは驚くべきことではない。エミと比べてイザベラが、ときに説明できない恐怖にみち、哀調を帯びた人見知りする子どもであったのに対し、エミはいつも陽気で、自分の状況に満足しており、自分の世界に対する情熱と好奇心で誰もエミを邪魔することができないとアンは確信していた。ヘンリーの幸福はエミの喜びにかかっているとアンはわかっていた。ただそんなある日、アンはこの家を出て、結婚するという自分の計画を突如皆に告げたのであった。

ヘンリーはエミに向かって文句を言った。「イザベラの次はアンか？」

「へーえ！　父さん。このことはアンのためにもいいと思わない？　父さんもいい年の独身女だって言っていたじゃない」

「へーえ！」とヘンリーは彼女をまねた。「そんなことは言ったためしはないがね」

「未婚女性、未婚女性っていう言葉よ」とエミは修正した。「ところで父さんも私をそう呼んでいいわよ、なぜなら私も結婚しないから。結婚って単に過大評価されすぎていることだわ」

「そうかい」とヘンリーはひねくれたような笑いを見せた。

「ところで」とエミは父親の肘をたたいて言った。「イジーが子どもたちと一緒に今日の午後やってくるって」

これに対しヘンリーは文句を言った。「プールは立ち入り禁止だ。今日は寒すぎるし、それにお前とイザベラは訳のわからないことばかり話していて、しっかりとした監督ができていないじゃないか。あいつらがきたらむしろ危険だ」

「ええ、父さん、そのとおりね」

しかしやってきたのは五人の騒々しい子どもたちを伴ったイザベラではなかった。代わりに彼らの伯父のジョージがやってきたのである。「モリウチさん」とジョージはヘンリーにあいさつした。そのときコーヒーと新聞をもってヘンリーはテーブルについていた。

ヘンリーは水着を着た子どもたちがリノリウムの床を草履で歩き、ビーチボール、プラスチックでできた浮き輪のチューブ、シュノーケルそして、頭の後ろに引っ張ってあるシュノーケル用のゴーグルで大騒ぎで目の前を過ぎていくのを見た。この大騒ぎはすでに起きてしまっていて今更変えられることではないが、そこへジョージがやってきた。ヘンリーはこれを受け入れる所作でしぶしぶうなずいた。

ジョージはこう説明した。「イザベラはちょっと休みたいって。片頭痛だそうです」

「一体どんな薬を飲んでいるのかい？」とヘンリーは尋ねた。「マーケットで何か新しいやつを見つけたんだ。ただのアスピリンよりも効果がある」

ジョージはヘンリーのひざ元にある毛布を見た。電気毛布の温度は二五度だったが、中はおそらく一〇度ぐらい低いのだろう。「イジーはただ休みたいんです」

外ではプールに飛び込む水の音がしていた。

「日焼けローションは？」ヘンリーは思いついたように言った。「日焼けに関する記事を今読んでいたところだ」

ジョージはこれに対して飛び上がってこう言った。「心配しないでください。モリウチさん、僕はもうその記事を読みましたので」

「父さん！」とエミはキッチンから出たり入ったり忙しくしていた。「みんな来たわよ！」

「心配しないでくれ」とヘンリーは誰ともなく言って新聞の他の部分を取り出した。

「ジョージはもう記事を読んだんだと」とヘンリーは眼鏡をのぞき込み、エミは帽子とタオルを投げて、五人の甥と姪と一緒の夏を浮かれ楽しみ喧噪の中へと飛び込んでいった。今エミはいくつなのだろう。大学を出たばかりなので、まだ子どもではあるが……。

午後になると、エミは大きな冷たいスイカのスライスをもってやってきてジョージは子どもたちを一列に座らせて彼ら全員に誰が種を最も遠くへ飛ばすことができるのか見ていた。

ジョージはエミが貪欲にむしゃむしゃと熟れたスイカを食べるのを見ていた。「しばらく見かけなかったね。大学はどうだい？」

「夏季講座を取っているの」

「へえ、再試験のためかい？」

「再試験ですって？　これは単位の加算のためにやっているの。私、成績で全優とっているんだから」

「すごいな。どんなクラスをとっているの？」

「戦争史」

「そうなると、収容所に関してペーパーを書いているんだね」

「どうしてそんなことわかるの？　ねえお願いだから私のペーパー読んでくださらない？　いままでたいていアンがやっていたことなんだけど、でもアンについてもう聞いているでしょう？」

「結婚するんだってね。メルモサの埠頭で釣り具店を経営しているニシダってヤツとだ」

「それで父さんはとても悲しがっているの。誰も自分の家から出て行くとは思っていなかったから」

「君もだろ」

「アンがいなくなって寂しいわ」とエミはスイカの白い部分にガッとかぶりついた。

ジョージはこちらを向いてエミの目をのぞき込んだ。プールの塩素かあるいはそうでないのかわからないが目は赤くなっていた。

「でも」とエミはちょっと鼻であしらうようにこう言った。「前にすすまないとだめでしょう」そして「ジョージ」と彼女は突然「私は人種差別的な戦争に反対しているの。あなたロースクールにいるんでしょう。でも徴兵されたらカナダへ行かなくちゃならないわね」と言って立ち上がりスイカの皮を集め、草むらで転がっている子どもたちにこう言った。「ＯＫ、『ミスター・エド』を観に行きましょう」

アンが結婚する頃には、エミは自分の出生環境とその歴史的コンテクストに完全に精通していた。歴史的事象は取るに足らぬ人間の生の実態に、なんとも予想できない厳粛さを与えるものなのかと驚いていた。ジョージがエミに再び会ったときには、彼女はピンクのシフォンをはためかせる五人の新婦であるアンの付き添い人の一人になっていたが、その幸せそうな歌声で、「アンのお父さんは四四二部隊へ志願して、ロストバタリオンを救うために死んだのよ。私の父さんの一番の親友だったの」と言っており、彼はすぐに付添人の中の誰か見分けることができるくらいだった。エミはシャンパンのグラスの端にグロスのリップを押し付けると、近くに明るく笑うジョージがいることに気づいた。

ジョージはエミに疑い深く目配せしたが、陰謀好きの彼女はその目を見返した。「ジョージ、私の誕生日は昨日だったの。公のものだったけど、あまりにも屈辱的なものだったわ」

「ハッピー・バースディをみんなで歌うべきかな?」と彼は尋ねた。

「いいえ」と彼女は口をとがらせてシャンパンをちょっと飲んだ。「カードをもらってさえいないのよ」

「OK、じゃあ今からおくるよ」

彼女はカリフォルニアの運転免許証を胸元から取り出したが、ジョージはそれを見て笑い出した。

「それで何をするんだい?」

彼女はあたかもそれが明らかなことのように顔を曇らせた。

ジョージはそこに書いてある情報を読んだ。「カリフォルニア州マンザナール(収容所跡)生まれ」

「ねえ、今から証明するわ」

しかしエミが今まさに日系アメリカ史に関して教えようとしているこの若者を無視するように、他の輩がやってきた。それはフランク、アンの花婿の前の連れ子の息子だった。「ねえ、マンザナールってどこだよ？」エミとジョージは、フランクが自分の蝶ネクタイを直している間、他の方向を見てあきれたように目をまわしていた。「僕はフィラデルフィアでうまれたんだ」

ダンスフロアの向こうには、バンドがライチャス・ブラザースを感傷的に歌っていた。

君なしでは、ベイビー、俺は一体何の役に立つっていうんだ。

エミはジョージをフロアーへ連れていきこう言った。「ジョージ、私やることがいっぱいあるの」

「どういうこと？」

「ねえ、これでわかったでしょう？」とエミはフランクの方を見てうなずいた。

「君はフランクを説得して誰かと結びつけようとしているの？　間違っているかもしれないがあいつは君のことが好きなんだよ」

「バカなこと言わないで」

ジョージが次にフランクを見たのは、彼がエミと一緒に地元の教会でパネルディスカッションをしているところだった。教会で働いている女性の一人であるエサさんは、収容所に対する三世の考えを聞く事は興味深いことだと思っていた。エミは即座に二人のパネリスト、フィル・フルマチとオーガスタ・タカをつれてきた。フランクは急いでパイプ椅子を広げて教会の体育館のような床に一列に並べていた。

「フランクはどうしてる？」とジョージはエミに聞いた。

「すごく役にたっているわ」

「それであの二人は誰？」

「フィルとオーガスタよ」とエミは教会のホールの入り口の方へタバコの最後の煙を吹きかけて、二人に対して頷いた。「自分の考えをはっきり述べて、率直な人たちね。あの人たち夏季講座の戦争のクラスで一緒だったの。覚えているでしょ」

エサさんはマイクに近寄っていって、熱狂的にこう言った。「今晩は共同体の五人の三世の方に、考えを述べて皆さんと議論するためにおいでいただく許可を得ることができ、大変うれしく思います。この若い三世の方々は私たち共同体の明るい未来です。そうした方々の考えに耳を傾ける機会を持ちましょう」

エミが始めた。「エサさん。私たちの考えを聞いてもらうためにご招待いただきありがとうございます」そしてこう切り出した。「二世は私たちの歴史を消去することに共謀しているのです。日系収容の歴史は私たちの、もしそれが仮に存在するならば、アメリカ史のテキストにおける一つのパラグラフなのです。私たち人種に対して行われた不正に関して、私たちの親が話すことを拒んでいるために、その歴史のパラグラフの一つを書物として読むという驚愕すべき事態を考えてみてください」

フランクは言った。「ちょっと発言したいんだけど、インターンメント・キャンプという言葉は間違いだよ。コンセントレーション・キャンプというべきだ」

そしてフィルはこう言った。「ベトナム戦争はアジア人に対する人種差別的戦争が継続したものだ。第二次世界大戦での日系アメリカ人がどのように扱われたのかと、ベトナムでアメリカ軍によるアジア系の人間の最近おきた虐殺との関連をつけることが必要なんじゃないかな」

そしてしまいにはオーガスタが以下のように、まるで議論に仕上げをほどこすようにまとめた。「二世は静かなるアメリカ人と表現されているけどこれは全くの嘘っぱち。それに私たちはもう静かである必要はないんです。ＪＡＣＬ（日系アメリカ人市民同盟）はあなた方二世を羊のようにキャンプへ連れていったことに対して謝罪すべきだわ」

ジョージは聴衆の中で座っていたが、二世の集団が居心地悪そうに椅子の上に座っているのを見てショックを受けていた。

エサさんはなんとか平静をとりもどした。「はいはい、皆さんご自分の考えをはっきりとのべられましたね。これは私たち全員にとってもとてもよいことです」と彼女は同胞の二世を見やった。彼らは苦い顔をしていたり静かにフロアーを見つめていた。

二世の誰かが息を切らしてこう言った・「この恩知らずの悪ガキが！」そうすると会場にいる何人かがトイレへいかなくてはならないかのように立ち上がって周りを見回した。

エサさんはこうたずねた。「さあ、他にご質問は？」誰も何もいわないので、エサさんは懸命にこう言った。「日系のリロケーションはそれを経験した私たちにとってはとても困難なときで、そのことを話すということはさらに困難なことだったのです。だって、だって私たちはあまりに多くのことを失って、それで……」

そこへエミは陽気にこの議論に入りこんできた。「ええ、まったくです。だから私たちは次のステップを提唱しているんです。つまり戦時中の強制収容の不正に対する補償を要求しているんじゃないですか！」

エサさんはその場からいなくなっていく集団を見やって、三世のパネリストを見た。「まあ！」そして落ち着きを取り戻した。「もう時間が来ちゃったみたいね」

集団が教会のホールから出ていくとき、エサさんはかなり陽気にこう言った。「エミ、とてもおもしろかったわ。あなたはとても……」彼女はこれを表現する正しい言葉を探していた。「『意見をはっきり言う』グループね」そして彼女は話題を変えた。「姪のジェインに会ってもらいたくて」エサさんは後ろに座っている若い女性の方を所作で示した。「彼女は友達がほしくて仕方がないんです。日本からきたばっかりで」

ジョージはエサさんにあいさつするためにやってきて、エサさんはこう叫んだ。「ジョージ、お会いできてうれしいわ。ジェインに会ったことあって?」

その後ジョージはエミを車で家まで送った。エミは、この夜を勝ち取ったかのように勝利に満ちて話したが、ジョージは何も言わなかった。「あなたとっても静かね」と彼女は皮肉を言った。

「君らはあそこでとても辛らつだったね」と彼は言った。「あそこまでする必要あるのかな?」

「どういうこと? 私たちはそのまましゃべっただけよ」

「エサさんが僕たちをここへ呼んでくれたのはとても勇気あることだと思う。彼女の妹はノーノボーイと結婚して、その連れ合いと一緒に国籍を失って日本へ行ったんだから。そこでジェインが生まれた。でもその後その妹さんが亡くなって、旦那さんも自殺してしまったんだ。だからエサさんがジェインを家へ連れてくるようにと頼んだんだ。僕は本国送還のケースを助けたことになる。これには何年もかかった。彼女が君に言いたかったことって、彼女の家族が離れ離れになって、家族がノーノーであったので誰も彼女に話さなかったということなんじゃないかな」

エミは目を閉じた。「それなら私はこの大きな機会をめちゃくちゃにしたってわけね」

ヘンリーはキッチンへたどたどしく歩いていき、その場所の匂いを嗅いだ。「チョコレート・チップクッキーかな?」

「父さん、今夜私ここでミーティングをするの」

「なんのために？」

「革命を企てるのよ」

「まあがんばって」

玄関のドアベルが鳴って、エミは答えるために出ていった。「ハリエット、ちょっと来るの早くない？」

ヘンリーは肩越しにこれを見やって、温かいクッキーの皿を素早くくすねていった。そして自分の部屋へこそこそ戻っていった。

「ちょっと個人的なことを話したいの。助言がもらいたくて」ハリエット・カジヤはモリウチ不動産で秘書として働いていた。エミが夏の間彼女の父親のところで働いていて、二人は親しい友人となったのだ。ハリエットが話すことはすべて異性のことであり、エミはハリエットの見識を広げたいためにミーティングへ行くことを提案したのだ。

エミはオーブンからクッキーのシートを取り出して、やわらかいクッキーの下にヘラをとおしながら聞いていた。

「ボブのこと知ってる？」とハリエットは尋ねた。

「ボブ・トリイのことね」

「そう。私に結婚してほしいって言ってきたの」

「へえ。まあ、おめでとう！」エミは二つに折り重なってしまったクッキーの一つをみて顔をしかめた。

「でも私はフィルかフランクの方だと思っていたわ」

「まだYESかNOか言ってないわ」とハリエットは温かいクッキーを口の中にいれて、クッキーの生地を通してこう呟いた。「ねえ、あなたはどう思っているの？」

「疑っているの？　なぜそんなこと私に聞くの？　私は絶対結婚しないわ？」

「絶対？」

「ねえ、じゃあこう聞こうかしら。ボブ・トリイの政治的思想って何？」

「知らないわ」

「おそらく私たちの仲間になりたいのよ」

玄関のベルが鳴り彼女たちは会話をやめた。そこには日系アメリカ人の革命を始めようとしていた輩がふらふらとたむろっていた。フランク、フィル、オーガスタ、そしていまやエサさんの姪のジェイン・キタミもいる。

彼らはコーヒーテーブルのそばにある大きなソファと座布団に座り、クッキーを食べ始めた。

フィルは咳払いをして、こう始めた。「僕たちは先月からこの目的を決定しようと努めているが、まず深淵なる調査が先ではないかと思う」と言って鞄から本を取り出した。「僕たちの考えを偏狭なる国家主義に集約するのはやめにしよう」フィルは分厚い本をテーブルの上に置いた。みんなその表紙を見た。カール・マルクスの『資本論』である。

オーガスタは叫んだ。「私はフィルに賛同します。何等かの方向性が必要」

フランクは率直にこう尋ねた。「偏狭なる国家主義ってなんだ？」

フィルはこう言った。「それは本当の問題が僕たち階級の差であると認識する際に、僕ら自身を日本人と定義するということだ」

「そのとおり」とオーガスタは賛同した。たばこを出して、火をつけて、煙を吐いた。

「でもさ、おれは日本人じゃないぜ」とフランクは抗弁した。

「OK、日系アメリカ人だ」とフィルは付け加えた。

「でも」とオーガスタは広いモリウチ家の居間、そこには日本の版画、花瓶、織物、そしてチーク材の家具があったが、その周りで大きく手を振ってこう言った。「あなたはブルジョワジーと相対する自分の立場を検討したことがあるの？」

エミはハリエットの口が、静かに強調された雄弁さを伴って動くのを見た。ぶーじわじーと。エミはオーガスタがこんなハリエットを見ないようにと願い、そして彼女の気をそらすために、お茶をどんどん注いで、希望をもって以下のように言った。「でも私たちは日系アメリカ史に関して本や記事を調べ、参考文献を作り始めそしてそこから物事を考えてきたんじゃないかって思っているの」エミは灰皿をオーガスタの方へ押しやって、同時にタイプライターで打ったリストの紙を渡した。「昨日全部図書館でこれのために過ごしていたわ」

フィルはエミのタイプの紙を取り上げた。「みとめろよ。そこには俺らに関することなんかないぜ」

「OK、じゃあ」とエミは切り返した。「私たち自身でそれを書かなくてはならないわね」

ハリエットは『資本論』の本をぱらぱらとめくって泣き言を言った。「本当に私これ読めるとは思えない」

「どういうことだ？」とフィルの声はマルクスを指し示すように上がっていった。「革命はまさにその本の中にあるんだぞ」

ハリエットとジェインはフィルの両側に座っていたが、このとき両方とも飛び上がった。

フランクはこう言った。「俺は口承の歴史を作るという考えは好きだ。テープレコーダーをもって話を集めるってやつだ。これはジェインの考えだけどね」

ジェインは向こうを見て恥ずかしそうに肩をすくめ、膝を一緒にくっつけて、カウチに深く沈んでいった。

フランクは、ヘンリー・モリウチがもう一つのクッキーの皿をくすねて部屋を横切っていく姿を見かけた。「まず、モリウチさんがはじめのインタビューの相手だな。俺はエミから彼女の家族の犠牲に関してすでによく聞いていたから」フランクはエミを見つめた。エミは頬を赤くした。

ハリエットはお役目よろしくうなずいたが、フィルは指を振った。「僕らは問題をぐるぐる考えるのに十分な時間を使ったと思うので、これまでの過程と行動のための観念的な基礎を必要とすべきなのは明らかだ。僕たちがこれに関して真剣ならば、革命を可能にする理論を勉強するべきだ。次の段階へ僕らの思想を持っていくためにもね」

「まあ」とハリエットはいぶかしげにつぶやいた。「ええ、もちろん次のステップへね」

オーガスタは部屋に向かってたばこの煙を吐いて、まさにそのチョコレート・チップクッキーの上でたばこの先でZの文字を書いてみせた。「革命を起こすことはお茶会(ティーパーティ)をすることとはちがうしね」

エミはオーガスタのたばこの灰が自分のクッキーの上にかかっているのを見て、このように言ってみた。「ねえ。じゃあフィルとオーガスタは『資本論』を読んで報告してもらえないかしら?」

オーガスタは女帝のように立ち上がりこう言った。「まあ、素晴らしい考えだわ。そうでしょ、フィル?」

フィルは本をつかんでオーガスタと一緒に立ち上がり彼女と一緒に行進しながら外へ出ていった。ド

エミ

アは彼らの背後で大きな音をたててしまった。エミはまわりを見回したが、誰とも目を合わさなかった。沈黙の余韻を破って、フランクがさっと立ちあがり、飛び上がってこう言った。「ジェインと僕は今夜映画を観に行く予定なんだ。一緒にくるかい？　今から行くと九時のやつに間に合うよ」

ハリエットは尋ねた。「何やっているの？」

「『猿の惑星』さ」

「ああ、もうそれ観ちゃったわ」とハリエットは彼らに向かって手を振った。「ボブ・トリイが連れていってくれたの。じゃあたのしんできて」ハリエットはティーポット、カップ、クッキーを片づけ始めて、エミがカウチに困惑しながら前かがみにたおれこんでいくのを見た。ハリエットはエミを慰めた。

「ねえ。私はあの本の報告を楽しみにしているの。なぜならあの本全部読むつもりなんて全然ないから」

「そうね」

ハリエットはキッチンからもどりエミの機嫌をとろうとした。「エミ、がっかりしているのはわかるわ。このミーティングに私を呼んだのは、フィルが私を好きになるようにさせたかったたのね。でも勘違いしないでね。彼は頭がいいけど、ちょっとヤなヤツで、とにかくオーガスタみたいな人と一緒にいるべきだと思うの。その後フランクが私を好きになるようにとあなたが思っていたみたいだけど、実はあいつはジェインのことが好きなの。でもこれはあなたの失敗じゃないわ。がっかりしないで。あなたって本当に素敵な人だから」そしてハリエットはエミをぎゅっと抱きしめて立ち上がった。「ねえ。次のミーティングで会いましょう。じゃあね」

このときエミの耳には電話が鳴っているのがきこえていた。これがこの今の現代のことなら、彼女のアイフォンからなっていることになろう。そしてコーラーＩＤから誰がかけてきているのかわかり、送信されたメッセージを読むことができたはずなのだ。事実それはジョージ・キシからだった。ヘンリー・モリウチはその後一〇年にわたり家に留守電をつけなかった。日常の会話の気まぐれによって人生は予想だにしないものになっていくが、それでも互いに話しあわなければならない。電話はそのうち鳴りやんだ。エミはクッキーをとって、オーガスタの残したたばこの灰をとりのけて、そのクッキーをパクっと一口たべた。明らかに革命はモリウチ家のこの居間から始まることはないだろうが、それを次の段階へもって行くことはおそらくできるのかもしれない。

日系アメリカン・ゴシック

Japanese American Gothic

このお話では、さしずめあなたは日系三世の女主人公ということになろうが、あなたは粘土の塊のようになっているため、主張をもたなければもたないほど、いろいろとつつかれたり、いじめられたりするかもしれない。あなたはこの話のヒロインだ。なぜなら、他のキャラクターがもっとよい冒険や、もっと面白い人生を送ってさえいても、みんなあなたの冒険に付き従っていくことになるから。あなたの冒険は道徳的権威をもっていて、これはそうした策略である。でもそれはあなたが特別であるとか、悪いとか、あるいはだまされたと感じさせられることではない。つまり本当の物語はあなたがいるそこにあり、かならずしも、あなたがまさしく求めている方向へ向くとはかぎらないということなのである。

むかしむかし、キャシー・オザワというお転婆に育った娘がいたが、一〇代になるにつれてしだいに少女らしさをわきまえるようになった。当時女の子とはいろんなふりをしていたのである。たとえばバービーのふりとか……。たとえばあなたのバービーと私のバービーがまさにこのドアの隣にある二つの城に住んでいるふりをしている。ボーフレンドのケンがあなたのバービーと一週間、そして私のバービーと一週間そこで過ごす。ケンは一人しかいないので、順番だ。でもときどきあなたのバービーと私のバービーが同じ城にいて、ケンのときよりも全然面白かったりする。ときどき私たちのバービーが、ケンをあなたの城にたった一人で置き去りにして、あなたのバービーの服を着ていたりする。なぜならケンは服を一セットしかもっていないからだ。ぴかぴか光るパンツとジャケットしかなく、靴はサイズが合っていない。靴をぴったりと合わせるには、バービーの頭を取りはずしてそこにケンの頭をギュッといれるか、その逆をしなくてはならなかったりする。まあ、想像力をつかえば、そんなふりをしている二人の姿を思いうかべることができるだろう。

さてキャシーはフラートンで白人の人々と育ったが、この集団は中心部が黒々と染まっていく都市から逃げ出してきた人々であった。結果的に、何人かの日系アメリカ人も、アメリカに散在する都市の郊外へ逃げていった。なぜなら強制収容からゲットーである日系アメリカ人の都市の拘束状態へ帰還することは、その後の未来において選択肢のようには見えなかったからだ。そして日系アメリカ人が単純にアメリカ全国に広がっていくなら、その次におこる状況としては、彼らを見つけることがより難しくなるということだ。それに、オザワ氏は戦時中にアメリカ軍に立派に従軍しており、その言語能力を文化的言語的に軍部の諜報機関のために使い、日本軍のコードを解読したり、公表したりしていたから。でも誰もがこのことを知っているのではないということで、これは秘密事項である。数マイル先の隣家に日本人の家族が住んでいるということにイライラしていた白人の近隣の者たちは、そんな境遇の自分たちの幸福に関して疑問を抱いていたが、オザワ氏はこれに対し、友好と高慢なる威厳の混在した所作で対処していた。なぜなら彼には帰米の肩にある見えない勲章の星々にそっと触る分別ある手なるものがあったからである。老オザワ氏として知られるようになるまでには、そして空手をならう白人の子どもたちの何世代かを訓練するようになるときには、彼自身の子どももこの父のアメリカ人としての功績を文書で読んで驚いていたくらい。ある日オザワ氏の息子のジムはＵＣＬＡでアジア系アメリカ研究を勉強するために大学へ行き、一方娘のキャシーは、リトル・トーキョーでの歯の治療の予約のために、母親の昔ながらの友人であるイシ夫妻のところへ車で向かっていた。が、このときになるまで、ジムとキャシー・オザワは、日系であるにもかかわらず自分たちが白人であることが全く自然であるような状態で幼少期と一〇代をすごしていたのである。

オザワ夫人はイシ夫人にこう言った。「キャシーは運転免許をとったのよ」オザワ夫人はこのことが悪い考えになる場合を案じて、何かありがちな言い訳なるものを探していた。「あの子はリトル・トーキョーへ行ったこともないのに」

「へえ」とイシ夫人は答えた。「でもあの子は安全運転だと確信しているわ。でもリトル・トーキョーへ行ったことがないとは。へえ、それはおどろきね！」

「トシと私でリトル・トーキョーへ行きます。葬式か何かで二世ウィークがあることは知っていると思うけど、子どもたちは連れていけないわ」オザワ夫人は弁護してそう言ったが、この子どもたちとは実際にもう子どもではないのだ。

イシ夫人は口を尖らせたが、いつもの自然な楽観主義にもどった。「ちょっとした冒険ね。私はフリーウェイは練習して乗ったことはないし、ウッディの目にはもう頼ることができないから。白内障でね」彼女は強調した瞬きをしてこのようにため息をついた。「ここ（フラートン）に来たときには」と彼女はその手を中西部のトウモロコシ畑にあるディズニーランドにいるかのように振ってみせた。「私たちのかかりつけのお医者様全員を変えなくてはならなかったの。でも歯医者だけは変えることができなかった。そうよね、メアリー？　何年もここに住んでいると、日本の歯医者をみつけることはおそらくできないし、口の中のことに関して誰も信用することはできないしね」イシ夫人は、歯並びの悪い歯の上にある唇を動かし、申し訳なさそうな笑いをみせつけ、そしてこう続けた。「それに、リトル・トーキョーで食べたいし、食料を備蓄しないと」ここで「備蓄」とはイシ夫人にとっては日本の食料のことを意味していた。カルローズ米、醤油、米酢、味噌、酒、海苔、番茶、味の素などなど。「キャシーにこのリストを渡すことを忘れないで」

オザワ夫人はイシ夫人のリストを娘の手に渡したが、娘の爪に黒いマニキュア、そして血のように赤いルビーの指輪が、黒いレースのブレスレットについた繊細な鎖につけられているということに気がつかないわけではなかった。ブーツ、ジーンズ、そしてTシャツもふくめてキャシーのすべてが、いつものように黒い恰好だったのだ。オザワ夫人は娘の顔をいぶかし気にのぞき込むと、キャシーは強固に自分の考えを主張した。「今日はあまり黒くしていないわ、母さん。イシ家の人たちを怖がらせたくないしね」キャシーは本当にとても気立てのよい若い娘で、オザワ夫人は、みんながあのような黒いいでたちを通り越して、自分の娘の真の姿を見てくれますようにと心から祈った。

キャシーはKROQ（パサデナのラジオ局）をつけたいという衝動に抗って、イシ家の灰色のビュイックを用心深い注意力で運転した。ミラーを見て、まるでタクシードライバーのように他の車に合流した。イシ氏は助手席にすわり、そして夫人は後部座席で共にレイカーズに関して特別にノンストップで話していた。レイカーズの選手、そのポジション、彼らの得点の平均、背丈、負傷、得点パターン、セミファイナルへの見込み、などなど。

イシ夫人が息を切らしたように見えると、キャシーはイシ氏の方を向いた。「あなたもファンなんですか」

「ああ、でも家内の方が専門家だよ。私はただ家内をはじめのゲームに連れていっただけだ」

イシ夫人は突然ギアの方へ前のめりになった。「あれはウッディが運転できた頃のことよ。UCLAとUSCの対戦で、それ以降から……」夫人はちょっとロマンティックになって話を中断した。

そしてイシ氏があたかも歌に答えるようにこう締めくくった。「『すべて歴史になったのだ』だろ」

「兄のジムは今UCLAにいますけど」とキャシーは言った。

「何を勉強しているんだい？」とイシ氏。

「社会学だと思います」

「頭のいい子だな」とイシ氏は言った。

「UCLAでの試合では」と夫人は自分の話題に戻ってこう言った。「私は初めてルウ・アルシンダーを見たの」

「いや、それはカリーム・アブドゥル＝ジャバのことだよ」と氏は修正した。

「それはまるで」と夫人は何か正確な言葉を探すようにして、そしてこう落ち着かせた。「バレエのようだったわ」

浮遊するスモッグのドーナツが輪のようにくっついているダウンタウンの似たり寄ったりの高層ビルの群れに向かう出口へ降りていき、車は南カリフォルニアを速やかに通過していった。夫人が約束したように、キャシーの運転は冒険だったのかもしれない。

教えこまされたかのように、キャシーはイシ氏を一番街の歯医者のところで降ろし、そしてそのあとヒロシマカフェでイシ夫人が友達のムラタ夫人に会いたいとのことなので、夫人と一緒に三番地まで行った。「あなたの友達がせめてあなたを車でここに連れてきてくれるかと思っていたので驚いているわ」とドアが開きチャイムが後ろで響いているとき、イシ夫人はキャシーにそう言った。「ミンとミトコは昔からの友人なの。戦後すぐにこの店を開いたのよ」と彼女は見せびらかすように角のブースへ歩いていき、赤い人工皮革に座り、テーブルに寄りかかってキャシーと共謀するかのようにこうささやいた。「チャーシューメン」

オーダー用のメモをもった若い女性がテーブルへふらりとやってきてこう叫んだ。「イシさん、旦那様は？」

「ベラ」夫人は強調するようにわらって、犬歯を彼女に見せた。「ウッディは今歯を治療しているの」

キャシーの目はウェイトレスのベラのまわりを注意深く見た。赤いハッピをレザースカートの上に着こなして、目のあらい漁師の網のようなもので髪をいろいろな方向へまとめていた。「チッ！　チッ！」ベラはイシ夫人に向かって指を振った。「甘いものを食べすぎちゃだめね」

イシ夫人はそれが自分の過ちのように頭を前後に振った。「ベラ、こちらがキャシーよ」

ベラは後ろへ下がって、そのマスカラと濃いアイライナーごしににらみつけ、湿った赤い唇でこう言った。「初めまして！」この「初め」の部分を強調してそう言った。

「あの」とキャシーはまごついた。「私は決して、あの……」

ベラは向きを変えてテーブルからでていき、カウンターをこえて厨房へ向かって叫んだ。「ねえ母さん。ここに誰が来ていると思う？」

ムラタ夫人はエプロンで手を拭いて厨房からでてきた。そしてすぐさまイシ夫人のブースへ駆けていった。キャシーには夫人たちが突如幼い少女になったように見えた。

「ミンは最近どうしてるの？」イシ夫人は尋ねた。

「あんまよくはないわ。ほとんど話すことができないの。右半身を使うことができないって」

「私の弟も発作をおこしたのよ」とイシ夫人は同情した。

ムラタ夫人は伸縮自在の髪のネットの下にある自分の灰色の髪を中へ押しやった。「家に帰って今からあの人に食事を作らなきゃ」ムラタ夫人はカフェを見回した。「ここはベラが引き継いでいるの」

質問するひまもなく、ベラはチャーシューメンの椀をもってやってきて、ジュークボックスの方へ行きスージー・スーやバンシーズとおぼしき曲のタイトルを打ち込んだ。キャシーはバンドのポスター、そしてコンサートのチラシが張り付けてある壁をざっと見て自分の好きなヤツをえらんだ。こんなに私ツイているなんて……！　なんというカフェだろう？　こんな場所フラートンにはなかった。だってフラートンは文化的な砂漠地帯なんだもの。入り口のドアはスージー・スーのオリエンタルソング、ホンコンガーデンのチャイムで、それが鳴るとみんな見上げた。そこにはイシ氏ががっかりして立っていた。

キャシーは全部歌詞を知っている。**道に迷った先、足を踏みいれると解きはなたれたジャスミンの香りにつつまれる**。

「ウッディ」とイシ夫人は提案した。「ちょっと笑ってみせてよ」

「また来週ここにこなくちゃいかん。次は歯根管だとさ」

キャシーは感情を抑えることができなかった。「私なら全く問題ないです」

ベラの目はキャシーを見つめた。血のしたたるような唇は残酷な笑いに開き、このメッセージは送られて、ベラに受け取られたようだ。**新たな日の出を迎える切れ長の瞳/小さな体をもつ種族よ**。

キャシーは目をとじて、麺をズズっと音をたてて食べたが、エッグヌードルが歯の間に挟まり、Oの形をした口へ、塩味をしたその先がするりと消えていった。

夏はそんな感じではじまり、キャシーはイシの歯、食料備蓄、そしてチャーシューメンの間を行ったり来たりした。ヒロシマカフェは、言ってみるならば折衷案的隠れ家で、様々な輩がいた。カフェのなじみの客、安い食事を求める引退した移民労働者、高齢であったり、もう死んでいるようなビート族、日雇い労働者、地元のやくざ、そして今ではベラの無政府主義の活動家の仲間たち、ジャズ狂、ミュージシャン、そして最近では、パンク、ポストパンク、ゴス、前の流行を強調した趣味を含む輩、そしてバラバラに散在しているなんの疑問ももたないどこかからやって来た旅行者たち。結果的にベラはちょっと考えるようにして、キャシーに、たばこをふりながら、「こういった人たちの援助を利用することができるかもね。時給で払うからさ。あのね……」とちょっと考えるために一旦話すのを中断して以下のように言った。「あんた目をもっと大きく、（ゴシックっぽく）悪趣味にしてくれたら、もっとチップ弾んでもらえるわよ」この仕事は理にかなったものだが、キャシーの母親のオザワ夫人は疑わしいと思っていた。なぜなら、ゴッテリと化粧して、漁師の網みたいなストッキングと、ツンツンしたヘアスタイルで娘が仕事に行こうなどと誰が思うだろうか？ なのでオザワ夫人はキャシーの兄のジムをUCLAからリトル・トーキョーへ潜入させた。「母さん。おちついてよ。ムラタ家の人たちを知っているだろ？ あそこの息子のジョニー・ムラタと俺一緒に学校行っているくらいなんだからさ」

ジムがここで夫人に言わなかったこととは、これからすぐにそこでベラとデートするつもりだということ。どんな関係であれ、可能であることはどんなことでも、それはデートと呼べるものに結果的になるかもしれないのだ。ジムとジョニーは昼と夜の大概は可能な限りカフェにいた。「寮の食事なんてクソくらえだ」

「全くね。少なくともあなたは」とベラはニヤニヤ笑った。「チップおいてってよ」

ジムはジョニーを見た。「ここで労働者のユニオンをつくるってか？」

ジョニーは嘲笑った。「最低賃金なんて嘘っぱちさ。ムラタって家は自分らを何だと思ってんのかね」

「あんたを大学へいかせようとしているんでしょ、馬鹿ね」とベラはあきれて目を回した。

ジョニーは威張り腐って歩き、大声で言った。「ストライキだ！ すとらいきだ！」そしてテーブルへ戻っていって、中華風卵焼きをがつがつ食べて口をいっぱいにしながらジムにこう言った。「この場所をアジア系ファミレス、子どもたち、そして低賃金に関する自分のタームペーパーのテーマに使うことだってできる。スッパ抜くんだ。そうだろ。俺の人生はクソだぜ」

「ジョニー、あんたの人生はクソじゃないわ」とベラの目は兄を突き刺すように見ていた。そしてこう言った。「私がそのクソで生きているんだから」

ジョニーはベラが歩き去った後にその背後で彼女をにらみつけたが、そこにはキャシーがグラスの盆をもってやってきていた。冷えたバドワイザーを二瓶もってきている。

「キャシー」とジョニーは始めた。「いつあいつらは君に休憩させるのかな？　あのドアの向こうに俺のスープラがある。エンジンがかかったままだ。意味わかるだろ。メーターパーキングのチケットだ。あまり長く待っているとチケット切られちまう。チック、チック、チックってね。さあ、決めてくれないか。このチョウチンのイチバンからすぐさま連れだしてやるから」

キャシーは笑った。「そのバドワイザー飲んで。運転したらチケット切られるわ」キャシーは隣のブースへ歩いていった。

ジョニーはたちあがり、ジムのグラスに自分のを当てて、バドワイザーを一口飲んだ。

「お前の妹のキャシーと話してくれないか。俺のこと好きだと思うから」

「ジョニー、妹はお前のこと好きじゃないよ」

「いいやジム、彼女はすぐ落ちる。一分もしないでな」

「忘れろよ。彼女は高校生だぜ。若すぎだろ」

「卵焼きみたいにふわふわして若くて頭悪いってか？　お前はベラとだろ。うわっ、ヤベ！　俺何か言っちゃった？」

「お前とはちがうよ」

そんなある日、キャシーはフルーツや野菜、そして花が複雑に、そしてかなりリアルに彩られた水彩画のあるテーブルのブースへ歩いていった。若い男性が手に絵画をもってそれを裏返しにし、そして気をつけてそれらを額縁へ戻していった。「ノラ、これはすごいよ」と彼は誠意をこめてテーブルの若い女性に言った。「いつこれを描いたんだい？」

ノラは椅子の上で姿勢をかえたがキャシーはノラがこう答えたように思えた。「刑務所にいたときよ。それ以外は……」——彼女は他の絵画をさした。「これらは最近やったものなの」

彼女はキャシーを見上げたが、キャシーは手にオーダー用のメモをもって、静かに見ていた。

「まあ」とキャシーは言った。「あとでそっちに戻りますね」

「あの、大丈夫です。僕たちもう注文できていますから」若い男は絵画の下からメニューを取り出した。

キャシーはこの二人を興味深く見ていた。彼らは地元の三世でジーンズを履いていて、おそらくジムと同じくらいの年齢だった。そこは彼らのテリトリーなんだとキャシーはうらやましく思った。この場所とお互いを知りながら育ったのだ。女の方は化粧をしていなかった。性格がキツく、断固とした感じだったが、哀愁を秘めた雰囲気でもあった。そしてそれはキャシーがあのベラに見る賞賛すべき資質でもあった。化粧さえしていなかったら、ノラはベラだったと思うほど。

「ヘンリー」とノラは言った。「そんなにお腹すいてないわ。何か選んで。私それを食べるから。とにかくもどってクラスに出ないといけないわ」

ヘンリーはうなずいてチキン・チャウメンとお茶を注文した。

キャシーは了解した。「わかりました」テーブルを見て、ヘンリーの後ろで結んだ黒い髪が、マンザナール（日系収容所跡）巡礼という言葉の書かれた着古されたTシャツの後ろに垂れているのがわかった。お茶をもってテーブルまでもどり、キャシーは恥ずかしげにノラに勇気をもって聞いてみた。「あなたってとても才能があるのね」

「ありがとう」

ヘンリーはこう提案した。「ノラは文化センターで授業をしているんだ。興味ある？」彼はキャシーにチラシを渡した。「これをここに貼ってもらえないかな？」

キャシーがチラシをベラへ渡すと、ベラはこう言った。「ノラ・ノダがもどってきたわ」

「どういう意味？」

「つまり仮釈放ってわけ」

「まあ」

「あなたは知らないようだけれど、ノラは革命をおこすために、爆弾の類を製造するために地下にいたの、それで逮捕されて、今は社会奉仕ってわけ。今は私たちが彼女の共同体ってこと」ベラはキャシーにちょっと嫌な感じの笑いを見せた。「ノラは私のヒロインよ。彼女がやったことをもし私ができたなら、……でもどうやったらあんな根性あることできるかしら？　私はまだこんなことしている方がマシよ」と彼女はカフェに向かって手を振った。「まあ、あなたが興味をもっているようなのでいうけど、あのヘンリーっていう名前の優しい三世の男性は、彼女の兄さん。彼はノラの周りで、彼女がトラブルにまきこまれないようにお抱え運転手になっているの」彼女は唇をきゅっとつぼめてこう言った。「私にとってはちょっと甘々な話だけどね」

その晩、キャシーはジムが彼女を家に遅く車で連れ帰ることになると約束したためカフェで夜勤をすることになった。ベラは胸部のところをぎゅっと締めた黒と赤のコルセットに身をつつみ、体のあらゆる箇所を挑発的に露出していた。彼女はキャシーに袋を渡した。「今夜のために着飾らないとね」キャシーはその袋の中をくまなく見てみた。黒手袋、ティアラから波状に垂れた黒いレース、十字架、鞭等、が入っている。そして彼女は瓶を引っ張りだした。

「ああ、それそれ」ベラはマニキュアでとがった爪で指さした。「気にいるわよ。だって本当の歌舞伎役者の顔料なんだから」

カフェは革、レース、安全ピン、鎖、そしておそらくフラートン出身で、悩殺するような服装をした白人の子どもたちであふれていた。そしてキャシーは狂ったようにトレイや皿を運ぶことが今は重要課題であると思っていたが、そのときある男性がやってきた。その男性は彼女の前を通り過ぎてこう言った。「チャイナガール。髪の毛を染める必要なんかないね」クリスチャン・デスのバンドメンバーがその場にいるというわけで、その噂はにわかにひろがったが、それはシド・ヴィシャスがいるかもしれないという第二の噂によって中断された。そして次に誰かがこう叫んでいた。「このやろう。シド・ヴィシャスは死んだんだぞ」カフェにいたすべての人間が**シド・ヴィシャスは死んだ、シド・ヴィシャスは死んだ**と合唱する声でいっぱいになった。

ベラはジュークボックスのところへ歩いていき、カフェのスピーカーを通して讃美歌を流しこう言った。「ベラ・ルゴシは死んだ」ベラは廊下へ飛び跳ねてもどっていき、「ベラ！」と叫んだ。そしてカフェ全体の集団が一斉に、**ルゴシは死んだ！**　と答えたのだ。

「ベラ！」

「**ルゴシは死んだ**」（聴衆）

そして　**不死だ、不死だ、不死だ！**（聴衆）

この最中、キャシーはあのヘンリー・ノダが、おそらく双子ではないかと思われる男をつれてやってきたのを見た。「帰ってきたのね」とキャシーはほほえんだ。

「まだ全然紹介されていないね」とヘンリーは言ったが、歌舞伎の新しい化粧のことを考えると、キャシーは誰にでもなれそうだった。

ベラがやってきた。「ねえ、フレッド」と彼女はヘンリーの連れ合いの方にいた。

「ハイ、ベラ」

「兄のフレッドだ」とヘンリーはキャシーに言って、フレッドはベラと一緒に歩き去った。

ヘンリーが一人で座っているとキャシーは、お客に対応するために行ったり来たりした。

「こんな遅くここに来たことはないよ」とヘンリーは認めた。

「私も」キャシーは両肩をすくめた。

「へえ？　君は歌舞伎ガールかと思ったよ」

「ああ、それはベラに違いないわ」とキャシーは兄のジムが到着して、ジョニーに出会って顔をしかめているのを見た。

ジョニーは気取ってテーブルへやってきた。「ねえ。キャシー、今夜働くの？」

キャシーは座席からばっと立ち上がり、急いで出ていった。すると他の人間がブースの中へ入り込んできた。

ベラとフレッドは気がくるったように、鍋の中でだし汁が吹いているまさにそのさなかで、厨房の中で離れたり、一緒になったりと奮闘していた。おそらく今はシェフはたばこを吸って一服しているのだろう。キャシーはこっそりとそこを抜け出し、ロンドンブーツを履いて、兄のジムにこう言った。「いまなら私を家に連れ帰ってもいいわよ」

「ああそうだね」と彼は答えた。「でもベラとはじめに話させてよ」キャシーがそれに反対する前に、ジムはベラをさがしに出ていた。予想通りに皿や鍋や叫ぶ声といったすさまじい騒音が厨房から聞こえてきたが、ジュークボックスにいる誰にもその音が聞こえなかった。

その状況を判断するために出てきて、ジョニーはほとんど勝ち誇ったようにぶらぶら歩いてもどってきてこう言った。「キャシー、ジムはちょっと、何と言っていいのかわからないけど、能無しみたいだな。でも僕はフラートンへ君をおくることに対して問題はないぜ。仰せのとおりベントレー・ターボでね」

でもこれに対しヘンリーは言った。「ジョニー、お前酔っぱらってるだろ」そして彼を手で押した。キャシーがおどろいたことに、それでジョニーは倒れてしまった。

「こっちこいよ、キャシー」とヘンリーは言った。

真夜中になると、フリーウェイは星のようなヘッドライトの中へ入っていく暗い無限な空間であった。時速八〇マイルで、白と赤の光を通してそれはぼんやりとしていた。「私夜は大好き」とキャシーは言った。

「俺は夜働いているよ」と彼は言った。「日の光を見ないんだ」

「でも私は今日の昼あなたを見たわ」

「俺の妹を助けているところだろ」

「そしてあなたの兄さんも？」

「おれは兄貴を助けることなんかしない。兄貴はめちゃくちゃだからな。ベトナムから帰ってきてからずっとああだ。今夜もバカなことやっていただろう」

「あなたはどんな仕事してるの？」

「おやじと市場をやっているんだ。朝になる前に市場へ物を卸しにいくんだぜ」

キャシーは笑った。「あなた吸血鬼かと思ったわ」

「じゃ。インタビューする？」

「ああ、あれ（アン・ライスの小説『インタビュー・ウィズ・ヴァンパイア』）読んだの？」

ヘンリーは笑った。「こんなところからずっと離れたところに住んでいたなら、アン・ライスも読んでいただろうよ」

「でもその本知っているの？」

「俺のリーディングリストほしいかい？　俺はなんでも読む。バカにならないようにしているんだ」彼は何も言わずにしばらく運転してそしてこう尋ねた。「なぜ歌舞伎ガールになりたいんだい？」

「それって、どういう意味？」

「おれはベラのことはわかるが君のことはわからないな」


ＯＫ、ここで我々のヒロインのキャシーとヒーローのヘンリーはＬＡのフリーウェイを夜クルーズして、人生の選択について話していた。ヒーローの妹（ノラ）は革命を選んだが、それは決しておこらなかった。ヒーローの兄（フレッド）は軍隊を選んだが、それも起こらなかった。つまり彼が期待したようにという意味である。自分が敵方（アジア人）に間違われてしまっていたのだ。そしてそれは事実である。だって敵は彼のような姿をしているからね。自分のような人間を殺した後、帰還し、誰も彼がヒーローであるとは思っていない。ましてや自分自身もである。その間、ヘンリーは、妻を亡くした父のノダ氏の面倒を見るために家にいた。父はもの静かに、しかし世を呪って共同体の人間に避けられていると感じていた、ひねくれた人物でもあった。そしてこんな子どもたちと一緒にいるなんて、と父は考えており、一体そんなことして何になるのか？と思っていた。そしてヒロインのキャシーの兄のジムだが、チャーシューメンを食べにきて、単にチャーシューのみを食べたかったのに、椀の下にたまっている白コショウに喉を詰まらせていた。そしてこのヒロインの新しい友人のヘンリーは、家業を救おうとしていた。兄のジムは、選択する際に、それがあたかも自分の目の前にあるにもかかわらず、それをわかっていないようであった。ヒロインのキャシーに関しては、車の暗いフロントガラスに自分自身の光輝く姿が映っているのを見て、その白い、あまりにも白すぎる頬の表面に触りながら、もし自分がゴシックのいでたちなんかしていなかったらと、この真夜中のドライブに関して疑問を持ち始めていたのだった。

夏の終わりに向かって、ノラ・ノダはリトル・トーキョーの文化センターのギャラリーのスペースで彼女の学生と小さなアート・ショーを開催していた。キャシーは大きな灰色のビュイックを運転し、イシ夫妻を、そのショーをみせるために町へ連れ出した。ヘンリーは写真を撮るのに忙しかった。「まあ」とイシ夫人は叫んだ。「なんてすてきな展示物なんでしょう」彼女は、特にジャンプした瞬間をとらえた二年生のバスケットボールプレーヤーの写真にご満悦だった。「ウッディ」と彼女は夫の肘をたたき指さした。「ほら、あそこにいるのはカズ・ノダよ。もう何年も見ていなかったでしょう。彼はどこにも出てきていなかったしね。彼はこのノラの成功で救われて、ノラを誇りに思っているにちがいないわ」

イシ氏はノダ氏にあいさつした。「やあ将軍、もう何年にもなるね」

ノダ氏はうなずいた。

イシ夫人はキャシーをこちらへひっぱりこんだ。「キャシー、将軍にご挨拶して。まあ、ほんとの将軍じゃないけれど。みんな彼のことをそう呼んでいるの、なぜって大きな市場を切り盛りしてるから。ぶっきらぼうな人なの。でもこわがらないで。あなたのお父さんの昔からの友達よ。あなたにあえてうれしいと思うわ」とキャシーを前へ押して、イシ夫人はこう言った。「カズ、キャシーに会ってあげて。トシ・オザワの娘さんよ」

これに対し将軍は青ざめたように見え、顔が目に見えて不愉快になっていく。キャシーが話すか手を伸ばそうとする前に、彼は踵を返して、歩き去り、ギャラリーを出ていった。

「まあ、なんてこと」とイシ夫人は言ったが、イシ氏はただ頭を振っただけだった。

ヘンリーは、この場面を目にして、ちょっと会話をしようとやってきたが、キャシーはベラがしたことに疑問をもった。キャシーは自分の（ゴシックの）化粧を控え目にし、普通の服装をした外見をし、唇のリングをとっていたが、どうやら無駄だったようだ。まあ夏が終わりキャシーの人生における出来事も終わりに近づいている。彼女は普通の人生に戻れたが、この日系アメリカ人たちも、もとの彼らにもどることができたのだ。明らかにキャシーはこの状況に順応していなかった。彼女は四角いいろいろな色の折り紙がちらばったテーブルの方へ歩いていった。ノラは子どもたちの集団と一緒にいた。「何をやっているの?」と子どもたちの一人にキャシーは聞いた。

女の子は顔をあげた。「折り鶴。ノラが一〇〇〇羽作らなきゃって言っている」

「今どれくらい作ったの?」

「二つ。手伝ってくれる?」

「もちろん」キャシーはツルをとって興味深くそれを観察した。

「え、日系アメリカ人なのに折り紙、知らないの?」と少女は、ちょっと憤慨したような顔をした。

「えーとね。まずこうやって折るの」


しかしこの話はこれだけでなくカフェではもう一晩あったのだ。もちろん、あなたはその場にいたので何がおこったのか知っているはず。ベラはとてもゴキゲンで今夜のクィーンだった。それで、今はフレッドの方に興味をもっている。フレッドは気前よく彼女にドラッグの半分をやり、彼らは何度も陶酔状態に陥った。ジムはそこにいなかったのだ。そのときジムは学校や奨学金といったことへもどり、今までやったこともない博士号取得に向かっていた。ジョニーはジョニーで、夏の夜をカフェの外の脇道でチンピラとカードゲームか何かをやっていた。カフェの中では、いつものチョップスイ、白い肌、黒髪、そして派生していく中高生の暴動が起きて、そしてこれはキャシーのさよならパーティーの夜でもあった。でもそこでは彼女はしらふでこの場面を見ている純情無垢な高校生で、いつかこのことを小説にも書いてやろうと思っていた。三番目のブースの頭のわるそうなヤツが彼女に叫んだ。「この中国製卵焼き最悪だ」そしてそれをキャシーのいる方向へなげつけた。ベストについてしまったそれをとりあげて、キャシーはそいつのニキビ面に卵をしっかりと擦りつけてやった。おそらくこれが彼女のやらかした失敗だったのかもしれない。そしてこれがすべての始まりだったのだ。卵焼きはいたるところに飛び回っていた。麺が精進料理とチャーハンに空中でぶつかった。キャシーがこのカオスから這い出してくると、ベラが炭酸のはいったお茶とビールを周りの人間の顔にかけ、乱痴気騒ぎをしている馬鹿者どもを外へ出した。キャシーは床にちらばった油とスープで滑りながら外へ出ようとした。外にはジョニーが車の周りを歩いていて、自分のスープラに関して叫んでいた。彼の大事にしていたスープラは、本当に大切な唯一のものだったのだ。この騒動で全くのダメになってしまった。そして予想通り、まさにそのときに、我々のヒーロー、ヘンリーがそこに到着したというわけだ。

ヘンリーはジョニーをつかんだ「ベラはどこだ？　なんで部屋の中の電話にでないんだ？」

キャシーは前につんのめりながらチンゲンサイを自分の肩から払い落していた。そしてヘンリーは彼女のツンツンした髪の毛にあるレース状になった麺を見つめた。そしてまさにその夜、店主のミン・ムラタが病院で二回目の発作をおこし亡くなっていたのである。

だからキャシーの母親のメアリー・オザワ夫人がイシ夫人に認めたように、彼女とトシはリトル・トーキョーに葬式と、そしておそらく二世ウィークのためにだけ行ったことになる。しかし今回は彼らの子どもたち、ジムとキャシーが一緒で、そこで人々は横道でキャシーのようなフォーマルな黒い葬式用(ゴシック)の恰好を見たに違いない。家族は粛々と一番前の座席に座り、すべての儀式に習い、ミンと彼の妻そしてヒロシマ・カフェに関する話のすべてに耳を傾けた。そして以下のことをキャシーは知った。ミン・ムラタ、カズ・ノダ（将軍）そして彼女の父トシ・オザワがみんな帰米で戦争前にヒロシマで教育を受け、この三人は、自分たちが本当に日本人でもアメリカ人でもないと思われていたので、クラスのいじめっ子を追いやるためにいつも一緒にいた仲良しであるということを。そしてパール・ハーバーの襲撃の前にアメリカへかえっていったとき、自分たちの人生が永久に変わってしまうような各々異なった決定をした。ミン・ムラタはモンタナへ向かい中国系の食堂を開き中国人のふりをして、収容所に入所することから避けた。カズとトシは収容所へ連れていかれたが、ローヤルティ・クエスチョン（大戦中に受けた忠誠テスト）をしなくてはならなくなると、カズは「ノー」とトシは「イエス」にチェックをした。二人は、これに関し激しい議論をし、決して再び口をきくことがなかった。カズは市民権を放棄し、トゥーリレイクへ行き、トシは入隊しフォート・スネリングへ送られた。太平洋では通訳になる訓練をさせられた。

ミンの葬式の後、みんなカフェに集まった。四〇年後、カズとトシは一緒に座り、居心地の悪い休戦状態となりジュークボックスの隣の赤いブースに深く座りこんでいた。ミンの昔の演歌がワン・フォーティ・ファイブ（45回転のレコード）で次から次へと流れていた。黒い折り紙の鶴のゆったりとした枝は天井から滝のように垂れ下がっていた。彼らはここにいる日系アメリカ人の集団を見やった。みんなチャーメンや炒飯を、イシ夫人が「ベラのハロウィーンポスター」と呼んでいる物の間で食べていた。

カズは沈黙を破り、ジムとキャシーにうなずいた。「いい子たちだ」

「彼らは三世だ」とトシはつぶやいた。「分別があるとおもっている」

「いや、反乱者だ」とカズは茶を飲んだ。「知っておくべきだったな」

「ああ」トシは知っていたのだ。彼は『羅府新報』を読んでいる。「ヘンリーが来たな」

「妻が死んだ後出ていくべきだったのかもしれん。あいつは俺の面倒を見るべきだと思っていた。俺は自分でやってけるんだがね」

「フレッドはベトナム戦争で生き延びて帰ってきた」

「それに関してはわしはいろいろ言いたい。あいつに行くなと言ったんだが、お前はその議論をわかっているだろう。お前のように頑固だったんだ。あいつは俺みたいに腰抜けにはなりたくないと言ってな」カズの目は涙であふれた。

トシは目を閉じてテーブルに向かって話した。「あいつが話したことは俺にはわからん。あいつにそんなにつらくあたるなよ。あいつはいろんなものを見てきてしまったんだ。それが頭から離れないんだ。わかってやれよ」

ミトコ・ムラタ（ムラタ夫人）はテーブルへやってきて、シンプルな、でもとても美しい黒い絹のシフトドレスを着て、白い真珠の首飾りをつけ、優雅で（その年でも）いまだに美しかった。男たちは立ち上がった。彼女は手を彼らの手のところへもっていき握りしめた。

さあちょっとの間アメリカ人のふりをしてみよう。お次は日本人のふり。二世のふりをしてみよう、帰米のふりをしてみよう。三世のふりをしてみよう。ほら、自分にはいろいろなものが混ざっていて、十分に混成されているふりをするならだれもその差を知ることなどできないし、自分自身でだって知る由もないのだ。

ザ・パースエイジアン

The PersuAsians

八年とは長い期間である。八年の間に、結婚し、離婚し、八歳の子どものシングルペアレントになっていたりする。八年で、大学へ行き、退学し、刑務所へ入れられ、状況が好転し、どこかの大学の「ヒストリー・オブ・コンシャスネス」などという学科で大学院の学位をとっていたりする。八年で、何にも知らない有色人種の子どもから、成長して抗議をし、人文と自然科学部門の大学の三階を占拠して逮捕され共産主義の集団に加わり、革命の準備をし、そしてシャバへでてきて法律学で学位をとり事務所を構えていたりすることもある。八年で、バンドを初めて、シングルを出すが、大体クラブでカバーの演奏しかせず、グループのドラマーを薬物中毒で亡くし、再編成し、名前を変え、ジャンルを変え、前座の道をすすみ、契約を結び、LPを出すが、何年か後でその音楽が以前ユーゴスラビアだったりするどこかの国の街のチャートで一位になっていたりする。ユーゴスラビアとは若者が自分の言葉によって自由を保持する場所ではあるが……。

だから……こんな状態で、もしあなたの元カレが八年後に戻ってきたらどうするだろう? それは橋の下の水のようにすでに通り過ぎてしまったことではある。その流れた水量とはメートルトン、メガワットレベルの水量で、おそらく干ばつがあったり、汚水、中水道(風呂場などからの排水)、死体などもそこに流れており、環境問題となる災害もあるわけだ。八年間で、あなたの体の一つ一つの細胞が、それは主に表層的なものであるが、つまり、皮膚、毛髪、爪といったものが、何千回も繰り返し再生させられ取り換えられているということがわかる。年老いた自分に残ったものとはどういったものなのか? もちろん一八歳ならこれから起こることに対する長期的な見込みなどはない。とはいうものの三〇にも近づこうとしている二六歳になったとしても、おそらく先のことなどわからないのだ。

さて、むかしむかし元気な二世で高齢者医療保険を受けているウォルター・キクカタナという人物がいた。ウォルターはジョセフ・キャンベルの四巻から成る大作、『マスク・オブ・ゴッド』を読んで感銘をうけて、おそらくそれは文字通りではなく象徴的な意味において、自分の系譜が天照大御神までさかのぼることができるということを発見した。ウォルターは、輸出入業で多くの財を成した寡男である。でもその事業は実際のところ事業家の妻が行っていたものであり、彼女が亡くなったとき、彼は、立派な終の住処をもっているという程度で、その利潤のある事業を自分の従兄弟についでほしいために残していたのである。キクカタナ一家は、ちょっとした上流社会の生活を楽しみ日系のイベントや共同体の組織のほとんどで基金寄贈者となっていた。彼らは日系新聞『羅府新報』の頁を常に飾り、豪華絢爛で優美に宝石で飾り立て、ジョージ・タケイやダニエル・イノウエ、あるいはジェームズ・クラベルの隣に座していた。リズ・キクカタナは、ウォルターの長女で、前年度のミス・日系二世であるが、特に写真写りがよく、母親が亡くなってからは公の場すべてに父親と共に出てきて、正直なところ申し上げるが、凡庸で味気ない日系アメリカ人の集団を驚嘆させていた。一番下の娘のメアリーは、チャールズ・ネズヤブと結婚し、もし招待される機会があるならば知ることになろうが、近年の日系アメリカ史上誰もが記憶に残るほどの豪華な結婚式をした。そしてこのメアリーとチャッキーはすぐに子どもをたくさん作ったがしばらくすると、出席者のみんなはこの結婚式のことなど忘れてしまっていた。

最後になるが、真ん中の娘のアンの話をしよう。ああ、あのアンだ。**オー、ベイビー、ベイビー**。アンが三歳になり、母親が亡くなったとき、このキクカタナ夫人の最も近しい友人たち——アカ夫人、エクボ夫人、ネンド夫人、ネンド夫人で必ずしも血縁関係ではない——は夫人がいなくなった後にキクカタナ家に入り込んできた。ネンド夫人は実際に引っ越してきて料理したり、掃除したり子どもたちのオシメをかえたりさえしていた。おそらく人々の中にはこのネンド夫人とウォルターとの間にただならぬ関係があったと思っただろうが、まったくそれはばかげた考えである。そして実際にある程度喪中の時期が過ぎると、ウォルターはアカ夫人と結婚すると思われたが、大人は分別のある人物であった。彼女は自分の家をもつことを好み、そこを完全にきれいに、静謐にするのを好んだのだ。それに彼女は以前に結婚していたのである。もしネンド夫人が料理し、掃除するなら、アカ夫人は三人の小さな子どもたちを育て、音楽のレッスンをさせ、日本語学校へ通わせ、彼らの宿題を献身的に助けた。アカ夫人は家のボスであった。エクボ夫人はというと、餅菓子、シーズ・キャンディと高価なおもちゃ、そしてとるに足らない洋服などをもって家からときどき出たり入ったりして走り回り、お茶をつくって彼女の最近行った日本旅行の話などを、自身を喜ばせるためにしていたが、これがこのエクボ夫人のこの家に対する一種の貢献なのであった。アンはこの三人の二世の母親に育てられた。そしてこれは、アンは知る由もないが、初代のキクカタナ夫人が娘たちにもう少し時間をささげることのできるビジネスパーソンであったなら、もう少し幸運な変化があったかもしれない。

この「最も近しい友人」とは、自分たちを「ガールズ」と呼ぶ、いわば子どものいない年配の女性たちの集団でもあった。彼女たちはウォルターに彼の娘たちの結婚の機会を取り計らせることなどしない、成熟した女性たちであった。彼女たちの実際の機会に関して、長女のリズは単純に美しく、彼女たちは彼女をモデル養成所の学校へ送りこみ、リズに歩き方や、ヘアスタイルや化粧を習わせ、高価な服を身に着けさせた。これに対しアンは、まあ見栄えはわるい方ではないものの、家族の中では地味で加えてどちらかというとダサいタイプだった。でも日常ではだれも彼女のことを「ダサい」などと言わず、家族はそんな彼女のことを「頭のいい子」と呼んでいた。それはまるですぐに手にはいる金のためにあのクイズ番組のジェパディに彼女を出させようとしているかのようであった。長女のリズの生活用品とその服装はアンにおさがりとしておりてきて、アンはそうした素晴らしい洋服すべてをごちゃまぜにし、わけのわからない合わせ方をしていた。そしてこれらすべての高価なファッションや高尚な知識がその下にいるメアリーに落ちてきたのだが、彼女もただの甘やかされた不細工な娘でしかなかった。

アカ夫人は、ガールズを呼び寄せた。まずエクボ夫人を呼んだネンド夫人を呼び寄せ、彼女ら全員がメアリーカレンダーでランチをするために会った。アカ夫人は銀の器でレモンの汁を絞って、それと角砂糖二つをアイスティーにいれた。「ねえ、ちょっと問題よね」

ネンド夫人は二焦点の眼鏡を通して彼女を見て、このように尋ねた。「問題って？」そしてメニューの方を向いた。「まあ、どっちかきめることできないわね。ポットパイかポットローストか？」

「ミチ、ポットパイにしなさいよ。いつもそうしてるじゃない」とエクボ夫人はそれを見て言った。

「ガールズ！」アカ夫人はそれを遮って言った。「そうじゃなくて今問題がおきているの」と彼女の目はこの「最も近しい友人たち」をあたかもピッグズ湾事件*のときのように目で鋭く見抜いた。

さて彼女たちの話しているこの問題に関してちょっとした背景をご説明しよう。フレッド・フユチとハーヴェイ・センシはグラマースクール時代からの幼馴染だった。これに加えて、ジミー・マエダとケンジ・ノジョもいる。彼らはその当時日系アメリカ人の中心地とされていた場所から半径五ブロックのところ、つまり彼らが中心部と呼んでいるものに住んでいた。もし彼らがより怒れる政治的性向を持っていたら、ブラック・パンサーといったような有色人種の集団を形づくっていただろう。いやもっと非行性があるものなら、アジア系ギャングとなっていたかもしれない。しかし彼らはあくまでもBプラスレベルの三世であり、恰好つけてはいたが、トラブルにはならなかった。しかしお互いを粗暴な海賊のように呼び合っていた。フレッドはその中で船長だった。ハーヴェイは車の事故で足をだめにしていたので、言ってみるなら、メルヴィルの『白鯨』におけるエイハブだった。そうなるとさしずめジミーは一等航海士、ケンジは漁船隊長ということになろう。しかしケンジに関して注目に値する唯一のことは、低く朗々としたバリトンの声の持主で、それはバスの音部記号に達する最も低い音まで出せるものだった。一方高音部はフレッドの担当で、それはスモーキー・ロビンソンの日系バージョンになるほどのファルセットをもつテナーであった。この四人組が、都市中心部の人をひきつける重力をもって、ささやくような声で歌ったり、振付をして、『ザ・パースエイジアン』と称していたのである。**よく考えてみるよ**。実際のところこの三世がかなりイケてるということを誰かに知らせるべきだったのだ。

「ねえ、ヘレン」とエクボ夫人は言った。「あなたは日中デートしていたでしょう。本当にここらへんであなたがデートしていない人って誰なのかしら？　トマテ、それをエイジ、次にヨウゾウ、それでカツそして……」エクボ夫人はもごもごと記憶をたどって口ごもった。「えっとあれ、誰だっけ？　あの人の名前を忘れてしまったわ……」

「関係ないわ」とアカ夫人は椅子に座りなおした。

「だってそのうちの誰とも結婚していないものね」とネンド夫人はほのめかした。

「誰が結婚したっていうの？」とエクボ夫人は叫び、そしてテーブルに寄りかかってこう言った。「確かにカツとはいいところまで行ったわね。まあ結果的に結婚できなかったけど」と彼女は頭を横に振った。「どうなの？」とネンド夫人は尋ねた。「私たち全員夫を亡くしているのって？」

エクボ夫人は憤然とした。「私は実際に未亡人になったってわけじゃないのよ。離婚したの。それで相手が死んじゃったのよ」

ネンド夫人はポットパイのバターいっぱいになったカリカリのクラストにフォークを刺して、溜息をついた。「おそらくこれって運命ね」

「まあ、くだらないことだわ」アカ夫人はコブサラダを横へ押しやってこう言った。「この前アンがフユチのところの息子といい関係だってほのめかしてたわ」

ネンド夫人は言った。「それはずっと前の話よ。ヘレン。フユチの息子は一日おきに家にいるの。そして彼のグループともね」

「あなたとウォルターはそれで何をしているの？」

「ウォルター？」二人ともクスクスと笑った。

「そのグループはウォルターのためにアカペラを歌うの」ネンド夫人はこう言いだした。「すごく才能があるのよ。それで素敵なの」

エクボ夫人はナプキンで口をちょっと拭いた。「ミチ、たぶんヘレンの言っていることは正しいわ。こんなやんちゃな男の子たちを居間にいれたら問題になるでしょ」

「問題？」アカ夫人は決闘を申し込むかのように戦いをいどんだ。ポンと置いたテーブルの上にはたたまれた紙がありそれは手紙であることがわかった。

シュガーパイハニーへ、

もうわかっているように、僕たちはザ・ワンダーズの予備練習のために契約をとった。それで数週間以内にツアーにいくことになる。すくなくとも六カ月間全国を横断していくヤツで、それでどうなるのか誰も知らないし、おそらくこの世界が知っていることだとは思うが、俺たちがこれより良い取引を結果的にできるまでツアーは続くことになる。妹のソフィーと漁船隊長は結婚して、俺の仲間たちは、彼女が俺たちと一緒にいくことを許してくれた。で、エイハブの妹のファニーもしばらくの間、一等航海士のジミーといるために、一緒にくることを考えている。いろいろと聞きたいこともあるだろうが、俺と一緒にこないか？　道中のどっかで会うことだってできる。ニューオリンズか？　ニューヨークか？　パリか？　お前は俺のものだ。ダーリン、ダーリン、そばにいてくれないか？

永遠にお前のことを思っている
キャプテンより

「面白いわね」とネンド夫人は言った。「これ誰に対して書いたものなの？」

「キャプテンって誰？」エクボ夫人は聞いた。

「ああ、それはフレッド・フクチのことよ」ネンドは答えた。

「じゃ漁船隊長って？」エクボは夫人手書きの手紙を細かく観察してそして尋ねた。「エイハブって誰？」

「それがなんだっていうの？　これはね、アンに対して書いたものなの！」アカは両手を上にあげた。

「アン？　それって確かなの？」

まあこれがこの話の最後であった。外でフレッドは**葡萄の蔓を通してこの話（自分の手紙が「ガールズ」に読まれていること）を聞き、気が狂いそうになっていたにちがいない**。そしてその後前に言ったようにここから八年間が経過したのである。


もしあなたが一八歳なら、田舎の共同体で全人生を過ごし、LAの外の辺鄙な郊外にある高校の総代になって、サラ・ローレンスまで無料のバスに乗っていけるなら、KGFJが放映されているシングルをそのカバーバンドと一緒に持ち逃げするところだろう。仮にあのウルフマン・ジャックがうなりを上げるほどの出来栄えで、また一等航海士ジミーが自分の指から流れ出る詩をオリジナルの歌にし、キャプテンがモータウンに対する日系アメリカ人の返答であっても、そしてあのオールスタープレーヤーのザ・ワンダーズによって見出しになるような国際ツアーであってもである。OK、でもそんな機会はなかったようだ。じゃあただこう言おう。本当のこととは、ひと夏の恋がまさにそこまできているにもかかわらず、全く間抜けなものになってしまっていたのだと。一方アカ夫人とガールズ一行は自分たちのやっていることがわかっているのだ。**いいえ、いいえ、恋はいそいじゃだめよ。**ってね。

じゃあ次は以下のことに注目しよう。アンは大学へ行き生物化学と比較文学でダブルメジャーをとり、ソルボンヌで一年過ごし、エクアドルのピース・コープに加わった。それで公衆衛生で大学院の学位をとり、セネガルとカメルーンでフィールドワークをした。次に公衆衛生と認識論に関する国際雑誌に数多くの記事を載せ、ダカールで短編小説集を書き、アフリカ人の外交官と結婚し、離婚し、そして八年目には四つの言語に精通し、世界保健機関のために熱帯病の研究とその病気の防止のため、世界各国を旅しているといった状況である。

そしてフレッドはというと、地元のコミュニティカレッジで音楽学で短期大学士をとって、このキャプテン（フレッド）は自由気ままに生活し、ザ・パースエイジアンの巡業をし、オリエンタルな奴らが黒人のように歌ったりダンスしたりするということを見にくる観衆を驚愕させた。**ベイビー、ここから出ていこうぜ**。彼らの前に開かれたアメリカの道は神の啓示となり、一人一人ではあるが、グループは点でバラバラになっていった。ある日、ソフィーと漁船隊長のケンジは、ニューヨークの地下鉄道網へ消えていき、イエローパワー運動が**本当に彼らを捕まえて離さなくなった**チャイナタウンへ出て行ったのだ。シカゴの南側では、あのエイハブのハーベイが音楽に夢中になって自分の**彼女**にぞっこんになる。しかしその前にアイオワ州の何もないどこかで、一等航海士のジミーが大学の詩のプログラムを調べ、その脇には、あの優しいファニーがいた。なぜならアイオワのトウモロコシ畑はあんなに背が**高かったりあんなに低かったり、あんなに広大**ではなかったからだ。フレッドに関してはただ歌を歌うだけでなく、多くの人々と出会うなかで、歌で生きていくことになり、それで心を痛めたり、出会う人々を失ったりした。しかしその時代、ベトナムで死ぬのを避けるためには二つの方法しかなかったんだ。そして結婚は選択肢になかったので、フレッドはカリフォルニアのバークレーに行くことを選択した。このことはフレッドが大学で多くの時間を過ごしたということではない。関心のもてる言論の自由が大学にはあったからだ。ミシシッピー州で自由な夏をすごしワシントンでの行進、ユナイテッドファームワーカーとの断食、ブラック・パンサーとの朝食、チャイナタウンの紡績工場労働者との組合交渉、徴兵制に対する議論、マルクス主義――レーニン主義――毛沢東主義の勉強会のグループ、非暴力の抗議、座り込み、そして拘置所の時間。フレッドは政治経済と犯罪学をとり終え、Boalt Hall（ＵＣバークレーの法律学科の建物）に乗りこみ、カリフォルニアの州境を横切って Asian Law Caucus（アジア法の執行委員会）に参加した。**ああ、僕を憐れんでくれよ、僕を憐れんでくれよ。ノーノーノー**。時は通りすぎていく。

八年で何か起こったって？　光陰矢のごとし。だから用意はいいか、**用意はいいか？**


予想どおりに、ガールズはＬＡＸのエアポートの外で待っていた。アンはカートで角を曲がって税関を出ていくとき、荷物越しに彼女らを見ることができた。出たり入ったりして彼女らはいつもそこにおとなしくいて、お上品ぶって澄ましこんで、その髪型やヘアカラーはいつも全く同じであった。しかし今年に関してアンが気づいたこととは、三人ともパンツスーツを着ていた。なかでもアカは一番キメていて、バッグと靴のセンスがぴったりしていた。ネンド夫人はおそらくちょっと体重が増えたようである。そしてエクボ夫人は風月堂の餅菓子をもっていた。アンを見つけて、ガールズは飛び上がり興奮したように手を振った。その興奮ぶりと言ったら、三人の二世の母親のもつ難しさを超えたもので、この三人の肯定的な要素――賢く、かわいらしく、甘やかされた――といったもので、存分に発揮されていた。再会を喜んで互いにみんな抱き合った。

「父さんはどこ？」とアンは周りを探したが、そのときすでにエクボ夫人の餅菓子をむしゃむしゃと食べていた。

「ああ」ネンド夫人は笑った。「リズが髪を切るために連れていったわ」

「まあ、驚きね」とエクボ夫人は風月堂の空の箱を振ってこういった。

アカ夫人はこう説明した。「ウォルターは自分の誕生日のために娘が飛行機で飛んで帰ってきたとは知らないのね」

「そうね」ネンドは甲高い声で叫んだ。「秘密にしておいたわ」

エクボ夫人は、ジーンズをはいて帰郷したアンをじっと観察したが、こう言った。「まああなた、髪を切ったのね。かわいらしいわ、今年の新しいスタイルね」

「でもそれでお父さんはあなたのことわからないかもよ」とネンド夫人は心配しているようだ。

「そんなことないわ」とアカ夫人は彼女の広いキャデラックの中へ彼女らを通した。

「アンを家へ送りましょう。休みたいでしょうから」

「時差ぼけね」とエクボ夫人は気の毒そうにした。「前回東京からかえってきたときなんか完全に戻るのに二週間かかったわ」


八年後の出会いを狂わせることは小説の中での事柄であるが、読者であるあなたはその詳細を知っている。アンの妹のメアリーとその夫のチャッキー・ネズヤズは子どもたちのいる所帯をすでに持っていた。チャッキーの妹たちのルイーザとヘンリエッタはベビーシッターのためにやってきて、おしゃべりをしてメアリーに彼女の幸せな独身生活のことを思いださせた。なぜって独身でいることは、当時の選択肢にはなかったのである。ルイーザとヘンリエッタはデートしたがっていた。だからメアリーが、フレッド・フユチがまだ独りもので、彼の友達が帰郷しているとわかると、父親ウォルターの誕生日のために、ダンスパーティーを企画し、それはオリジナルの、あのザ・パースエイジアンを呼びものにするというものだった。それにみなメアリーとチャッキーの素晴らしいあの結婚式を、これで思い出してくれるに違いないから。

「サプライズ！」とネンド夫人はアナウンスし、それにともなってアンが息をのむような深い群青色のガウンを羽織って彼女の父親のところへ歩いていった。

ネンド夫人が想像していたように、「父さん、誕生日おめでとう！」とアンが叫ぶまで、ウォルターは、自分に近づいてくる素敵な女性が娘であることが一目ではわからないようだった。彼はアンを興味と喜びをもって眺めていた。

もちろんこの父親が娘に八年の間会っていなかったということではない。アンは飛行機で行ったり来たりしていたので、父親は彼女の前夫のアフリカ人にも会うことができたはずなのだが、結婚していたのは何年も前のことである。アンはアフリカで世界各国を旅していたわけで、ウォルターは、そんな病気と蚊が蔓延している彼女の興味の対象の「後退」した場所で旅行することに何の興味ももっていなかったのだ。実際の旅より彼は『ナショナル・ジオグラフィック』の雑誌を好んだ。彼は二番目の娘をあたかも初めてみたように見つめた。

アカ夫人は手にもっているマーティーニをバランスをとって前へ進み、その目は輝き、アンの頬にキスをした。「何て綺麗なの！」と言ってオリーブの刺さっているふわふわした爪楊枝をとった。

ちょうどいいときに、バンドはワルツを奏ではじめ、アカ夫人はウォルターを軽く肘でつついた。彼は練習したかのような大げさに優雅なやり方でアンの手をとった。「はじめに踊ってくださる栄誉を私に与えてくださいますか？」と彼は言った。

フレッド・フユチは、舞台からキクカタナ氏とアンがフロアをすべるように横切っていくのを見た。フレッドは突然ルイーザ・ネズヤブに気をとられた。ルイーザは彼のそばのステージに上ってきて彼の手をつかんだ。「踊ってくれないの？」彼女は口を尖らせ、音楽が終わるまでにフロアへ彼を引っ張っていった。音楽はついにフォックス＝トロット、チャチャチャ、そしてスウィングへと変わっていった。キクカタナ氏はアンとアカ夫人を取り換えて、そして、フォックストロットを踊ってみせた。そして次にネンド夫人と一緒に踊り、エクボ夫人とチャチャチャとスウィングを踊った。そしてアカ夫人はウォルターをドラマチックにひっぱって一緒にタンゴを踊った。二人はお互いに熟成した敵意で見やり、激しく前や後ろへ動いていき、彼らの頬はあまりに怒りで焼け焦げていたので、まるでそれでフライドエッグができてしまいそうだった。

アンは驚いてこれを見て、リズは彼女のそばへ飛んでいった。「まあ、何てこと？ 父さんとガールズは、フロアーでダンスしているのね」

「すごい足さばき」

「すごいわ」リズはアカ夫人の方へうなずいた。夫人のピンヒールは武器になっている。

「君、アンなの？」

アンはジミー・マエダを見るためにそちらの方向を見ていた。「あなたは一等航海士の？」

「それは俺のこと」

「ジミー、私あなたの詩の本を読んだわ」

「俺の方は君の短編小説を読んだよ」彼はアンを意味ありげに見つめた。

ハーベイはあまり遠くにはいなかった。アンは彼のバランスの崩れた歩き方でハーベイとわかり、両方に対しうなずいた。「ファニーを亡くされてお気の毒です」

ハーベイは友人のジミーに腕をまわし、ジミーはこう衝動的に話した。「俺今失恋中なんだ。アン。ファニーは俺のすべてだった。どうやって生きていけばいいのかわからないよ。彼女は女神で俺の本を一番わかっていたんだ。少なくとも、俺の出版したコレクションを見たら――」彼は喉を詰まらせてこういった。

ハーベイはジミーの背中をたたいてこう言った。「妹はずっと癌と戦っていたんだ」そして話題を変えてソフィーとケンジに向かって手を振った。「ソフィー、隊長！　またここで会えたな。フレッドはどこだい？」

フレッドはネズヤブ姉妹――それはこのルイーザとヘンリエッタ――の両者の後ろの方でゆっくり歩いていた。もし八年もたった後で再び登場したなら、これは自信過剰な女にもてる男のようにさえ見える。

アンはあたかも高校時代にもどったかのようにこれを見ていた。**鳥やミツバチに関しておしえよう。そして愛と呼べるものについても。**

気をそらそうとして、アンは部屋を見渡し、若い男性が彼女の父親にあいさつするために歩いていくのを見た。それはビル・キクカタナで、高価な服を身につけて、キクカタナ輸出入業の帝国を引き継ぐ法廷相続人として意気揚々としていた。ウォルターはビルを常に鼻持ちならないヤツだと思っていたが、その突然の登場に興奮した。アンにとってビルとは結婚で血縁関係になっているハトコであり、遠縁であるが、同じ姓を名乗っていた。しかし日系アメリカ人がすべて、その複雑な血縁関係や収容所のキャンプでつながっていると理解するためにそこまで遠くまで家系図をたどる必要はない。もちろん彼らが全員似ているとは言わない。なぜならビルはあでやかなオートクチュールを着てリズの隣に立っている完璧にハンサムな男だったからだ。ウォルターはとうとうこの日系の天国で、お似合いのカップルを作り上げることができたのだ。**ビルに干渉してはだめ。**

アカ夫人はアンを高校の同窓会の場から引き離し、彼女と一緒にその場から歩き去り、意味ありげにこう聞いた。「ビルを覚えている？」

ビルは手を握るためにアンに手を差し出した。

エクボ夫人ははっきりと言った。「ビルはMBAを取っているの」

ビルは傲慢な態度でこう抗った。「いや、ビジネスで博士です」

「まあそうだったわね」とネンド夫人はなぜだかビルに賛同した。

ビルはアンの方を向いた。「『ジャーナル・オブ・メディシン』に君の論文が掲載されているのを知ってるよ。偶然見つけてパラっと見ただけなんだが、でも、キクカタナという名前を目にしたんだ。なんて奇遇なんだろう！」

「雑誌をお読みになったのね」とアンは尋ねた。

「いいやそんなに。僕はただ薬学や医学機器の広告を調べていたんだ」と彼はせきこんだ。「まあベンチャー企業だ」

アカ夫人は活気づけるように言った。「まあウォルター、私があなたにあげたアンの論文を覚えていまして？　読む機会がありましたの？」

キクカタナ氏はどもりながらも生き生きとして言った。「ああ読んだよ。とても興味深いね」

ネンド夫人は「私は全くわからなかったわ」と自分の限界を認めた。

エクボ夫人は日本製の扇子を取り出して自分に向かって扇いだ。「アンはほんとに聡明なんですの」

ビルは自分の立場に油断なく気づいて、こう付け加えた。「僕もそう思います。完璧なまでにリサーチした論文ですね。ウイルスに関して新しい考えを学ばせていただきました。アンはこの分野において決定的な貢献をしたと確信していますよ」彼はキクカタナ氏の肩をたたいた。「僕らキクカタナ家は職業の最先端にいるんです」大げさにプライドをもってそう言った。

リズはこの会話から完全に忘れられた存在で退屈していた。アンは何とか半分笑ってみせた。

アカ夫人とウォルター・キクカタナは両者とも全く同時にため息をついた。

舞台のマイクはキーキーと音をたてて、会場の注意が舞台の上に注がれた。そこではメアリが、父の誕生日のためにザ・パースエイジアンのメンバーを説得して再結成させることに特別な尽力をしたということを話していた。

先ほどの二世の舞踏会の社交ダンスの恥ずかしさから解放されて、群衆の中の三世はみんな陽気にフロアの方へ歩み出た。ザ・パースエイジアンは全員舞台に飛び上がりマイクを奪い取るようにして、自分たちの立ち位置へ移動していった。「ウォルター・キクカタナ氏の誕生日を僕らは祝います。それでこの一番初めに弾く曲をウォルターに捧げます！」**父さん、父さん、何がおきているのかわかっているなら僕に話かけてよ。一体何がおきているんだい？**

それで、**振り向くな。**

それで、**手をのばして、僕の方に手を伸ばしてくれ。**

それで、**僕は彼女を失ってしまったから**

それで、**ラ・ラ・ラ・とは愛しているっていう意味さ、**

それで、**君はほんとに僕の心を捕まえたんだ。**

それで、**僕はこの感情に賛同する**

それで、**僕は彼女を愛するようにできているんだ。**

それで、**真夜中まで僕は待つつもりだ。**

そして**僕の涙の跡**。これがフレッドの最後の機会であったにちがいない。なぜなら彼はアンを人の群れの中から探し、彼女の目に向かってこれを歌いかけたからだ。**僕が他の娘と一緒にいるのを見つけたなら、それは単なる君の代わりでしかない。その場にふさわしくない僕のほほえみを君は見るだろう**。

最後の「ゴーイング、ア、ゴーゴー」で、ルイーザは、あたかも他の男性と踊ることが演出されているかのように、再び舞台に上った。明らかにルイーザは動き、飛び跳ねたり、クルリと回ったりしていたが、ある時点で、彼女はフレッドの方へ自分を捕まえてくれるようにと期待して突っ込んでいった。しかし実際はそうはならず、前に滑り、舞台から落ちてしまった。ドン！　メアリーは後で文句を言ったのだが、不幸にもこれはウォルターの誕生日ケーキの前で起こり、そのときケーキの上にはろうそくが全部灯っており、誕生日の歌がかかっていた。ハーベイは医療従事者の経験があったので、緊急治療室内の動きでなんとか舞台から飛び降りて、ルイーザを調べた。彼女は酔っぱらったように見上げ、眼は天を仰ぎ、その光が失われていったようにさえ見えた。

おそらく次に起こったことはわかるだろう。フレッドはルイーザのこうした動きを案じていたため罪の意識にさいなまれたが、その宙に浮いた体をうりとめたいという思いは全くなかったということを同時に認めてもいた。そしてその場からよけていなかったなら、ルイーザは彼がしっかり握っていたマイクに激突していただろう。でも死んでしまっていたらどうなっていたのか？

ガールズの三人はルイーザのいる病院の待合室に集まっていた。

「ひどい昏睡状態よ」とアカ夫人は頭を振った
「あのジミーっていう若い男性はなんて優しいんでしょう」とネンド夫人は言った。「毎日彼女のそばにいて。彼のノートには詩が書いてあったこと知っていた?」

「まあ」とエクボ夫人は言った。「医学的考察を記録していたのかと私思っていたわ」

「ジミーはとてもがっかりしていたみたい」とネンド夫人は述べた。「彼の詩があんまりひどいものでないことを願うわ」

その間、フレッドは回廊を歩いていた。そこへケンジが加わった。そしてハーベイも。そしてある日、『ザ・パースエイジアン』はルイーザのベッドの周りに集まり、アカペラで以下のように歌った。**僕の彼女は出て行って、さようならと言った。でも泣いてはいけない、どんな男にも正しい女っていうものがあるんだ**。それが彼らがしたすべてであった。

ルイーザの目は瞬いて、そこにはジミー・マエダが自分の詩でいっぱいになったノートをもって彼女のそばに座っていた。

ちょっと経ってから、アンは黄色い菊の花の束をもって現れた。フレッドは飛び上がって、病院のリノリウムの床の上でくるくると回った。**僕はまさにラブマシーンだ**。

その後何があったとしても、どんなことが起こったとしても、ここでこの話は終わることになる。八年間は十分長いものだ。**ベイビー、僕は本気だぜ**。

＊一九六一年に在米亡命キューバ人部隊がアメリカ合衆国CIAの支援の下でグアテマラで軍事訓練の後、キューバに侵攻してフィデル・カストロ革命政権の打倒を試みた事件

オマキさん

Omaki-san

むかしむかし、第二次世界戦争という戦争で、アメリカの戦闘機が爆弾を投下し日本のすべてを破壊してしまった。でも戦闘機が無名であるだけでなく中のパイロットが知られていないといったことでもなくて、実際空の彼方から爆弾がどの地点に落ちるのかなんてその昔一体誰にわかるというのだろう？　空を指さした子どもの目が、爆撃手のそれとぴったり合うことがあるなら何か状況がちがっていたとでもいうのだろうか？　こんなふうに想定された無関心によって、戦争では多くの人間が死んだわけだが、そんな中でも瓦礫の下から這い上がって生きる術を見つけた輩もいたのである。

ボブ・ハンノキがチャーリー・ハンノキにあてたハガキ

一九四六年四月一四日　東京

弟のチャーリーへ、

東京に着いた。今は桜の季節なんだろうが、今いる場所の昔の写真を送ることにする。想像してくれ。突風で写真の中の近隣の家が吹っ飛ばされてしまったが、今はここではみんなして建て直ししているところだ。こんな日本人の顔して軍服着ているアメリカ人の自分が奇妙な存在に思えるよ。これが俺の仕事だってことなんだろうが。

UCLAではどんな調子かい？　大学の課題になんとかついていっていることを望むよ。

ボブ・ハンノキからチャーリー・ハンノキへの航空書簡
一九四七年二月三日　東京

弟のチャーリーへ、

おふくろに知らせる前にお前に書いておこうと思っていた。ここである娘とつきあっていて結婚する予定だ。バーで会ったんだが、そんな感じの女じゃないんだ。彼女は店主の使い走りをして、客に茶を注いで、まあなんとかやっている。俺は彼女にたばこをやったが、それを売って、食いものをかき集める足しにしてもらおうと思った。で、自分の配給された食べ物や昼の残りをもってきて彼女と一緒に食べたりしている。とどのつまり彼女は戦争で、ばあちゃん、おふくろ、そして妹の家族全員亡くしていたんだよ。親父と兄貴は徴兵されて太平洋のどこかで死んだって。グアムかビルマあたりと彼女は考えているんだろうが、手紙や書簡といったものは全部なくなっている。田舎に親戚がいるかもしれんと思っているが、それもわからないのだそうだ。彼女がおふくろと一緒に村へ行ったときは、あんまりにも小さくて覚えていないって。彼女の家に残されたものを見に行って、黒焦げから探しだしていたんだが、それはブルドーザーがそこをきれいにするちょっと前のことだった。悲しい話さ。今となっては彼女には俺しかいないんだよ。べつに情けをかけたいとは思っていないが、そういうことになるな。運命なのかもしれん。収容所のキャンプから出てきて、俺自身が知らない故郷の日本に出兵し、そこが完全に破壊されているなんて皮肉だよな。全く複雑な気分だが、いままでこんな優しさや愛情を女性に感じたことなどなかったよ。おふくろからこのことを聞いたなら、それはもう他の家族のみんながこのことを認めたってことだ。だからお前はこの話の背景を知っていてほしい。こんなこと誰にも言えないからな。

会えなくて寂しいよ。勉強して、ちょっと時間があったら手紙書いてくれ。

ボブ

ボブ・ハンノキからチャーリー・ハンノキへの航空書簡

一九四七年六月一日　東京

チャーリーへ、

オマキと俺は五月にちょっとした結納をしたとおふくろから聞いているのではと思う。ここの風習では……まあおふくろはキリスト教の教会のやり方を好むだろうが、神道のやり方でやったんだ。おそらくLAに行ってもう一度結納をやるだろう。まあこれから長い間そんなことできないように思えるが。

大学はどうだ? 少なくとも今は一年生になって、終わる頃かな。戦争で勉強が中断されることはないだろうし、将来設計もできるだろう。ここでの給料は良くて住居つきなので、俺はしばらくここにいることにする、それに今は家族ができたんだ。アメリカの家へ帰って、大学の学位でもとろうかとも考えることもあるが、その夢は別の機会にとっておくことにする。お前の大学での勉強についてこれからずっと何か連絡してくれないか。別にそっちが先に行っているから戦々恐々としているんじゃなくて、俺の代わりに大学生活を楽しんでいるってことをしらせてもらいたいからなんだ。

家族ができたってさっき言ったよな。オマキが妊娠したってお前とおふくろには言っていなかった。とにかくあいつと結婚していろいろはっきりさせたんだ。役所に行ってあいつの記録を探そうとしたんだが、ほとんど失われていた。でも、あいつ自分の年サバをよんでいたってことがわかった。実際はまだ一六だったんだが、それを知ったときの俺のこの驚きは想像できるかい？　法的には大丈夫だが、役所にはあいつの親の承諾をもらわんといけないらしい。それで親の死亡通知書を手にいれて、ほんとごたごただった。これには怒りを感じたね。なぜってあいつが成人するまで待つことだってできたわけだし、お前だって知っているように、俺は堅気な方だからさ。待とうかと思っていたんだが、オマキが謝って泣くから、ほだされたんだ。今は大丈夫、誰も話すことなんかない話をして鬱憤を晴らしているだけさ。とにかくお前はこんなことにはならんと思うし、兄貴からの一種の警告とでも思ってくれ。

こんな話してごめん。俺の問題でお前の頭を悩ませるつもりはないよ。でもこれはお前とだけの話な。

ボブ

レジナルド・ヒグチ博士の夫妻からキャプテン・ロバート・ハンノキそして夫人への結婚祝賀会の招待状

レジナルド・ヒグチ夫妻は、あなたにご令嬢キャサリン・イチヨの結婚式の出席を願っております

チャールズ・キヨシ・ハンノキへ
土曜日　八月二二日　一九五八年
夕方四時より

サンタナリー・メソジスト教会
三五　ノルマンディー通り
ロスアンゼルス、カリフォルニア

立食パーティーのレセプションがこの後に開催されます

チャーリー・ハンノキからボブ・ハンノキへの祝賀会へ招待状に同封されている短い書簡

ボブ兄さん、
オマキと元気にやっているかい？　もうこっちもそろそろなので送るよ。

チャーリーより

ボブ・ハンノキからチャーリー、キャシー・ハンノキ夫妻へ

一九五八年七月一五日　東京

チャーリーとキャシーへ、

そっちへ行けなくて申し訳ない。おふくろの葬式であっても、昨年お前たちに会えればと思ったんだが。おふくろが生きていて、お前たちが結婚するのを見れなかったのが残念でしかたない。

幼い娘ミドリの写真をおくるよ。もう一〇歳だ。信じられないね。

オマキがよろしくと言っている。

キャシー　弟をよろしく。手に負えないところもあるが、いいヤツだよ。

ボブより
オマキさん

チャーリー、キャシー・ハンノキ夫妻から
ボブ、オマキ・ハンノキ夫妻へのクリスマスカード
一九五九年　クリスマス　ロスアンゼルス

ボブ、オマキ、そしてミドリへ
メリー・クリスマスそして新年おめでとう
生まれたばかりの息子のティモシーの写真をおくるよ。
チャーリー、キャシーそしてティモシーより

チャーリー、キャシー・ハンノキ夫妻から
ボブ、オマキ・ハンノキ夫妻へのクリスマスカード
一九六二年　クリスマス　ロスアンゼルス

ボブ、オマキ、ミドリへ、

メリークリスマス、そして平和でよい年を

ボビーと名づけた息子の写真を送るよ

（ティモシー（三歳）が生まれたばかりのボビーを抱いている写真）

チャーリー、キャシー、ティミー、そしてボビーより

オマキ・ハンノキからチャーリー・ハンノキへの手紙

一九六三年七月四日　東京

チャーリーへ

この手紙を書くのがとてもつらかったです。電話しようともおもったんですが、できませんでした。ボブが亡くなったという知らせをうけたんです。事故だったと。韓国でのことだそうです。全くわからないわ。何年も前に戦争は終わっているのに。これはボブの仕事であることはわかっているけど、とても許せないんです。私はアメリカへ行きます。そちらのお母様とお父様と一緒にするためにボブの遺灰

をもっていきます。おそらく彼もそれを望んでいるでしょうから。こんな知らせになってしまってごめんなさい。

オマキより

ハンノキ・オマキからサトウ・オツマへ（日本語の手紙）

おつまちゃん（or お妻ちゃん）

お元気ですか。
ボブが亡くなってから、遺品を整理したり片付けたりして大変でした。弟のチャーリーが一週間来てくれて、アメリカのほうの書類などを手伝ってくれました。これでやっとこっちを離れて、サンフランシスコで会えるわね。貴女と一緒に暮らして新しい人生を始められることに、本当にほっとしています。貴女のお店にきっとお役に立てる。前に夢見ていたように、ついにアメリカで暮らすのね。これはボブが約束してくれたこと。私がさんざん頼んだのをボブがちゃんと聞き入れて、とっくに任務を辞めてくれたらよかったのに、あの人は死んじゃった。貴女はやり手のご主人が見つかって、運がよかったわね。

美登利は寮のある学校へ入れました。卒業まではこっちにいます。あの子の歳のころには私は完全に自立していたのよ。あの子は甘やかしちゃって苦労を知らない。アメリカで学校に入れるほど頭が良くないと思うの。いずれはアメリカに行かざるをえないけれど。だって、ボブの年金だけでは学費がいつまで持つかわからないから。

またすぐ、東京からの旅程を知らせますね。

こっちは寒いのよ。貴女と一緒にサンフランシスコの春を迎えられるのを楽しみにしています。

かしこ
おまき
一九六四年三月一〇日　東京

オマキ・ハンノキからチャーリー、キャシー・ハンノキ夫妻への手紙

一九六五年三月一〇日

チャーリーとキャシーへ
数週間以内にアメリカへ到着します。友達のオツマ・サトウがサンフランシスコに住んでいます。彼女は、日本町の近くの大黒屋外来品店を経営しているサトウさんという人と結婚しています。輸入品を

扱う店での仕事の手助けをしてくれています。ボブが亡くなってからこれは一番いい解決法だと思います。ミドリは東京に残って学校を終える予定です。到着したらまた手紙書きますね。

オマキより

オマキ・ハンノキからチャーリー、キャシー・ハンノキ夫妻へ

一九六五年九月九日　サンフランシスコ

チャーリーとキャシーへ、

もう六ヵ月もの間サンフランシスコにいます。あなたたちに会いにいくためにロスアンゼルスへ行くべきだわね。両親と一緒に埋葬するためにボブの遺灰をもっていくわ。あなたの家に泊めてもらえるかしら？　おしかけちゃうことになるけどよろしく。

グレイハウンドでそっちへ行きます。

オマキより

キャシー・ハンノキからドクターレジー、ナツコ・ヒグチ夫妻へ

一九六五年九月三〇日　ロスアンゼルス

母さんと父さんへ、

二人とも元気？　もう落ち着いた？　一年間も長崎にいたなんて想像すること自体難しいわね。母さんたちが出て行ったばかりなのに私はもう寂しくなっています。父さんはそちらの仕事では疲れると思うし、母さんはいろんなものをみつけることになるでしょう。そちらで見るものやすることすべてになんとかついていっって。

お知らせというと、オマキが私たちと一緒に住むことになりました。引っ越してきたような感じだけど、チャーリーはもちろん、とてもよくしてくれて、彼女のことを案じているみたい。そうするのがボブを悼むことだと思っているようだけどチャーリーはほとんどそのことを話さないの。私はチャーリーのためになるように頑張っているけど息子たちの面倒でとってもいそがしいです。オマキは息子たちの面倒をよく見てくれているわ。ときどき日本語で話しかけると、息子たちは笑っている。多分言葉を習っているんだわ。

チャーリーはとっても忙しいです。他の歯科医の先生と一緒になって、歯列矯正術をやるって。ちょっとストレスで疲れていると思うし、面倒みる人間がもう一人増えたから少し難しいと思います。オマキには悪いけど、金がないからっていって、あの人ちょっとずうずうしいわ。まあ文句言っちゃってごめんなさいね。

ティミーは幼稚園へ行きはじめました。第一日目、恥ずかしがって、でも他の子が泣くのを見るとすぐにちょっと軽蔑した顔をして、もう一度私を見て、離れていったわ。あんな年なのに自立しているからとても驚いています。

最近の息子たちの写真です。ティム（五歳）ボビー（三歳）

私たちは元気です。そちらの楽しい出来事を知らせて。

愛をこめて

キャシー

ハンノキ・オマキからサトウ・オツマへの手紙（日本語の手紙）

おつまちゃん

やっと涼しくなりました。インディアン・サマーっていうのかしら、このお天気、よくわからないわね。でも東京とちがってこっちは暑いといっても湿気がなくて乾燥しているから、しのぎやすいけれど。暑かったせいで、サンフランシスコのひんやりとした霧を恋しく思っていました。慣れていたから。スチュワートと一緒に桟橋に行ったりゴールデンゲート橋を歩いたりして、夕陽が沈むころ霧が流れこんでくるのを見ていたのを思い出します。こういうとなんだかバカみたいにロマンチックに聞こえるかもしれないけれど、彼のことをとてもなつかしく思っているのよ。あんなに生き返ったような気持ちになったのは、本当にひさしぶりだったから。ボブはいつも家にいなかったし、もちろん私にもやることがいろいろあったけれど、家にいるときでもあの人は私が何を必要としているかに、スチュワートほど気を遣ってくれなかったから。スチュワートの噂を何か聞いたら教えてね。こっちではすごく退屈しているの。どこにも行くところがない郊外で、家から出歩くこともできない。時期が来るのを待って方針を決めなくちゃいけないとはわかってるんだけど。毎日、がまんしなさい、って自分に言い聞かせています。ご存知のとおり私はこうと決めたら決意は固いけれど、計画は慎重にしなくてはね。アメリカという国が、やっとわかってきた気がしています。

ここではチャーリー一家と一緒にいます。奥さんは、まるで私のことはちゃんとわかっているとでもいうように、用心している様子。私を信用していないみたいだけど、チャーリーはとても親切です。二人とも私を哀れに思ってるんでしょう。少しでも役に立ちたいと思って、男の子二人の世話をしています。いつもうるさくかけまわって大げんかばかりしている、やんちゃな子たち。テレビを見ていいときだけ静かなの。キャシーは子供にテレビを見せないけれど、彼女が出かけてしまうと漫画番組をつけてやるでしょう、すると私はのんびりできるというわけ。そして隙をみて自分の部屋に逃げこめば、やっと落ち着けるのよ。それでいま、こうして手紙を書いている。

貴女、あのお年寄りの旦那さんをどう操っているの。佐藤さんはいずれはお亡くなりになって、あなたにお店と財産を遺してくれるでしょう。そうなったら私たち、旅行でもなんでも好きにできるわね。でもあの姪っ子、ルーシーには気をつけなくては。泣き言ばかりいって、本当に、あの子はスチュワートの人生をみじめにしなくちゃ気がすまないんでしょう。

あ、やんちゃどもが私の部屋のドアのところで騒いでいるわ。晩ごはんの時間。また時間をみつけて書くわね。いまは取り急ぎ。

おまきより

一九六五年一一月五日　ロスアンゼルスにて

サトウ・オツマからハンノキ・オマキへ（日本語の手紙）

おまきちゃん

ご存知のとおりサンクスギビングで、あのぞっとする七面鳥とか他にもアメリカ人の大好きな食べ物を耐え忍ばなくてはならない時期ね。でももっと困った問題は、親戚の集まりを我慢しなくてはならないこと。佐藤家はいたるところに子供もたちがいて、一族郎党、集まりたくてたまらないの。もちろん私はこういうお料理はできないので、佐藤と私は毎年ウォルナット・クリークの、彼の甥のところにご招待されます。部屋がたくさんあるすてきなお家で、時々都会から逃げ出せるようにあんな家を買いましょうよと、佐藤を説得することもできるかもしれない。でもこういうことを書こうと思ったのではないのよ。

サンクスギビングのときね。もちろんスチュワートとルーシーも来ました。みんなディナーの食卓について、ご自慢のあの巨大な黄金色の七面鳥が切り分けられて、スイートポテトや詰め物やあのげんなりするクランベリーソースやグレイビーの器が回されたりなどなどがあったわけ。スチュワートとルーシーは互いに話をすることを避けていたけれど、ふたりのあいだのこのピリピリした感じに気がついていたのは私だけだったわ。スチュワートは相当みじめに見えたのよ、ほんとに。ふたりは一見幸せそうなふりをしていたけれど、ルーシーはいつものごとくおしゃべりで話が飛ぶし早口で、私はあの人の話はさっぱりわからないので正確なところを伝えられないんだけれど、ルーシーの話し声がどんどんどんどん大きくなって突然ヒステリーみたいな金切り声になり、テーブルの一方の端からあの人スイートポテトのマッシュしたのをスプーンでたっぷりスチュワートのお皿に投げこむのでお皿からそれた分が彼の胸にこぼれて、あげくの果てには器いっぱいのグレイビーを彼のお皿に空けちゃったの。それでグレイビーがお皿からあふれてテーブルにこぼれて彼の膝にこぼれて、彼は立ち上がって怒鳴り、彼女も大声を上げながら部屋から飛び出していったのよ。ほんとにねえ、おまきちゃん、とんでもない場面だった！　想像できる？

貴女がいないと、ここはとても退屈です。またすぐお手紙頂戴ね。

かしこ

おつま

一九六五年一一月二五日　サンフランシスコ

キャシー・ハンノキからレジー博士、ナッコ夫妻への航空書簡

一九六五年一二月一日　ロスアンゼルス

母さんと父さんへ、

二人ともどう？　前回送ってくれた父さんの原子爆弾のサバイバーとの仕事に関してこまかく説明してくれた手紙を送ってくれてありがとう。この手紙はそっちの仕事の激しさや二人とも何を感じているのかということを想像することができる唯一のものでした。それに母さんが長崎の外をちょっと旅行しているって聞いてうれしくなりました。京都から最近送ってくれたハガキとどいたわ。雪のふった清水寺ってとても綺麗ね。

あのね、勤労感謝をここで祝いました。そしてケビンがかえってきて私たちに加わったわ。だからケビンと私たち、そして息子たちとオマキだったの。母さんと父さんに会えなくてさびしく思います。七面鳥を作ったけど母さんが焼いた昨年のやつみたいにはうまくいかなかったわ。でも中にいれるスタッフィングはとてもいいんじゃないかな。調理しおわったら七面鳥の写真を送るわ。

ケビンは住む場所を探していてＬＡにもどりたいみたい、実際それは可能よね。だからあなたの息子は医学の学位をとるために、母さんと同じ進路を真剣に歩んでいるので誇りに思ってやって。東海岸とその寒い冬の気候から出ていく用意はできてるみたい。ここでちょっとした仕事の機会をみつけるため

に数週間いるようです。それでボルチモアでの仕事を終わらせるためにここをでていき、クリスマスには戻るって。私たちのところに彼が戻ってくるのはとてもいいことね。息子たちもケビンおじさんを賞賛しているし。

オマキは私たちと一緒に住み続けることになりました。おそらくここの生活に退屈しているけど文化センターへ行って、本を借りてきたり、今の日本の事情においつくために日本の新聞を読んでます。それで機会あらば、買い物へ私を駆りだすわけ。たいていはメイコー（MayCo）やI・マグニン（I Magnin）といったところへね。ボブはオマキにすごいお金を銀行口座に残していたにちがいないわ。ときどきオマキは私たちに日本の食事を作ってくれるけど、息子たちは魚が嫌いなの。それにサイドのパスタをつくらないといけないから。娘のミドリに関して、たよりがあったのかオマキに聞いてみたけど、あまり興味ないみたい。ミドリに会えなくてさみしくないのかときいたら、オマキは何にも言わなかったわ。ボブとの生活を聞いてみて、出会ったときのはじめの頃のことや、どんなふうに日本が変わっていったのかを聞いてみたの。おそらく話すこと自体辛すぎるのか、恥ずかしがり屋なのね。どうやって会話していいのかほんとわからないわ。これって単なる言語的な壁ではないと思うの。でも多分母さんたち二人とも今日本にいるんでこのことに関して何か私に教えてもらえるんじゃないかなと思います。良い知らせとはオマキとケビンが本当にうまくいっていて、オマキが突然彼に心を開いているように見えるってこと。

息子たちは二人に会えなくて寂しがって、いつやってくるのか聞いてきます。でも日本にいる間の時間を存分に楽しんできて。今回のクリスマスには会えなくて寂しいけどたくさん写真を撮るって約束するわ。

愛をこめて、
キャシー

キャシー・ハンノキからナツコ・ヒグチへの航空書簡

一九六六年一月八日　ロスアンゼルス

母さんへ、

新年おめでとう！　今年は会えなくて寂しいけど、もちろん日本での実生活を楽しんでいることでしょうね。お雑煮をつくるために奮闘したわ。オマキは手を貸そうとしたけど、私が役立たずだって思っているにちがいないと思います。オマキは外の専門の料理人にごちそうを作ってもらうべきだって言ってた。実際に「専門の料理人」と言っていたけど新年の休日は日本の店は閉まっているから無理よね。私は二世の教会の料理の本を引っ張りだして、オマキは作り方をみて、ダメだって頭を振ってたわ。日本のいろんな地方はそれ特有の料理法をもっていて、私たちがやっていることって、東京で彼らがやっていることとは違うらしいの。オマキは特に、私が大好きなグワバの寒天といったような、おそらくハワイの調理法を見下していました。長崎ではどんな新年の料理を楽しんでいたの？

実際、母さんにアドバイスしてもらいたいからこうして手紙を書いているの。ケビンはクリスマスで家にもどり、新年通して家にいて、オマキとはほんとに仲がよさそうだったわ。つまり、仲がいいなんてこと以上のものなの。おそらくデキているとおもう。でもこれって本当に私たちみんなにとっては気まずいことなの。オマキはケビンよりも年上で三〇代で、ケビンももちろんそんなに若くはないし。おそらく私はちょっと潔癖症なのかもしれないけど、チャーリーもこのことを怪訝に感じているわ。なぜならオマキはチャーリーの兄さんと結婚してたんだから。ボブが亡くなってからまだ一年しかたってないのよ。でもこんなことで母さんに心配かけたくないわ。なんだか告げ口しているみたいに感じるし、ケビンは大人だしね。でもケビンは私の弟なの。おそらく二人ともなんでもないし、すぐにこんな関係なくなるでしょう。母さんからの私をおちつかせてくれる言葉と知恵を欲しいと思ってます。

愛をこめて、
キャシー

キャシー・ハンノキからナツコ・ヒグチへの手紙

一九六六年二月三日　ロスアンゼルス

母さん、
手紙と落ち着かせてくれる言葉をありがとう。ケビンはボルチモアへ行かなくてはならなかったので帰っていったけど、またここに戻ってくるって、それも数日で。ケビンは、私が話す機会があったとき、私がほのめかしたことに対して本当に怒っていたけど、でもちょっと五里霧中って感じ。ケビンが帰ってくる前に、私が耳にした噂を母さんに話さなければと思います。その根源を考えてみるとおそらく本当のことだと思うから。

日本へ行ったことのあるチャーリーは例外だけど、私たちのうち誰も、ボブの日本の奥さんのオマキに会ったことはなかったの。だからどうすればいいのか全くわからないわけ。正直彼女はとても魅力的な女性で、外へ出る際は、男たちが振り返るくらい。それにすごい洋服を衣装箪笥にもっているの。それで服はどんどん増えていっているように見えます。ボブは、私とチャーリーが結婚する前に会ったときには、かなり地に足のついた人でした。でもオマキと過ごすことで、もう五ヵ月になるけど、東京で一体どんな生活形態だったのか想像して興味をもっているわ。私は日本での生活はボブの軍事的な職務だったと思っていたし、戦争の後に関するチャーリーへのボブの手紙の表現にあるような感じだったと理解したい。でも多分母さんは私にこのことに関してすこし教えてもらえるかなと思います。だって結果的に日本人ってあんな新幹線を作ったくらいなんだから。

スーザン・サトウのこと思いだせる？　私の大学からのルームメイトでサンフランシスコ出身の人。彼女はサトウ一家の親戚で、オマキがアメリカへ行った昨年に初めて行った大黒屋の外来品店のところの人です。明らかにオマキとサトウ夫人（二番目のね）は日本にいたときからの旧友だったの。リトル・トーキョーでスーザンと昼食をとって、彼女は従姉妹のルーシーがスチュワート・クサリっていう人と結婚するって言ってたんです。それでスチュワートはあの店で、ジョージ・サトウのおじさんのために働いたの。長い話をまとめるとね、その店でオマキが働いているとき、スチュワートはオマキと関係ができていたんだって。
ケビンは数日中にかえってくるけど、オマキとの約束のために予定を調整するに決まっている。でもケビンの勉強と経済状態を考えると今回彼にはそんな金ないわ。前にも言ったように、ケビンがオマキに夢中になってんじゃないかってほのめかしたらほんとに怒ってた。もちろんそうはっきりとは言わなかったけどね。でも今はこの知らせで、ケビンはこんなバカだったかって思っている。とにかくこんなどうしようもないことから母さんは離れていてよかったわ。

愛をこめて、
キャシー

ハンノキ・オマキからサトウ・オツマへの手紙（日本語の手紙）

おつまちゃん

前に手紙をさしあげてから、キャシーの弟のケビンに会いました。ケビンはアメリカの反対側ボルティモアで医学を勉強しているのですが、サンクスギビングとクリスマスに家に帰ってきたのです。やっと話し相手が、お出かけしたり人生を少し楽しめる相手ができました。ディズニーランドとプラネタリウムに一緒に行ったのよ。一時もじっとしてられない甥のティミーとボビーを連れていかなくてはならなかったので、こんな子守はときにほんとに疲れる辛いことなんだけど、ケビンは私にとても親切にしてくれました。あの子たちがうるさかったのを埋め合わせるために、彼は私だけをディナーと映画に連れて行ってくれて、私はやっといくつか観光もできました。

わかると思うけど、私のサンクスギビングは、貴女のとは大変に違っていましたが、貴女の手紙を読んだら笑って笑って涙が出てきちゃった。佐藤家の人たちも、これでルーシーがどれだけ非常識な人かわかったでしょうね。すてきなスチュワートのことを私は忘れていないけれど、将来お医者さんになる人のほうが安楽な未来を保証してくれそうだという点については上よね。愛だけで結婚できるならいいけど。貴女も私も親が決めた結婚をさせられることからは逃げられたし、それを不幸といわれても報われる部分もあるけれど、とにかく私たちは自分で相手を見つけなくてはならない。この点、貴女はすでに私より一歩先行っているわね。

ケビンは昨日帰っていったばかりですが、その前に姉のキャシーと喧嘩しました。これがまた私の信用と計画にとっては邪魔なの。彼はできるかぎり早くまた来るよと約束してくれました。こっち、ロスアンゼルスで仕事を探すって。

また手紙で大笑いさせてね。

かしこ

おまき

一九六六年二月二〇日、ロスアンゼルス

キャシー・ハンノキからナッコ・ヒグチへの航空書簡

一九六六年二月二〇日

母さんへ、

ケビンは昨日ボルチモアへ戻っていきました。帰る前に、ひどい喧嘩になってしまったの。でも私、オマキがサンフランシスコにいて、そこを出た理由について聞いていたという話をしました。ケビンは怒り狂って、姉さんはうそを振りまいているって言って、こう言いだしました。オマキはとても難しい人生を送っていて、まだ夫の死を悼んでいるんだって。それで自分の娘にも会えなくて寂しい思いをして、異邦人のような気持ちになって、自分の英語力に関しても恥ずかしい思いをしていて、うちの家族への自分の負担がとても気がかりで、どうしていいのかわからないんだって。サトウさんのところで働くことでお金を稼ぎたいってケビンに言ったらしいけど、サトウさんは特に難しい人だから、居候になったらオマキの友達のオツマの生活をもっと難しくするんじゃかないかって。オマキがケビンに内密で言ったのは、サトウさんはオマキに惚れていてオツマに自分の夫の浮気を知ってほしくないからだって。この一連の話は全く驚きなんだけど、何って言っていいのかわからないわ。それでオマキのところへケビンは帰るっていうから私はもっと彼女のことをわかってあけるようにしたいと思ってます。

このことでもうチャーリーを悩ませたくないと思います。事業を始めてとうとう軌道に乗り始めてほんと忙しくしているから。私は会計をしたり予定を組んだりして事務所を助けるために毎日数時間、会社へ行っているけれど、お互いにフェアであるためにも、私が家にいないときオマキに息子の世話をしてもらっているの。でも今話したことからどうしても頭がはなれないんです。正直なところね。もし過剰に反応しているようだったらそう言って。

チャーリーと息子たちが母さんによろしくって。父さんにもよろしく。

愛をこめて
キャシー

ナツコ・ヒグチからキャシー・ハンノキへの手紙

一九六六年三月二日　長崎

キャシーへ

あなたと息子たちの写真ありがとう。でもケビンとオマキに関してのあなたの手紙には不快な思いをしているのがよくわかるわ。あなたのお父さんと一緒に手紙を見ましたが、知っているように、あの人はこういったことに関しては、いつも達観しているの。それに彼の助けと専門的な知識をとても必要としている患者の方々と一緒に大忙しでね。でもあなたはそこでそのことに深く入り込んでしまっていて、オマキと毎日一緒だし、それにとても頑固なあなたの弟とも対話しなくちゃいけないのね。オマキは率直に言ってあなたの家を侵害しているようね。あなたとチャーリーは慈善的に接したいんでしょうけど、それでも限界ってものがあるわ。ケビンがそんなにオマキに近づいているなら、アメリカでの将来の生活を見つけるために動くこともできるわよね。でもそれは結婚することではないけど。私がそっちへ行って、孫たちの世話をして、あなたに自由な時間が与えられるようにしてあげたいわ。

あなたのお父さんが長崎にいる間、私は日本のいろんな場所を友人と一緒に旅行することができました。京都はとても素敵で、戦争の荒廃から完全に保護されていて、日本のほとんどは再建されたか、今再建されつつある状態です。戦争の傷跡を物理的に残す証拠のものはほとんどなくなっているの。日本語を習って、華道や茶道、みんなに勧められた他の活動もしました。それで家に一週間に一回来る女の人たちの小さなあつまりにも英語を教えるように頼まれたの。いつも贈り物をもってきてくれて、みんな丁寧で親切にしてくれます。こんな私はとても幸運だと思いますが、会話に関しては何か複雑なことを言おうとすると、いつも自分の限界を感じさせられます。話そうとすると大きな抑制が、もしかして私が理解できないようなサインがあるの。ここではとても孤独を感じさせられます。おそらくこれがオマキも体験していたことなんじゃないかしら。彼女の行動に言い訳をつけるのではないけど、たぶんこのことはあなたに何かちがったものの見方を与えてくれているのかも。

特にあなたと孫たちに会えなくて寂しいわ。みんなに祝福を。

愛をこめて

母より

サトウ・オツマからハンノキ・オマキへ（日本語の手紙）

おまきちゃん

お知らせがあります。お宅の美登利ちゃんがサンフランシスコの私の家に来ています。昨日着いたばかりよ。ひとりで飛行機に乗ってアメリカにやってきました。そんなことありえないと思われそうだけれど、あの子はきっとあなたとおなじくらい反抗心と勇気があって、あなたはあの子を見くびっていたのかもしれないわね。東京の学校の寮から逃げ出したんだって。ロスアンゼルスに行かせましょうか？とてもいい子にしているわよ。さしあたっては、私が面倒を見られます。

別のお知らせもあるの。あの何度かお店に来て、古い漆塗りの箪笥や十八世紀の屏風をいくつか買ってくれたお金持ちの白人、ジム・マーティンを覚えてる？　彼はすごいお金を遣ってくれて、品物はぜんぶロスアンゼルスの自宅に送ったでしょう。そう、あの人はサンフランシスコに一軒、そしてベバリーヒルズにも大きな家を持っているのよ。テレビのプロデューサーらしいわ。その彼がこのあいだ、貴女のことを知りたくて、訪ねてきました。貴女がどこにいるのか、どうやったら連絡が取れるのかを知りたいんですって。しつこいぐらいで、自分が手紙を書いたら貴女に転送してくれるか、といっています。それでその手紙を同封します。

美登利ちゃんをどうすればいいか、忘れずに知らせて頂戴。

かしこ
おつま
一九六六年三月一七日　サンフランシスコ

ジム・マーティンからオマキ・ハンノキへの短い手紙

一九六六年三月一五日　サンフランシスコ

オマキさん、
大黒屋へ出向いて、君がもうすでにいなかったことがわかってとても残念に思っている。君なしのショッピングなんて何の楽しみもない。君の友達のオツマさんにこの短い手紙を渡して、君が読んでくれて、時間があったら手紙を書いてくれることを望む。君に会ったとき、完全に理想の女性に出会ったと思ったんだ。もう何年も探していた本物の日本人の女性にね。初めて出会ってからいつも君のことを考えていて、心から離れない。どこにいても、君を探しにいくよ。この僕の気持ちは恥ずかしくないものだと約束する。僕は君のために世界を変えてみせる。僕の手紙に何等かの返信をくれないか。そしてさらに君の現在の住所もね。

誠意と真の愛をこめて

オマキさん

ジムより、

キャシー・ハンノキからナツコ・ヒグチへ

一九六六年四月一日

母さんへ、

二人ともどうしてますか？　返信してくれて、それと日本と日本人についての考えを教えてくれてありがとう。ちょっと話すと、家はいまもっと多くの日本人の人が入ってきています。オマキの娘のミドリは数日前にやってきたわ。明らかに東京の寮から逃げてきたみたいで、飛行機をなんとかとってサンフランシスコへやってきたみたい。サトウさんとこに滞在していて、それからロサンゼルスへ送られたのね。ミドリは一七歳になったばかりなのに、こんなことするなんてとても勇気があるにちがいないわ。オマキはこのことをとても心配していて、ミドリに向かって怒ってどなったりしているのを耳にしました。ミドリ自身はとても静かで恥ずかしがり屋です。でも英語はとてもうまいのよ。東京の米軍基地のアメリカンスクールへ行ってたの。彼女は、私が知っているわずかな情報からは、規則がとても厳しく、生徒を虐待するような日本の寮にいたんだと思う。だから地元の高校へ行って彼女みたいな他の学生に会うようにって勧めたわ。今日一緒に行って、高校のカウンセラーに会って、クラスを指定してもらいました。まあどうなるか見てみましょう。

ケビンからは何の便りもないわ。毎週数行は、息子たちへハガキのような形で何か書いて送ってくるのに。でもオマキには何か書いているみたい。オマキに彼の手紙を渡したとき、ポケットか小さな鞄に何もいわずに入れて行ってしまったわ。

ティミーは学校でとても楽しくしています。もう本をよむこともできるのよ。『ディックとジェーン』や『スース博士』とかね。ボビーは三輪車で走り回るのが大好きです。ティミーが学校にいるときは、公園へ行っています。母さんが撮った日本での写真集の本届きました。ありがとう。

母さんと父さんへ愛をこめて

キャシー、ティミー、ボビー、そしてチャーリーも、

サトウ・オツマからハンノキ・オマキへ、（日本語の手紙）

おまきちゃん

美登利はぶじロスアンゼルスに着いたことと思います。美登利はとても引っ込み思案に見えるけれど、じつはあの子をみていると貴女を思い出すのよ。何を考えているのか絶対に分からないけれど、あの子はいつもよく見ていろいろ学んでいるにちがいありません。

新しいお知らせよ。スチュワートとルーシーが離婚する、そして別れる以上、スチュワートは大黒屋

を離れなくてはならないということを、ついさっき聞きました。佐藤のお父さんはこの件についてはとてもきっぱり決めていて、ルーシーの側の言い分しか聞こうとしません。スチュリートは、ロスアンゼルスに移って新しい仕事を探すといっています。彼は日本の骨董品を売るのはそもそもあまり上手じゃなくて、いつも誰の作かとか何世紀のものかとかをまちがえていました。私は教育がないけれど、その私だって日本の歴史は勉強してきたわ。こうした骨董品は、それにまつわるいい話をしてあげられるのでなければ、けっして売れないもの。あの人は嘘ひとつつけないから。でもとてもチャーミングでハンサムだから、きっと何か見つかるわよ。もちろん彼が引っ越しについて私に話してくれたのは、私がそれを貴女に話すと思ってのことでしょう。だから予め警告しておくわね。
この件がこれからどうなるか、そして貴女が最近どうしているのか、教えてね。

かしこ
おつま
一九六六年四月一四日、サンフランシスコ

キャシー・ハンノキからナッコ・ヒグチへの手紙

一九六六年五月五日　ロスアンゼルス

母さんへ、

今日は子どもの日で、それ知ってたわよね。ティミーとボビーのために裏庭でおおきな二つの鯉のタコを上げました。今日はメキシコ、プエブラ州の祝日シンコ・デ・マヨでもあるのよ。学校ではダンスのプログラムがあるし、ティミーは校庭でクラスメートと帽子でおどる踊りをしてました。

ミドリは学校へいって、まあうまくやってるみたい。あの子はとても根の優しい子で息子たちを助けて、優しくしてくれています。ボビーは一緒に遊んでくれるのを待ちきれないようです。乱暴でコントロールが効かないときであってもミドリは男の子たちと一緒に遊ぶのが心底好きなんじゃないかって思うの。一緒に草むらを転がっているわ。鯉のタコを飛ばそうっていうのもミドリが考えたことです。だからリトル・トーキョーへ行って一緒にタコを買いました。短い間だったけどみんなミドリにとても惹きつけられていました。あの狂った母親（オマキ）じゃなくて、ミドリはボブの娘で、地に足がついていて社交的で真面目なのね。

ここでの新しいことは、オマキの周りでデートに誘う白人の男が最近でてきたってこと。明らかにオマキとはサンフランシスコで会ったのよ。少なくとも車二台、大きな黒いキャディラックとスポーティな赤いマスタングをもっている。その日のデートによって、どっちかの車でやってきて、オマキをエスコートしていくの。ミドリは何回か一緒に行ってたわ。サンタ・バーバラやパーム・スプリングへ旅行していたの。オマキはコンサートやオペラへも行きたいと言ってエミー賞授賞式にも連れていくって約束していたわ。おそらくあれはテレビ局で働いている人ね。オマキはその人のことジムボウって呼んでた。

先週、ケビンが突然やってきました。これはオマキを驚かすためなんじゃないかって思ったわ。でもオマキはここにいなくて、サンディエゴかティワナにいたの。それでケビンは金曜日と土曜日全部ふさぎ込んでいたけど、日曜日にLAXから出ていく寸前に、オマキがさっきのジムボウと一緒に、楽しく笑いながら上の部分をあけてオープンカーにして赤いマスタングでもどってきたの。そのとき私はケビンを空港へつれていくために車を車庫から出していて、自分の荷物をポーチの前に置いていたわ。何とかみんな心から嬉しそうなふりをして紹介しあったの。そしてケビンは車に乗って、沈黙しながら空港へ車で行きました。

まあ、これで十分お話したでしょう。母さん父さん元気にね。会えなくてとても寂しいわ。

愛をこめて、
キャシーより。

ハンノキ・オマキからサトウ・オマツへ（日本語の手紙）

おつまちゃん

ベバリーヒルズでの私の新しい住所をお知らせするために書いています。ジム・マーティンと私が結婚したと知ったら、貴女は驚くでしょうね。簡単な急ぎの式でしたが、いずれパーティーを開くし、そのときは誰よりも貴女に来てほしいわ。ジム坊はパームスプリングスにも家を　軒もっているので、パーティーをどっちでするか、決めなくてはなりません。でもいうまでもなく、サンフランシスコにジム坊がもっている東洋趣味のビクトリア式の大きな邸宅にも、貴女をご招待できます。

美登利はハイスクールを卒業して、それからもチャーリーとキャシーと一緒に暮らしたいといっていますが、これは本当に助かるわ。二、三年のうちには美登利がきっと大学に入れると、キャシーは考えているみたい。

もうひとつのお知らせです。あなたが教えてくれたとおり、スチュワートはロスアンゼルスへ引っ越してきました。彼はいい仕事がみつからなくてお金が尽きてしまい、気まずくてそれが私にいえなかったのね。ある晩、ジム坊と私がハリウッドで夕食をとっていたら、テーブルにウェイターとしてやってきたのが、なんと私の最愛の、最高にハンサムなスチュワートだったのよ。私は顔を上げると息を呑んでしまい千回もとろとろに溶けてしまったけれど、なんとか間をおかずにジム坊に紹介できるまで回復したの。「大黒屋時代のお友達でね、私にとっては兄みたいな人」って。それからはトントン拍子に、ジム坊がスチュワートを助手として雇うことに。助手といって、スチュワートがどんな仕事をするのか全然わからないけれど、それよりもいいのは彼はトレーラーハウスとかいう物を借りてうちの土地に住んでいるのね、だからいつも手が届くところにいるというわけ。

やがてはこんなふうになるのよって、貴女が私に予言できたかしらね。

いつも貴女のお友達である
おまき
一九六六年六月一八日　ベバリーヒルズ

オマキさん

＊註・オマキとオツマとの間の日本語の書簡は原書に記載されている日本語訳をそのまま引用した。

J・A・チートシート（『三世と多感』早見表）

疑問に思った際に使用していただけるよう、ジェイン・オースティン、いまは亡き彼女の魂、そしてジェイン・オースティン学会の会員――特に私の姉のジェインはもちろん――、そしていたるところに散在するその熱狂的ファンに対し謝罪の意を込めて、以下に記す。

「しかたがないともったいない」（『分別と多感』）
「義理と我慢」（『高慢と偏見』）
「モントレー・パーク」（『マンスフィールド・パーク』）
「エミ」（『エマ』）
「日系アメリカン・ゴシック」（『ノーサンガー・アビー』）
「ザ・パースエイジアン」（『説得』）
「オマキさん」（『レディー・スーザン』）

あとがき――三世ジェイナイト

エンパイアドレスか結婚か――はっきりと示唆されていないが……

ある朝起きると、あなたの姉が、ジェイナイトという名前になっていた。この名はジェインという姉の実際の名前と奇遇にも合致しているようだが、エマが言うように、ジェイン本人を示してはいない。友人や家族はこの驚くべき事態と、手がかりのない状態の間を行ったり来たりする。なぜなら彼らはあなたのように、ジェイン・オースティンの映画を観たことがあるのだが、実際に本で読んだことは決してないからだ。そしていまとなってはオースティンはポップな現象にさえなってしまっている。だからあなたの姉にプレゼントすることも簡単なのだ。たとえばジェイン・オースティン人形、マグカップ、パズル、付箋紙、エプロン、オースティン小説のパクリのゾンビ官能小説といったように……。でももっと率直に言わせてもらうなら、あなたの姉はこうした類の消費的盗用をハナっからバカにしている。彼女はもっと高度なレベルのジェイナイティズムに到達しているのだから。ジェイナイティズムは彼女にとって真剣な探求分野である。姉はジェントルウーマンであり学者だ。ジョージ三世時代のオートクチュールの針子でもあり、海外の本物志向に対し、細心の注意を払ったものを形作り（ヴェルクロ

〈レズビアン的な要素〉やメタルでできたフックはそのオートクチュールの様式の背後に隠されているのだが）被りものやポーチに合った最も豪奢なガウンを作っていたりするのである。あなたにとっては、これはギリシャの女神を模ったエンパイアドレスそのものであるとさえ思っている。このことで姉はコスプレに興味があるのかと尋ねる人もいたが、オースティンがディズニーのお姫様ではないように、これはそうしたお姫様的なものを示唆しているのではないとあなたは思っている。

あなたはそんな姉のことが大好きだ。姉は自分のやり方をもっていて、あなたにはあなたのやり方がある。でももういい加減ジェイン・オースティンの作品を読んでいてもいい時期ではなかろうか？　少なくとも一冊ぐらいは……。だってあなたはエドワード・サイードの『ジェイン・オースティンと帝国』はすでに読んでいるにもかかわらず、『マンスフィールド・パーク』はまだなんだから。サイードに賛同しているのだが、そうなるとあなたは詐欺師ということにもならないだろうか？　カレン・ジョイ・フォースターのイントロダクションのあるオースティン全集を買ってみたらどうだろう。カレン・ジョイはオースティンのファンなので、これがあれば本を読み進めていくことなど問題ないだろう。正直なところあなたはオースティンの本などいままで何も読んだことなどないのだし。でもオーディオで聞いてはいる。あなたは料理して、片づけをし、月々の請求書を支払い、イーメイルを送り、授業のシラバスを書き、しばしば居眠りをし、オースティンの小説から小説へとオーディオで聞きまくる。でもこれって意味あることなのだろうか？　まあ少なくともイギリスのアクセントは本物だったけど。帝国主義と植民地主義は健在で、それらは中堅の上流社会と新興の地主を焚きつけている。イギリスの人々は新世界、インドへの道、そしてミドル・パッセージ（大西洋間奴隷貿易において、アフリカの黒人奴隷たちを奴隷船に乗せて南北両アメリカ大陸へと運んだ道）へと消えていき、インドという「課題」に取り組み、その後法的に裕福になって帰還する。舞踏会、演奏会、馬車のために資産を投じ、何ヵ月も何ヵ月も、信じられないような資産による多くの部屋や壮大な土地で拡張していく庭園で生活している人間がいる。でもオースティンはこんなふうには言っていない。「私はこんな生活を見せびらかしているの」と。こうした家がどこか他の世界で建設されたとき、こうした生活がプランテーションを形作る記憶となっていくことをあなたはわかっているからだ。もし六人の中心人物がいるなら、そこには六〇人の、実際には登場せず話すことさえない召使が存在しているのだが、そうしたものはこうした人々の話には存在しない。そしてそんなことなどこの話の論点ではないのである。

話の舞台は一七世紀から一八世紀にかけての世紀転換期である。ではその時代に性的なほのめかしは存在していたのか？　あなたはお話の中でメイヤーレモンマーマレードを作っている。七・五ポンドのレモンと九ポンドのプランテーションの砂糖でこれを作っているのだが、このことは内密の情報だ。あなたはマーマレードの温度を計り、そのマーマレードでべたべたした指をアイパッドの三〇秒カウントのアイコンのところに押しつける。何度か押しつけるのは、ジョージ三世時代の性的なほのめかしがなんなのかを示すため……といったように。登場人物であるあなたは舞踏会の社交ダンスを耐え忍んでいる。完全にバカにしているのだ。舞踏会など不快な経験なのだから。あなたの姉は、ここで踊っている人々はみなパンティを履いていないのだと言う。確かにインドの絹とインディゴ綿の何層もなっているヤツ（ペチコート）の下で踊るのは難儀だ。こんなふうに話はすべては着るものに関することで尽きる。つまりコルセットで上にギュッとあげた胸部、そして完全な形をした巻き毛。美しく化粧したアングロサクソンの人々。こういった装いをしっかり準備するのに何時間もかかる。あなたは今、姉のジョージ三世時代のガウンを、パンティをはかずに着ることができるものなのかと想像している。さてレモンマーマレードのキャンディの温度計は二二〇まで上がっていった。要はこれは性的なほのめかしではなく、ただのほのめかしなのだ。青い水銀がジャムポイントまでこそこそと上がっていくが、あなたはそれに完全に気づいていない。これはロマンティシズムなしのロマンスであると認識している。そして正しい選択をするためにしっかりと自分の機会を数えている。しかしそれは大方の登場人物にとって、つまりヒロイン以外には、間違った選択となる。そうなると結婚とはマーマレードのようなものではなかろうか。二二〇度をミスると、ナイトレイ氏やダーシー氏、そしてキャプテンウェントワースをヒロインたちは拒絶することになる。でも、まあ、人生とはそんなものではなかろうか。たとえばレーガン主義の年配の上司がいて、彼はほとんどのことであなたに賛同したり、反対したりする。でも上司があるとき本当にジェイナイト的なことをこんなふうに言ったとしたらどうだろう。「だれもがみんななぜこんなことをしているのかわからないんだよ」と。こんなこととは結婚している状態を意味している。社会はこの疑問の周囲をまわっていくが、ジェイナイトたちは知っているにもかかわらず、みな同じ過ちをおかす。

あなたはこのオースティンの小説におけるいくつかの人間関係を模索し、このジェイナイトの社会を、成人した三世の社会になぞらえることができるのではとふと思いつく。馬車や巨大なプランテーションではなく。都市の日系居住地区で育っている者として。でも三世として生きていくことはいまだにとても混乱した状態だ。幸運にもこんなことを再びする集団は出ないだろう。あなたの両親の世代、すなわち二世は一般的に口が堅く、自信のない集団で、ビックチャンスを逃してきている。アメリカ社会で明らかであるはずのすべてのことと、自由と未来に関する約束は、予備的に用意されたもので、どうするかはあなた次第なのだ。二世が三世に継承していったことすべてとは、あなたが成長してどのような人々になっていくのかに関する、語られることのない「ほのめかし」である。そういった点で明らかに中国人は、大声で話すトラのような母親がいるために十分幸運であるのに対し、三世は生まれたその瞬間から語られないそのことを理解していると、当時はそんなふうに考えられていた。

三世が日系以外と結婚しているという社会的統計があり、事実五〇パーセントがそうであったという記録さえ残っている。このデータからこうした結婚における魅力と幻滅の程度を想定できるだろうが、そうなるとおそらくあなたの姉とジェイナイトたちは、南アジアの友人たちが、かつて以下のように言っていたものからマーマレード（結婚）をつくることになるだろう。「すべての結婚とはそれらがどんなものであれすでに取り決められているものなのだ」と。

謝辞

何年も前に、日系ブラジル人の歴史研究でブラジルにいた際、私は自身の短編のうちの一つを、当時UCLAのアジア系アメリカ研究センター内にあった『アメラジア・ジャーナル』の編集者ディック・オオスミに送ったことがある。その際私はこの短編とともに、それを説明した長い手紙を同封していたと思う。しかし私の了解なしに、ディックは『アメラジア』がスポンサーについている第一回の短編コンテストにその短編を送ってしまっていた。そしてとある日、サンパウロで私は自分の作品が受賞したとの手紙を受け取ることとなった。驚きだ。ここに収録されている「風呂」がそれで、これは私が初めて手掛けた作品である。加えて受賞は私にとってちょっとした喜びでもあった。その賞金で私はブラジルの北部へ旅行することができたし、受賞自体が、私が作家としてものを書くことができるという確証となったのだから。でも今になってみるとこの短編と、書くことにおいて初心者であった当時の作家（わたし）を見ることが、現在の作家である私の傷になるのかどうかそれはわからない。事実この短編を書いた後は、短編は単発的にしか書かず、本当の意味で私の強みではないと思うようにさえなっていて、小説においてはむしろ私は長距離を楽しむ方であるのだから。しばらくすると今まで書いていた短編がたまり、日系アメリカ人として育ち、そして生きるということに関して選んだ作品が、ここに短編集となって収録されている。

まず感謝したい人は、前述したディック・オオスミである。彼のサポートは私を作家としての人生に私を導いてくれた。そして多くのアンソロジーや小さな雑誌で、私の作品を出版していただいた以下の多くの編集者に感謝する：ローレンス-ミン・デイヴィス（Lawrence-Mihn Davis）、ジョン・フリーマン（John Freeman）、ジム・ヒックス（Jim Hicks）、今福龍太、牧野理英、カット・サヤラス（Kat Sayarath）、ジェイソン・セクストン（Jason Sexton）、竹村和子、そしてケン・ウァイスナー（Ken Weisner）。

この本の「三世」の箇所では、この短編集を執筆するために、長きにわたり考えや物語、そして歴史を分かちあうことのできた以下の方々に対し感謝の念に堪えない。ルーシー・マエ・サン・ハブロ・バーンズ（Lucy Mae San Pablo Burns）、マーシャル・フルタニ（Marsha Furutani）、今福龍太、アール・ジャクソン（Earl Jackson）、そしてルチオ・クボ（Lucio Kubo）。研究におけるサポートと、収容所のロード・トリップに同行してくれたルーシー・アサコ・ボルツ（Lucy Asako Boltz）に感謝を。カリフォルニア大学サンタクルス校マックヘンリー（McHenry）ライブラリーのスペシャル・コレクションにいるフランク・グレイヴィアー（Frank Gravier）の尽力に感謝する。モンタナ州リビングストンのイエローストーン・ゲートウェイ（Yellowstone Gateway）博物館のポール・シェー（Paul Shea）に感謝したい。日系タイムラインを作成する際に援助していただいたナオミ・ヒラハラに感謝の念を示したい。そして三世レシピを盗んでしまったことで、友人と家族に謝罪を伴う感謝をしたい。

「多感」の側では、短編「オマキさん」の日本語翻訳で、菅啓次郎に、そして、テキストにおける日本語の様々なフレーズを編集するのに相談に乗っていただいた喜納育江に感謝する。

ジェイン・オースティンの作品を読んでいた初期の読者の方々も、この短編集のインスピレーションとなった。ルース・スー（Ruth Hsu）、ミカ・パークス（Micah Perks）、そしてエリザベス・シェフィールド（Elizabeth Sheffiled）の心からのサポートに感謝を。

そしてカーラ・ヴァラデス（Chris Fischbach）、出版社コーヒー・ハウス（Coffee House）の常に献身的なスタッフの方々、アニトラ・バッド（Anitra Budd）、ニカ・カリーヨ（Nica Carrillo）、そしてカーラ・ヴァラデス（Carla Valadez）に特に感謝したい。

最後になるが、かなりはっきりしていることであるが、この短編集でやってしまったことに対する私の謝罪と、いつも寛大なる援助を提供してくれ、その鋭い「多感」に対する感謝の念をたった一人の姉ジェイン・トミ（Jane Tomi）に送りたいと思う。

訳者解題

平行する世界観と記憶喪失の狭間で

牧野理英

カレン・テイ・ヤマシタの「風呂」は二〇一〇年に私が、カレンから直接コピーライトをもらって日本語に訳したものである。訳してみてはじめに思ったのは、内容の難しさに加え、この短編がアメリカ文学史上一体どのような潮流に位置づけられるのかという問いであった。アメリカに留学した際にアメリカの短編に関しては一応網羅していると思いこんでいたこともあり、そうした発想に至ったのだと思う。しかし私が学んできたアメリカ文学、いや英語圏の文学に照らし合わせても、「風呂」は今までに読んだことのない作品だった。視点は「彼女」という日系アメリカ人の名前のない語り手で、初めて日本へ訪れる自叙伝的ナラティブのように見える。加えてこの人物には双子の姉がいる。アメリカ的な姉にくらべ、「彼女」はどちらかというと日本に傾倒しており、この双子の対話によって「異国の祖国」である日本が照らしだされていくような構造になっている。また七〇年を時代設定としていることから、日系二世の母親の、異常なまでの風呂に対する執着は、第二次世界大戦時中に砂漠地帯で生活させられた収容者としての背景を喚起させられるが、「彼女」はそれを理解する手立てをもっていない。両親が迫害の経験を語らぬ故、日系収容に対し記憶喪失的な所作をとらざる得ないのがこの「彼女」なのである。

「私」ではなく、名前のない「三世の彼女」という語りを設定するところなどは、構造主義的見地から自叙伝的な自身を見ようとするヤマシタの姿を見ることができる。当時文化人類学者を目指していたという事情からこうした背景は想像できることだろう。また双子や合わせ鏡のモチーフは、その後の長編小説群に散見される複数の語り手によって編まれるプロットの原型とも考えられる。加えて過去形と現在形を混在させる文体等や突如場面が変わる設定なども、失われた記憶を軸に日本とアメリカを行き来する「彼女」の意識の流れを示したものと思われる。平行する世界観とそれらの観点の交錯といったモチーフは、七〇年代のアメリカ文学史上の作家群の間ではすでに使用されている手法であるが、その語り手に名前をつけず、さらにその分身による対話構造は極めて異質である。

二人の人物によって平行する世界のモチーフに加え、その日系収容と日本というテーマに記憶喪失的なモチーフが付きまとうのもヤマシタ作品の特徴といえる。一九五一年に生まれ、両親が収容者であったにもかかわらず、その経験や記憶を口伝に伝えられていないという背景は、日系三世ヤマシタの特異な心理状況が前景化される。それは一旦消去された集団的記憶の軌跡を別のルートでつかむ再生過程を示唆している。この三世の語りとは、当事者性の欠如という非難をあびながらも、日本という国を被害言説から逸脱させ、アメリカ国内におけるエスニック文学とは異なる見解を日本および日系収容にあてることになる。このように様々な点において第一作目となる「風呂」はヤマシタワールドの特質を網羅したものなのだ。

日系性というエスニシティに対し、平行する世界観とその対話形式を取り入れ、絶妙な距離感をもって展開する短編集『三世と多感』は、そのタイトルからもわかるように、一九世紀イギリスの作家ジェイン・オースティンのフレームを使用している。オースティンの『分別と多感』は、ダッシュウッド家の二人の娘、理性的な長女エリナーと情熱的な次女マリアンの恋愛の行方とその後の結婚を綴ったものであり、エリナーの体現する「分別」とマリアンの「多感」の二つのプロットにより、地方中流階級の女性の姿が描かれている。『三世と多感』はこの構造を日系社会に落とし込んでいるわけである。そして本短編集は二部構成になっており、前編が「三世」で、日系収容を知らない「失われた世代」である三世たちの姿が描かれており、後編の「多感」はオースティン作品の傑作の七つの小説の構造を日系社会に落とし込んだパロディとなっている。この訳者解題では私が過去において論文や共著で取り扱っていない短編や随筆に対する解説を提示し、ヤマシタワールドの新しい魅力をご紹介したいと思う。

「歯科医と歯科衛生士」に関しては収容経験のある二世の歯科医ハシキン博士と三世の歯科衛生士キャンディ・ユアサとの他人の「口腔内」を軸にした物語で、そこには真実を隠蔽し建前で生きる二世（博士）と、それを暴露していく三世（キャンディ）の姿が描かれる。当初警戒心と嫌悪感をもってキャンディを見ていたハシキン博士は次第にこの若き三世の歯科衛生士に対し共感を感じ、最終的にはキャンディの援助によって自身の「口腔内」の真実を知るに至る。ここでも二人の相対する視点は、偏狭なる日系共同体の価値観から逸脱するという点において交錯する。加えて迫害の記憶のない、いわば「記憶喪失」のキャンディによって新たなる人生を見出す博士の姿には、家族の歴史を伝承するという親と子の関係性の逆転であり、そこには中流階級の価値観や建前といった所作を批判する日系オースティン、ヤマシタの姿を見ることができるだろう。

また「紳士協定」といった一世女性に焦点をしぼりアメリカとブラジルの世紀転換期の歴史に焦点

を絞ったものでさえもオースティン的な構造がみうけられる。日系三世同志の対話という形式において、ヤマシタは南米ブラジルの視点をもその語りとして想定し、日本という国の多角的解釈を展開する。「紳士協定」には、そうした日系アメリカ人三世と日系ブラジル人三世の対話における明治女性の姿が描かれている。一九〇七年から一九〇八年に結ばれた対米移民制限に関する不文律である「紳士協定」をテーマにした本短編は、明治生まれの移民一世女性がどのように存在しえたのかということを、アメリカ（カレン・テイ・ヤマシタ）、そして彼女の友人であるブラジル（ルチオ・クボ）の三世同士の語り手が対話形式で語る。写真でしかわからない三世の曾祖母たちは、紳士協定が南北アメリカに与える絶大なる影響をかいくぐって様々に生きていることがわかる。そしてその姿とはアメリカとブラジルにおいて日系移民が全く異なった待遇であったことを示し、アメリカでは迫害されし民族（分別）として、ブラジルでは特権階級（多感）として生きる日本人移民が前景化される。加えて対話形式であるため、前の話者の話を受けて、次の話者がそれとは異なった色合いを話に添えるというスタイルをとっており、あたかもチョーサーの『カンタベリー物語』を読んでいるような気にさえなる。

随筆に関しては、一見喜劇的で軽快なトーンで語られるように見えるものが多いが、その構造を見てみると隠されたメッセージを感じさせられるものもある。たとえば「コン・マリマス」は、二〇一〇年代に片づけコンサルタントとして一世を風靡し、その著書『人生がときめく片づけの魔法』がベストセラーとなった近藤麻理恵を手始めに、これを後半部の日系収容博物館に連結させるという斬新な構造になっている。近藤は、二、三〇年ごとに神殿を改築する神道的理念に基づき、世界に断捨離という概念を発信しているカリスマ巫女だ。一方後半は、アメリカ国内の日系収容所跡をめぐる巡礼の旅であり、ヤマシタは姪のルーシーと共に、当時の生活用品をそのままの状態で保管している博物館司書たちの並々ならぬ努力に感嘆する。神道的コンセプトによって断捨離する日本人と、歴史的に削除された日系収容を再現していくキリスト教主義の白人の博物館の司書――全く対極に位置しているこれらの集団を結びつけるテーマとは、物に宿る魂とそれを解読する行為ではなかろうか？　コンマリの断捨離の根幹にある考えは、所有物の物質性に依存するのではなく、それを捨てることで、その魂の恒久化を試みる。一方日系、および日本人移民が収容所において棄却したものを継承し、それに何か意味を持たせる行為は、収容所跡地を改造して博物館にしている司書たちの尽力の賜物である。日系収容者の魂を召喚するという行為は、まさにヤマシタが本書で行っている、語らない親から日系収容の実体をつかもうとする姿を喚起させる。戦後解放された日系収容者が残していったものが拾得され、保管され、新しい意味を付け加えられて生きながらえているとは、文化人類学の理論にある、文化が消滅する瞬間に、そのフレームから逸脱し新しいものとして再生するという行為を示唆しているようにさえ思える。廃棄物とは同時に再生する可能性を秘める遺物として立ち現れているのである。

さて後半部「多感」ではヤマシタのオースティン的日系空間が展開しているが、特に私が注目したのは、本書の最後に所収されている「オマキさん」という短編である。これはオースティンの初期の小説『レディー・スーザン』を基にしている。この作品は出版されたのが作家の死後の一八七一年という、オースティンとしては異質な書簡体文学である。夫を亡くした寡婦レディ・スーザンの自由奔放な人生を、義理の姉妹であるキャサリンがときに嫌悪感を交えながら書簡体で報告する文面を筆頭に、彼女をめぐる関係者の語りが交錯することで、悪女スーザンの魔性が顕在化されるプロットに仕上がっている。一方ヤマシタの作品におけるスーザン＝「オマキ」は、第二次世界大戦で家族を失い、戦争孤児となった日本人女性に生まれ変わっている。戦後直後の東京で日系アメリカ人兵士であるボブ・ハンノキと恋に落ち、ミドリという娘ができたものの、自由奔放なオマキはボブの死後多くの日系、および白人男性を虜にし、母親らしい行動をとらない。ヤマシタはこのオマキのピカレスク的資質を、戦争孤児としてたくましく生き抜いた日本人女性のしたたかさと、その謎めいた魔性的魅力として結論づけている。ボブの兄弟チャーリーの妻で、オマキの義理の姉妹となるキャサリン・ハンノキはそうしたオマキを疎ましく思い、母親のナツコに助言を仰ぐ。一方長崎に滞在し、日系アメリカ人故に文化的、言語的な壁によって言いようのない孤独感を体験しているナツコは、オマキの素性を危険視しながらも、キャサリンにオマキに対する理解を促してもいる。オマキの悪女ぶりは、壮絶な戦争体験を生き抜いてきた証でもあり、その逞しさと真意のよめない魔性によってアメリカ社会を凌駕しているのである。私はこの短編のタイトルを「オマキさん」とカタカナ表記にし、オマキとその親友のオツマの日本人同士の書簡では、この名前をひらがな、および漢字表記のままにした。これはオマキが、その沈黙と日本人的所作をもって一つの符号のようにアメリカ人の集団を翻弄しているという意図で使い分けした。また、第二部「多感」における黒太字の箇所は、当時のアメリカで流行していた歌謡曲からの抜粋である。原文ではイタリックで表記されていたが、日本語の翻訳では黒太字で表記させていただいた。

短編というエリアがヤマシタにとって苦手分野であることは、作品リストがそれを如実に物語っている。ヤマシタの作品のほとんどが長編小説で複数の語り手によるものであり、ある事象や歴史的瞬間を、背景の異なる語り手たちによって語らせるポストモダン的手法をもっている。ブラジルを舞台にした『熱帯雨林の彼方へ』や『オレンジ回帰線』、六〇〇頁を超える超長編『Iホテル』などがそうした手法による代表的傑作である。環境破壊、移民問題、七〇年代の人種運動、LA暴動といった今日的な社会的テーマを扱うことから、世界へ限りなく広がる空間を提示しているようにみえるヤマシタではあるが、こうしたグローバルな空間が、自身が経験していない閉塞的空間である収容所を発端にしているという点は興味深い。

本短編集の翻訳を完成させるまでには、日本大学文理学部英文学科の大学院生の方々には多大なる助力をいただいた。柏木いずみさん、日向眞緒さん、荻野菜加さん、授業での率直な意見、そして鋭い洞察に心から感謝する。また学部生にもかかわらず、私の大学院での授業を履修した秋谷仁那さん、その向学心に大いに期待する。そして私の論文や翻訳をいつも見ていただいている小鳥遊書房の高梨治氏には常に感謝の念に堪えない。

最後になるがカレン・テイ・ヤマシタに感謝の意を表したい。カレンは、私にとって最も近しい存在であると同時に最も遠い存在でもある。そんなカレンとの出会いは二五年ほど前にさかのぼる。私がアメリカで大学院生をしており、米アジア系アメリカ学会（AAAS）でカレンがパネルで発表をしていた際に質問をしたのが初めての機会だったと思う。どのような質問に対しても誠実に答えるカレンの姿に私はまるで親しい友人と話しているような錯覚を受けた。ただその瞬間から私にとってカレンは極めて手ごわい「テキスト」として存在していくことになる。話をする際は、常に親しげなカレンがいるのだが、作品となるとカレンは私の解釈に対し、まったく予期せぬものを見せつけ、驚愕させられることがよくあった。そんなときにはまるで透明なガラスの壁で隔てられ、姿が見えるくせに触ることができないような迷宮に入り込んでしまったような気がする。作家としてのヤマシタに出会うのはいつなのか？　酸味が強くほろ苦かったり、突然甘くなったりするカレンの作ったマーマレードを食べながらそんなふうに思うのである。

【著者】

カレン・テイ・ヤマシタ

(Karen Tei Yamashita)

日系アメリカ作家。1951年生まれの日系三世。第二次世界大戦における日系収容を経験しておらず、親からもその集団的記憶を語られないという状態で執筆したその作品には、被害言説から逸脱した日系性の諸相を伺うことができる。作品のジャンルは小説のみならず、演劇、短編、随筆と多岐にわたる。初期の90年代の主要作品としては『熱帯雨林の彼方へ』(1990年)、ロサンゼルスを舞台にした『オレンジ回帰線』(1997年)など。2000年代においては日系収容の史実に向き合った『記憶への手紙』(2017年)がある。また、アジア系移民労働者用のホテルを舞台にした『Iホテル」(2010年)は600頁を超える長編である。2021年全米図書協会米国文学功労章受章。

【訳者】

牧野理英

(まきの　りえ)

日本大学文理学部英文学科教授。アリゾナ州立大学英文学科博士課程修了(博士号)。専門分野は現代アメリカ文学(エスニック文学、英語圏日系文学)。単著に『抵抗と日系文学:日系収容と日本の敗北をめぐって』(2022年、三修社、第8回日本アメリカ文学会賞受賞)。共編著に『アジア系トランスボーダー文学:アジア系アメリカ文学研究の新地平』(2021年、小鳥遊書房)。共著に *Trans-Pacific Cultural Studies* (Sage, 2021)、*Approaches to Teaching the Works of Karen Tei Yamashita* (MLA, 2021)。翻訳にジュリエット・コーノ『ツナミの年』(単訳、小鳥遊書房、2020年、全242頁)などがある。

三世（さんせい）と多感（たかん）

2023 年 11 月 30 日　第 1 刷発行

【著者】
カレン・テイ・ヤマシタ

【訳者】
牧野理英

発行者 : 高梨 治
発行所 : 株式会社**小鳥遊（たかなし）書房**
〒 102-0071　東京都千代田区富士見 1-7-6-5F
電話 03 (6265) 4910（代表）／ FAX　03 (6265) 4902
http://www.tkns-shobou.co.jp

装幀　鳴田小夜子（KOGUMA OFFICE）
印刷　モリモト印刷株式会社
製本　株式会社村上製本所

ISBN978-4-86780-029-4　C0097